मरें तो उम्र भर के लिए

(कहानी-संग्रह)

भारतीय ज्ञानपीठ के नवलेखन पुरस्कार से अनुशंसिक

मरें तो उम्र भर के लिए

(कहानी-संग्रह)

भारतीय ज्ञानपीठ के नवलेखन पुरस्कार से अनुशंसित

आशुतोष

भारतीय ज्ञानपीठ

वाणी प्रकाशन : भारतीय ज्ञानपीठ की पुस्तकों
के एकमात्र प्रकाशक एवं वितरक

सजिल्द पहला संस्करण : 2014
सजिल्द दूसरा संस्करण : 2015
सजिल्द तीसरा संस्करण : 2016
सजिल्द चौथा संस्करण : 2023

लोकोदय ग्रन्थमाला : ग्रन्थांक 1217

प्रकाशक
वाणी प्रकाशन ग्रुप
4695, 21-ए, दरियागंज, नयी दिल्ली-110 002
फ़ोन : 011-23273167, 23275710
ईमेल : sales@vaniprakashan.in

ISBN : 978-93-5775-267-1

मरें तो उम्र भर के लिए
(कहानी-संग्रह)
आशुतोष

Maren To Umra Bhar Ke Liye
(Collection of Stories)
by Ashutosh

मुद्रक : आर. टेक ऑफ़सेट प्रिंटर्स, दिल्ली-110 032

Price : INR. 250

"जान दी, दी हुई उसी की थी,
हक़ तो यह है कि हक़ अदा न हुआ"

—ग़ालिब

अम्मी ने दिया अज़्म
पिता ने सब्र
और गुरुवर प्रो. रामदेव शुक्ल ने गरिमा

इन्हीं के लिए

अनुक्रम

रामबहोरन की अनात्मकथा

वह एक जिद्दी और घमंडी दोपहर थी जो अपनी तमाम कोशिशों के बावजूद एक उदास शाम में ढल रही थी।

कमरे में घूमते पंखे को एकटक देखते हुए रामबहोरन ने सोचने की कोशिश की कि दिन बहुत जल्दी-जल्दी बीत रहे हैं। उनके सोचने में थोड़ा व्यवधान आया कि दिन बीत रहे हैं या वे खुद बीत रहे हैं। थोड़ी-सी उधेड़बुन के बाद वे इस बात पर तय हुए कि दोनों बीत रहे हैं। इस पर गुंजाइश के साथ कि वे ज्यादा बीत रहे हैं, दिन थोड़े कम। वैसे भी रामबहोरन से कोई पूछता है कि 'कहो डॉक्टर कैसी कट रही है?' तो रामबहोरन प्रतिप्रश्न करते हैं, 'कौन, आदमी या समय?' सवाल करने वाला शायद अपना जवाब पा जाता और रामबहोरन अपने रस्ते हो लेते।

यहाँ बताते चलें कि रामबहोरन विश्वविद्यालय में शोधछात्र हैं। शोध करनेवाले तमाम 'रामबहोरनों को छात्रावास में डॉक्टर कहने का रिवाज-सा है। सो इस लिहाज से रामबहोरन डॉक्टर हुए ही।

रामबहोरन छात्रावास के अपने कमरे में इस कहानी के शुरू होने के ठीक पहले लौटे हैं। कहानी के शुरू में वे जिस पंखे को घूमते हुए देख रहे थे, वह उसी कमरे में लगा है। शहर में इधर-उधर घूमघाम कर जब वे थक जाते हैं, तो वापस उसी कमरे में लौट आते हैं। वैसे उस शहर में उनके लौटने की वही एकमात्र जगह है। पहले टहलते हुए वे काफी दूर निकल जाते थे। वापसी के समय इतना थक जाते थे कि कमरे तक पहुँचना दूभर हो जाता। ऐसे में वे सोचते कि कितना अच्छा होता कि जहाँ उनको थकान लगे वहीं उनका कमरा भी हो। अपने इस विचार को आगे बढ़ाते हुए वे अक्सर एक विचित्र दार्शनिक सूत्र तक पहुँच जाते कि आदमी का जीवन भी ऐसा ही होना चाहिए। जब तक जिन्दा रहे तब तक टहलता रहे, और जब मौत आये तो श्मशान सामने हो। अगर ऐसा हो जाय तो जिन्दगी के आखिरी समय में भी दोस्तों का एहसान नहीं लेना पड़ेगा। सम्पूर्ण स्वावलम्बी जीवन कुछ ऐसा ही होता होगा शायद। रामबहोरन के लिए यह सब सिर्फ विचार के स्तर तक ही नहीं था, इन

सभी बातों को उन्होंने अपने जीवन में उतारने का भरपूर प्रयास किया। श्मशान वाली बात तो बाद की बात थी, पर थकान वाली बात के लिये उन्होंने एक तरकीब निकाली। अब वे टहलने उतनी ही दूर जाते हैं जहाँ से वापस कमरे पर आकर पूरी एक थकान हो जाती है और कमरा भी वहीं मिल जाता है। इस विचार का अपने व्यवहार में इतना सफल प्रयोग कर देने से वे आश्वस्त थे कि श्मशान वाले विचार को भी व्यावहारिक जीवन में सफल करेंगे।

इस पूरे प्रसंग में एक बात छूटती जा रही है। वह यह कि अपने कमरे में वापस आते समय रामबहोरन अपने विभाग में जरूर जाते हैं। उनकी यह दिनचर्या जब वे पढ़ते थे तब से है। अब वे पढ़ते थोड़े हैं, वे तो शोध कार्य करते हैं। विभाग में विभिन्न कमरों के ऊपर लगे नामों को पढ़ना, सूचनापट देखना, कार्यालय सहायक, परिचारक से दुआ सलाम करना उनका रोज का काम है। इतने बड़े प्रतिष्ठित और संवेदना से भरे हुए विभाग में उनके लिए और कोई काम है भी नहीं। आज भी वे इन्हीं विभागीय औपचारिकताओं को निपटाकर रोज की तरह कमरे में लौटे हैं। रोज की तरह थक भी गये हैं। रोज की तरह पंखा भी घूम रहा है। रोज की तरह वे उसी घूमते हुए पंखे को एकटक देखकर सोच भी रहे हैं।

अब उनके सोचने में यह भी शामिल हो गया है कि जिस कमरे में वे बैठकर सोच रहे हैं, उस कमरे के वैधता के दिन भी बीत रहे हैं।

रामबहोरन ने सोचने की कोशिश की कि जिस दिन ये कमरा भी नहीं रहेगा, तब वे कहाँ सोकर सोचेंगे, इस प्रश्न पर थोड़ी सी राहत मिली कि वे सड़क पर अनायास टहलते हुए भी सोच लेते हैं पर यह आश्वासन ज्यादा देर टिक न सका। जैसे ही यह विचार आया कि वे तो सोकर भी सोचते हैं।

इस बार रामबहोरन ने सोचने की कोशिश नहीं की कि जिस दिन यह कमरा भी नहीं रहेगा, तब वे कहाँ सोकर सोचेंगे!

यह बहुत कठिन मसला था। न चाहते हुए भी रामबहोरन इस प्रश्न से टूट गये। इस बात पर उनके लिए कोई राहत नहीं थी। वे अपना माथा पकड़कर बैठ गये। दिमाग में जैसे हथौड़ा चल रहा हो। देह पसीने से नहा गयी। आँखों के सामने कई तरह के दृश्य और छवियाँ आने जाने लगीं। थोड़ी देर में कान भी बजने लगे....

''संस्कृति का क्या अर्थ लिया है आपने?''

गम्भीर से दिखने वाले सदस्य ने रामबहोरन के बायोडेटा को उलटते हुए पूछा था। रामबहोरन छूटते ही टेपरिकॉर्डर की तरह बजने लगे, ''सर, रेमंड विलियम ने अपने 'की वर्ड्स' में संस्कृति के चार भाग बताये हैं, उनमें से एक है 'द होल वे ऑफ लाइफ।' यहाँ मैंने संस्कृति का यही अर्थ लिया है।''

रामबहोरन अभी कुछ और कहते तब तक महात्मा जैसे दिखने वाले सदस्य ने

टोका, ''संस्कृति के बारे में अपने देश में किसी ने कुछ नहीं कहा है क्या? कि आप विदेशी आदमी को कोट कर रहे हैं?''

रामबहोरन स्थिर होकर बोले, ''कहा है सर, अज्ञेय ने, हजारी प्रसाद द्विवेदी ने, दिनकर ने, रामविलास शर्मा ने और भी तमाम विद्वानों ने संस्कृति के सन्दर्भ में अपने विचार प्रकट किये हैं।''

महात्मा सदस्य ने कुपित स्वर में पूछा, ''आसाराम बापू को आप विद्वान नहीं मानते हैं क्या?''

रामबहोरन ने विनम्रतापूर्वक कहा, ''सॉरी सर, मैं प्रश्न नहीं समझ पाया।'' तभी एक दूसरे सदस्य ने पान से भरे अपने मुँह को सीधे छत की ओर उठाया, जैसे बांग दे रहे हों, और कहा, ''भाड़तीय संस्कृटि की मूल टेटना क्या है?''

रामबहोरन उस अलाप के बोल समझ नहीं पाते किन्तु प्रसंग और धुन के हिसाब से उन्होंने जवाब दिया, ''भारतीय संस्कृति की मूल चेतना धर्म है।'' सदस्य ने हाथ से रामबहोरन को रुकने का इशारा किया और कुर्सी के पास ही रखे पीकदान में अपना मुँह खाली कर लगभग भाषण दे दिया, ''भारतीय संस्कृति की मूल चेतना धर्म नहीं त्याग है...भारतीय संस्कृति विश्व की महान संस्कृति है...।'' और भी तमाम बातें वे आँख बन्दकर उच्च स्वर में बताते रहे। रामबहोरन का मन किया कि मुस्कराएँ पर साक्षात्कार का ख्याल कर मुस्कराने की जगह बोल पड़े, ''त्याग तो सबसे बड़ा धर्म है।''

रामबहोरन ने सोचना चाहा कि वे अगर ऐन वक्त पर बोले नहीं होते तो क्या मुस्कराये होते। तब तक भाषण वाले सदस्य ने दूसरा पान मुँह में लिया और उन्हें टोका, ''मान्यवड़ ढयान नहीं डे रहे हैं मेरी बाटों पर, औड़ आपके बोलने में भी टमाम भाषाई अशुड्ढियाँ हैं।''

रामबहोरन घबरा गये, सफाई देते हुए कुछ कहना चाह रहे थे पर एक अन्य सदस्य ने उन्हें टोका, ''खामोश रहिए और ध्यान दीजिए...साक्षात्कार चालू है।''

रामबहोरन को एक झटका लगा। जैसे उन्हें होश आया हो, माथे का दर्द अब देह में उतरने लगा था। कमरे में लगा पंखा रोज की तरह चल रहा था। रामबहोरन को घबराहट होने लगी थी। वे इससे भागना चाहते थे। इस घुटन से, इस दर्द से, इस तनाव से और इस देह से भी, जिसमें एक साथ इतना कुछ हो रहा था। गर्मी बढ़ती जा रही थी। पंखे को और तेज करने के लिए रामबहोरन ने हाथ उठाया, तभी यह ख्याल आया कि उस पंखे में अपनी जरूरत के हिसाब से कम या अधिक करने वाला रेगुलेटर नहीं है। पंखा अपने हिसाब से चलता है। जिन्दगी अपने हिसाब से खर्च होती है। रामबहोरन ने इस बार सोचने की सच में कोई कोशिश नहीं की, फिर भी अनायास ही उनके ध्यान में यह आया कि पंखा हो या जिन्दगी इनमें से किसी पर

उनका कोई वश नहीं है।

रामबहोरन की एक खास किस्म की आदत ये है कि वे बुरी से बुरी बेबस परिस्थितियों में भी मुस्कराने वाली बात खोज लेते हैं। पंखा और जिन्दगी दोनों पर रामबहोरन का कोई अख्तियार नहीं है। इस बात पर रामबहोरन एक मजेदार निष्कर्ष पर पहुँचे कि दरअसल दोनों में रेगुलेटर नहीं है। अब रेगुलेटर वाली जिन्दगी कैसी होगी यही सोचकर रामबहोरन देर तक मुस्कराते रहे।

अपने नितान्त अकेले में जब रामबहोरन ये वाली हँसी हँसने बैठते हैं तो इतना तो टाइम लेते ही हैं कि जितने में एक गर्म चाय एकदम से ठंडी हो जाय।...हो क्या जाय...हो गयी।

रामबहोरन ने देखा कि वो जिन्दगी और पंखे में उलझे रह गये और सामने मेज पर रखी चाय कब की ठंडी हो गयी है।

बिना पिये ही चाय के ठंडे होने पर रामबहोरन को ध्यान आया कि इस समय उनकी वो बीए सेकंड ईयर वाली क्लासमेट होती, जो बहुत सुन्दर थी, उससे भी अधिक गोरी थी, उससे भी अधिक अच्छी थी, और उससे भी अधिक रामबहोरन उसको प्यार करते थे तो कहती 'पागल कहीं के...क्या सोचते रहते हो! अब यह नहीं कि सामने चाय पड़ी है तो पी लें।'

रामबहोरन के वे प्यार वाले दिन थे— पहले प्यार वाले दिन। उन प्यार वाले दिनों में उस प्यार वाली लड़की के घर पर मई जून की गर्म दोपहरी में रामबहोरन की चाय अक्सर ठंडी हो जाया करती थी। लड़की गुस्सा हो जाती थी। वे कॉलेज के छुट्टी के दिन थे। वो छुट्टियों का प्यार था। मतलब कि दोनों छुट्टी पाकर छूटकर प्यार कर रहे थे।

लड़की के पापा बिहार में कहीं मास्टर थे। रामबहोरन के पहले प्यार वाले गर्मी के उन्हीं दिनों में वे रिटायर होकर घर आ गये। रामबहोरन और उस लड़की का घर पर मिलना छूट गया। कॉलेज भी उन दिनों बन्द था। हिम्मत करके एकाध शाम रामबहोरन लड़की की गली में आते भी थे तो टाइमिंग सेट नहीं हो पाने के कारण वह छत पर नहीं आ पाती थी। गर्मियों में उपजा यह प्रेम बरसात में देर तक भीगता रहा और ठंड के मौसम आते आते ठंडा हो गया। जैसे था ही नहीं।

यह सब बीते हुए बहुत दिन हुए। पर अब भी जब कभी किसी दोपहर में रामबहोरन को बहुत गर्मी लगती है या फिर किसी शाम वे किसी गली से गुजरते हैं तब उनको उस लड़की की बहुत याद आती है।

रामबहोरन ने सोचने की कोशिश नहीं की, पर वे जानते हैं कि वह लड़की जहाँ कहीं भी होगी, शाम को पहले ही की तरह छत पर नहीं आती होगी। इसके बावजूद जब कोई चाय ठंडी हो जाती है तो रामबहोरन को भरी और गर्म दोपहरी में

उस लड़की का मुँह बनाकर 'पागल' कहना अक्सर याद आता है।

रामबहोरन इन सभी बातों को भुला देना चाहते हैं, यह जानते हुए भी कि वे इन्हें कभी भूल नहीं पाएँगे। इस तरह की यादों से रामबहोरन के माथे का दर्द बढ़ने लगा। वे दर्द के आवेग से अपना ध्यान हटाना चाहते थे। कमरे में रखा रेडियो चालू किया। रेडियो जैसे इसी का इन्तजार कर रहा था। यहाँ भी दर्द खबरों की शक्ल में जारी था।....

"परमाणु करार पर सत्ता पक्ष और सहयोगियों में आम सहमति नहीं बन पायी..."

"प्रधानमन्त्री ने भूमि अधिग्रहण का विरोध करने वालों को विकास विरोधी कहा..."

"अयोध्या में विवादित ढाँचा गिराने वाले मामले की सुनवाई टली..."

"सरकार ने कहा—भोपाल गैस कांड के आरोपी एंडरसन का प्रत्यर्पण जरूरी नहीं..."

रामबहोरन का दम घुटने लगा। बिजली से चल रहे उस रेडियो के तार को रामबहोरन ने घबराकर नोंच दिया। जैसे इतनी सारी भयानक खबरें उसी तार से प्रवाहित हो रही थीं। रामबहोरन के इस कृत्य से जैसे रेडियो को सदमा लगा हो, वो झटके से चुप हो गया। फिर भी उन खबरों का असर पूरा हो गया था। दर्द बढ़ता ही जा रहा था। रामबहोरन टूट जाने से पहले उस दर्द से छुटकारा पाना चाहते थे।

व्यक्ति की अपनी सीमा है। वह वर्तमान से घबराकर हर बार भविष्य के सुनहरे सपनों में नहीं जा पाता। कई बार तो वह वर्तमान से फिसलकर अपने पुराने दिनों में चला जाता है। रामबहोरन के साथ भी यही हुआ। वे भी भाग रहे थे। इसी भागने में उनके बचपन का पन्ना हाथ लग गया।

बहुत बड़ा संयुक्त परिवार था। यहाँ 'संयुक्त' विश्लेषण सिर्फ ढाँचे के लिए है, वरना परिवार के लोगों का मन एक दूसरे से हमेशा विभक्त ही रहा। घर में दूध दही तो खूब होता था, किन्तु ढेर सारे बच्चों के बीच दो-दो करछुल ही बँटता था। शेष आने जाने वालों को चाय पिलाने में इस्तेमाल किया जाता था।

इस तरह के माहौल में रामबहोरन की पढ़ाई लिखाई के लिए उनकी माँ हमेशा चिन्तित रहती थीं। महिलाओं की पहुँच सबसे अधिक उनके मायके तक होती है। इसी पहुँच का फायदा उठाकर रामबहोरन पढ़ाई के लिए ननिहाल भेज दिये गये। रामबहोरन को ननिहाल में रहकर पढ़ना बहुत खराब लगता था। हमेशा उनको यही लगता था कि ननिहाल का पूरा गाँव जान गया है कि उनके घर में कुछ गड़बड़ चल रहा है। इसी मन:स्थिति में रामबहोरन खुद को अपवादित बनाते गये। किसी तरह से साल निबह पाया। नये सत्र में रामबहोरन की वापसी उसी प्राइमरी पाठशाला में हो

गयी जहाँ से वे गये थे। इस पूरे प्रकरण में सर्वाधिक रुसबाई माँ की हुई। घर के लोग बात बात में ताना कसने लगे कि कैसा मायका है कि वहाँ एक बच्चा नहीं टिक पाया। माँ अपने बच्चे को सही ठहराती तो उसके मायके की बदनामी होती।

इस तरह आम भारतीय महिला का सहज मायका सम्मान बचा लिया गया। रामबहोरन बहुत कम उम्र में बदनाम बहोरन हो गये।

छठी कक्षा में रामबहोरन का दाखिला घर से दस किलोमीटर दूर किसान इंटर कॉलेज में हो गया। कॉलेज अपना 'किसान' नाम पूरी तरह सार्थक कर रहा था। कॉलेज के फर्श, छत, दरो दीवार सभी का धूप हवा पानी से सीधा रिश्ता कायम था। यानी किसान इंटर कॉलेज किसानों की ही तरह मौसम की मेहरबानी पर खड़ा था।

स्कूल आने जाने के लिए पिता को दहेज में मिली साइकिल रामबहोरन के काम आयी। इतनी कम उम्र में रोज लगभग बीस किलोमीटर साइकिल चलाना एक तरह से क्या सभी तरह से ज्यादती थी। शाम को जब रामबहोरन स्कूल से वापस आते तो उनका चेहरा देखकर यही लगता कि शायद कल स्कूल न जा सकें। किन्तु रामबहोरन के भीतर उस उम्र में साइकिल चलाने का उत्साह इतना प्रबल था कि रोज सवेरे फिर तैयार हो जाते थे। पर इतनी पुरानी साइकिल उस चंचल, उत्साही, नौसिखिए सवार को कभी स्वीकार नहीं कर पायी। वह अपनी टूटती थकती हुई सांसों को सँभालते हुए रामबहोरन के आवेग और उत्साह की भेंट चढ़ती रही। वैसे रामबहोरन उस साइकिल को बहुत प्यार करते थे, किन्तु उस समय साइकिल को प्यार नहीं मरम्मत की जरूरत थी, जो कभी उसे नहीं मिल पायी। खैर! कुछ साल तक रामबहोरन और साइकिल एक दूसरे को चलाते रहे।

बहुत बाद में जब वह साइकिल कबाड़ के रूप में बिकने के लिए निकाली गयी तो उसे देखकर रामबहोरन को लगा कि दहेज में मिली चीजों का आखिर में यही अंजाम होता है। आज भी जब रामबहोरन को उस साइकिल का ख्याल आता है तो उनकी हथेलियाँ पसीज जाती हैं।

रामबहोरन के पिता को विवाह में एक पत्नी, एक साइकिल और एक रेडियो मिले थे। बाद के दिनों में परिवार में कलह और शोर इतना बढ़ा कि रेडियो की बोलती बन्द हो गयी। एक दिन उसने पलंग से कूदकर अपनी जान दे दी। ससुराल से मिली चीजों की मौत के बाद जो कुछ कहा जाता है, रेडियो की मौत पर भी वही बातें हुईं। मौत की आधिकारिक सूचना जारी हुई कि 'बिल्ली ने रेडियो को गिरा दिया।' माँ बहुत दिनों तक उसके कलपुर्जों को रस्सी से बाँधकर रखे रहीं, बाद में जाने क्या हुआ। साइकिल का जो हुआ वह सबको पता ही है। तो क्या माँ के साथ भी एक दिन वही होगा जो उस रेडियो और साइकिल के साथ हुआ? ऐसा सोचकर ही रामबहोरन का रोने का मन करता है।

बहुत...।

माँ, रामबहोरन की साइकिल यात्रा बन्द कराना चाहती थी। फिर भी वे दो साल तक साइकिल चलाते रहे। आठवीं कक्षा से एक दूसरे सम्बन्धी के यहाँ शहर में स्थानान्तरित कर दिये गये। गाँव की अनगढ़ मिट्टी शहर के संस्कारों में ढल नहीं पायी। धीरे-धीरे रामबहोरन मिट्टी से मलबा बनते गये। दिन में इधर-उधर घूमते रहते और शाम होते ही चुपचाप किसी कोने में बैठकर माँ के लिए बहुत कम उम्र में बहुत अधिक कुहूक कुहूक कर रोते थे।

कुछ साल तक रामबहोरन का यह आत्मविलाप चलता रहा। पर एक दिन बड़ा ही अजीब-सा एक इतवार आया।

मतलब समझ लीजिए कि इतिहास बनते-बनते रह गया। अगर उस घटना के बाद रामबहोरन प्रसिद्ध हो गये होते तो उनकी जीवनी लिखने वाले तमाम लेखक, अलेखक उस घटना का उल्लेख 'इतवार क्रान्ति' के रूप में करते। दसअसल हुआ यह कि उस इतवार को रामबहोरन ने टी.वी. पर बी.आर. चोपड़ा के महाभारत में एकलव्य का अँगूठा कटते हुए देखा और देर तक अपने अँगूठे को सहलाते रहे। टी.वी. बन्द होने के बहुत बाद तक उसके काले स्क्रीन पर रामबहोरन को लाल-लाल धब्बे दिखाई दे रहे थे। पूरा इतवार घरघराता रहा। एक अजीब सी बेचैनी में रामबहोरन परेशान रहे। पानी पीते, खाना खाते अचानक उनको लगता कि उनके हाथ में एक अँगूठा कम है। रामबहोरन के भीतर एक अजीब सा आक्रोश भरता जा रहा था। थोड़ी देर के लिए आँख भी लगी तो उन्होंने देखा कि ढेर सारे लोग टी.वी. वाले महाभारत के द्रोणाचार्य के खिलाफ गोलबन्द हो नारे लगा रहे हैं, और उनके हाथों में अँगूठे नहीं हैं। रामबहोरन उस इतवार से निकलकर कहीं बाहर भाग जाना चाहते थे। पर अभी उस इतवार की शाम बाकी थी। वह वही शाम थी जिसमें दूरदर्शन पर देवानन्द की प्रसिद्ध फिल्म 'गाइड' को आना था।

खैर, इक्कीस इंच के ब्लैक एंड वाइट टी.वी. के काले स्क्रीन पर एकदम समय से वह शाम आयी, 'गाइड' फिल्म को साथ लेकर। जैसे फिल्म और शाम दोनों का कहीं से कोई प्रसारण कर रहा हो। फिर क्या था, इतवार की वह शाम लम्बी होकर अगले कई सुबहों तक पसर गयी। रात भर कोई गाता रहा 'वहाँ कौन है तेरा...मुसाफिर जायेगा कहाँ'!... कुछ दिन तक रामबहोरन किसी से कुछ नहीं बोले। एकदम खामोश, एक ही करवट सोये सोये वे रातें बदलते रहे। सुबह उठे। चुपचाप अपना कपड़ा लत्ता सहेजा और चल दिये। किसी को बिना यह बताये कि...'मुसाफिर जायेगा कहाँ?'

एक बात और, उस घटना के बाद भी यदि रामबहोरन प्रसिद्ध हो गये होते तो इतिहासकार उस घटना को कम से कम 'महाभिनिष्क्रमण' तो कहते ही। पर होनी

पर उनका कोई वश नहीं है। दरअसल रामबहोरन के निकलने के साथ ही जन जन की आस्था के प्रतीक श्री श्री (एक नहीं बहुत ज्यादा) आठ श्री लालकृष्ण आडवाणी जी महाराज एक रथयात्रा लेकर निकल पड़े। अब कहाँ राम और कहाँ रामबहोरन। उस समय के अखबारों में या तो राम छपते थे या फिर मर्दानगी बढ़ाने वाली दवाइयों के व्यावसायिक विज्ञापन। रामबहोरन को कोई जगह नहीं मिल पायी। वैसे भी धर्म और व्यवसाय की उत्तेजना में पीड़ा को जगह कहाँ? लेकिन रामबहोरन ना सत्ता के थे और ना विपक्ष के, ना धर्माचार्य थे और ना धर्मोद्योगी, तो इतिहास में कैसे दर्ज होते? बाद में रामबहोरन को लगता था कि इतिहास में भी एक 'तीसरा दर्जा' होना चाहिए, नहीं तो कितने लोग यूँ ही छूटते जाएँगे।

खैर, रामबहोरन का जाना महाभिनिष्क्रमण हो भी नहीं सकता; क्योंकि उनके पास छोड़कर जाने के लिए ना कोई राज्य था, ना सुन्दर पत्नी और ना कोई बच्चा। शायद इसीलिए वो रात में नहीं दिन के उजाले में गये। केवल 'दर्द' किसी महान आदमी से 'मैच' कर जाय इससे किसी की हर बात महान नहीं हो जाती। किसी से कुछ कहकर जाने का कोई मतलब नहीं था और सच तो यह है कि जो थे वो पूछे भी नहीं। तो 'सखि वे मुझसे कहकर जाते' जैसी कोई भावुक या मार्मिक बात नहीं हुई। पर बाद के दिनों में रामबहोरन का घर से सम्बन्ध लगभग टूट गया।

तब से आज तक रामबहोरन छात्रवास में पड़े रहे। उसी छात्रावास में जहाँ वे इस कहानी की शुरुआत में आये थे। वो बिना रेगुलेटर वाला पंखा अब भी उसी कमरे में चलता है। दिन बीत रहे थे। किताब दर किताब जिन्दगी खत्म होती रही। हर बरस एक और डिग्री फाइल में बढ़ती रही। एक अनगढ़ पौधे की तरह बढ़ते हुए रामबहोरन वहाँ आ गये जिसे पढ़े लिखे लोग उच्च शिक्षा कहते हैं। यही बात रामबहोरन से कोई पूछता तो वे मुस्कराकर कहते 'नहीं समझे,...उच्च शिक्षा बोले तो शिक्षा का बीहड़'। रामबहोरन की इस शैक्षिक यात्रा के पीछे सीधा तर्क था। पढ़ने के नाम पर हाईस्कूल पास कर लिया। इंटर इसलिए किया कि सबकी उम्मीदों पर हर बार की तरह पानी फेरते हुए हाईस्कूल पास हो गये। बी.ए. की पढ़ाई इसलिए हो गयी कि इंटर के बाद माँग और आपूर्ति सेट नहीं हो पाने के कारण नगरपालिका में क्लर्क नहीं बन पाये। बी.ए. के बाद सिंचाई विभाग में बाबू होते होते रह गये। बात पक्की थी। पर नया साहब आ गया। बिरादरी मैच नहीं कर पायी। घर भर के अरमानों की धरती सूखी की सूखी रह गयी। अब कुछ नहीं हो पाये तो एम.ए. करने लगे। एम.ए. के दौरान ही रामबहोरन के चारों तरफ एक बड़ी दुनिया खुलने लगी थी। वे भौचक हैरान उस दुनिया में बहुत दूर निकल आये। इतनी दूर कि अब वहाँ से लौट नहीं सकते। यदि लौट भी गये तो किसी काम के नहीं रह जाएँगे। तो रामबहोरन वहीं डटे हैं। वहीं मतलब उच्च शिक्षा या फिर घनघोर बीहड़ में।

हाँ, इस बीहड़ में होने वाले बौद्धिक या अबौद्धिक गैंगवार में रामबहोरन गड़बड़ा जाते हैं। जब कभी एकदम अकेले में छात्रावास के बगल वाली चाय की दुकान में बैठकर अपनी चाय ठंडी कर रहे होते, और उस समय उनकी वो बी.ए. सेकंड ईयर वाली क्लासमेट भी नहीं होती, तब वे खुद से ही कहते, ''ससुरा इहां समझ में नहीं आता कवन किस पार्टी में है? समझ में आये कैसे? इधर के बीहड़ का जो सरदार है वो भोपाल में उपन्यास पर बोलता है, दिल्ली में जनतन्त्र पर बोलता है। और हम लोगों को देखता है तो 'अवसरवाद' के विरोध में बोलता है। नयी उम्र की साहित्य साधिकाओं से देर तक मुस्कराते हुए बोलता है। और तो और, कुछ लोग बताते हैं कि बरसों हो गये अपनी पत्नी से नहीं बोलता है।''

इस दुनिया की इन्हीं बातों से रामबहोरन कभी कभी घबरा जाते हैं। पर कहीं कोई रोशनी दिखेगी इसी उम्मीद में जी रहे हैं। बौद्धिकता में आदमी रो भी नहीं पाता, पर रामबहोरन का रोने का मन बहुत होता है। ऐसे पलों में रामबहोरन को उनकी माँ बहुत याद आती है। जब याद आती है तो रामबहोरन रोने ही लगते हैं..।

माँ का ख्याल आते ही रामबहोरन को झटका लगा। बचपन के पन्नों से फिसलकर बाहर आ गये। अन्दर से एक लहर सी उठी, और मुँह से कराह निकल आयी। रामबहोरन को लगा कि उन्होंने गहन पीड़ा के क्षणों में माँ कहा हो। माँ...।

(सफेद थुलथुल भयानक से शख्स ने घूरा...'माँ कौन है'')

आनन फानन में रामबहोरन बोल गये, 'गोबर की माँ है सर...धनिया''

कोट टाई वाले सदस्य ने टोका, ''यू नो गोर्कीज मदर?''

''यस सर...आई नो।''

''कहाँ जानते हैं?...जानते होते तो पहले ही नहीं बताते... विश्व साहित्य में आपका ज्ञान बिल्कुल शून्य है।''

रामबहोरन ने स्थिर होकर जवाब दिया, ''ऐसा नहीं है सर....गोर्की का नाम मैंने इसलिए नहीं लिया कि साक्षात्कार के आरम्भ में रेमंड विलियम का नाम लेने पर बोर्ड की ओर से ही आपत्ति हुई थी कि अपने देश के विद्वानों का ही हवाला दिया जाए...इसलिए मैंने'', तब तक एक दूसरे सदस्य ने उनकी बात काटते हुए कहा, ''अच्छा...ठीक है..., यह बताइए कि धनिया की उम्र कितनी थी?''

इस प्रश्न पर रामबहोरन चकरा गये। जवाब देने में देर लगते देख अब तक खामोश बैठे सदस्य ने मुस्कराते हुए कहा कि ''डॉक्टर साहब पूछ रहे हैं कि धनिया की उम्र कितनी थी? मतलब वह कितने बरस की थी।''

प्रश्न और प्रश्नकर्ता की इस भंगिमा पर रामबहोरन तिलमिला गये। दूसरी तरफ बैठे विषय विशेषज्ञों की तरफ मायूसी से देखा। रामबहोरन को लगा कि प्रगतिशील एक्सप्रेस के गार्ड साहब इस तरह की 'चैन पुलिंग' पर कुछ बोलेंगे, पर

वे नहीं बोले। दूसरे सांस्कृतिक नैतिकवाद के अकादमिक पुरोहित जी जानते थे कि कुछ बोले तो निश्चित है कि अगले बैच में नहीं बुलाये जाएँगे। इंटरव्यू के पैनल में होना बेमौसम का सम्मान तो है ही, साथ ही टीए डीए आदि...। इसलिए कोई नहीं बोला। बस, कहीं से कोई आवाज आ रही थी 'सब चुप, साहित्यिक चुप और कविजन निर्वाक...'

रामबहोरन के मन में आया कि कह दें, 'धनिया की उम्र आपकी माँ की उम्र के बराबर थी...' पर खामोश, साक्षात्कार चालू है।

रामबहोरन को लगता है कि एक बार नौकरी मिल जाय तो वे पिता की आँखों की चमक को वापस ला सकते हैं, घर को रहने लायक बना सकते हैं, बहन की शादी के लिए पैसा जोड़ सकते हैं। बहुत कुछ कर सकते हैं सिवाय नौकरी पाने के।

रामबहोरन की समस्या है कि वह जीते हैं इक्कीसवीं सदी में और समस्याएँ पाले हुए हैं उन्नीसवीं सदी की। पिता की आँखों की चमक, माँ की ममता, बहन की शादी यह सब इक्कीसवीं सदी की 'ग्लोबल विलेज' की नहीं, पुराने दिनों के गाँव गंवार की बातें हैं। जब ये पुराने किस्म का दर्द पालेंगे तो परेशान रहेंगे ही। हाँ, कोई समकालीन दर्द पालते तो कुछ और बात होती। कभी कभी घर गाँव की उन्हीं यादों से विवश होकर इधर का कुछ हालचाल जानना चाहते भी तो उसमें और परेशानी होती। घर की बहुत याद आती तो चिट्ठी लिखने बैठ जाते। अपनी चिट्ठियों को लेकर शाम के अँधेरे में छात्रावास से निकलते और चुपके से डाकखाने में छोड़ आते। चिट्ठी बॉक्स में डालते हुए उन्हें लगता कि इधर से गुजरने वाला हर आदमी उनको ही घूर रहा है कि 'यह कौन आदमी है, जो आज के जमाने में चिट्ठी लिखता है?'

रामबहोरन अक्सर ये सोचते हैं कि यह देश महान लोकतान्त्रिक देश है, जिसमें सभी के लिए उसका पारिवारिक पेशा सुरक्षित रहता है। तभी नेता का बेटा नेता, और व्यापारी का बेटा व्यापारी आसानी से बन जाता है। इसका दूसरा पहलू यह है कि मजदूर का बेटा मजदूर और नौकर का बेटा नौकर बन ही जाएगा। तब तो रामबहोरन का किसान बनना लगभग तय है। ऐसे में उनके हिस्से में 'होरी की मौत' ही शामिल है। पर इसमें भी रामबहोरन को एक पेंच नजर आता है। वह कि आजकल वो उन्नीस सौ छत्तीस वाला जमाना नहीं है, जब प्रेमचन्द ने होरी को 'नेशनल हीरो' बना दिया था। आज 'मीडियम इज द मैसेज' का जमाना है। उपन्यास से ज्यादा आज 'चैनल' विश्वसनीय हैं। यही सब सोचते हुए रामबहोरन छात्रावास के कॉमनहॉल तक आ गये। वहाँ WWF देखने वाले दर्शकों की संख्या आज कम थी। इसलिए रामबहोरन ने अपने को बौद्धिक साबित करते हुए समाचार लगा दिया। समाचार देखकर बहुत ही तीखा अनुभव हुआ। हुआ यह कि महाराष्ट्र

के गढ़चिरौली में एक ही परिवार के तीन किसानों ने कर्ज से आजिज आकर आत्महत्या कर ली। जिस खेत के लिए कर्ज लिया था उसी में खड़े पेड़ से लटकते हुए उन किसानों की साँस जिस समय टूटी थी, ठीक उसी समय देश की राजधानी में आयोजित एक फैशन शो में रैम्प पर कैटवॉक कर रही मॉडल के ब्रा के हुक टूट गये। धन्य हो वह सुपरमॉडल, जिसने तुरन्त ही जिम में गढ़े गये अपने सुडौल स्तनों को नहीं, अपनी आँखों को ढक लिया। सच है 'मूंदहु आँखि कतहुँ कुछ नाहि'।

बस क्या था, टीवी चैनलों पर किसानों की टूटती सांसों को मिला डेढ़ मिनट का कवरेज और मॉडल के हुक टूटने को मिला तेईस घंटा अट्ठावन मिनट तीस सेकेंड का कवरेज। चैनल वालों ने ब्रा के हुक टूटने की उस नियोजित घटना को इतनी बार इतने स्लो मोशन में दिखाया कि भाई लोगों को उस मॉडल का सही साइज याद हो गयी। 'ब्रा ब्रेकिंग' की वह घटना सभी चैनलों के लिए 'ब्रेकिंग न्यूज' बन गयी। चैनलों में होड़ मची थी। किसी चैनल का दावा था कि हुक टूटने की सबसे पहली तस्वीरें उसके पास हैं, तो किसी का दावा था कि हुक टूटने के बाद की सबसे पहली तस्वीरें हमारे पास हैं। अपने-अपने दावों को लेकर चैनल वालों ने इतनी बार उस मॉडल का हुक तोड़ा कि दूसरे दिन सभी अखबारों के मुखपृष्ठ पर छपी वह मॉडल रामबहोरन को नंगी लग रही थी। उन्हीं अखबारों में दसवें पृष्ठ पर एक कॉलम में जिलाधिकारी का बयान छपा था कि 'किसानों की मौत कच्ची दारू पीने के कारण हुई थी।' इस खबर के नीचे लगभग आधे पृष्ठ में एक बहुराष्ट्रीय बैंक का 'कार लोन' का विज्ञापन छपा था।

अखबार पढ़ते हुए रामबहोरन सोच रहे थे कि अब मरने वरने से भी कोई 'हेरोइक इमेज' नहीं बनने वाली। कौन जाने जिस दिन मरें उसी दिन किसी 'वलिए' या किसी रिएलिटी शो के सेट पर किन्हीं 'रोहतगी' या 'सावंत' की वक्षक्रान्ति में उनके जैसों का मरना जीना बिला जाय। रामबहोरन के होठों पर बुदबुदाहट जैसा कुछ था, ''साला, इस देश में किसान मजदूर का कहीं कुछ भी नहीं है। ना इनका जीना खबर और ना मरना खबर। एक ये लोग हैं कि इनका पहनना भी खबर है और नंगा होना भी खबर है। अगर भूले भटके कहीं किसान मजदूर टीवी चैनल पर आते भी हैं तो दूरबीन विधि से नसबन्दी कराने के प्रचार में या फिर स्टेशन पर बैठकर कंडोम बिंदास बोलते हुए दिखते हैं।''

इस तरह न दिखें कि कहीं गढ़चिरौली या कालाहांडी में मरे मिलते हैं। उनके मरने की खबर टीवी पर आने से पहले किसी मल्टीनेशनल कम्पनी के 'डीयो' लगाती हुई किसी सुन्दरी की बहुचर्चित नाभि से लहरें उठने लगती हैं और उस नाभि की टीआरपी में सब कुछ बह जाता है। यह सब समझते हुए रामबहोरन इस निष्कर्ष पर पहुँचते हैं कि यह टीआरपी का ही मामला है कि आजकल चैनलों पर 'नाभिदर्शना

क्रान्तियों' की भरमार है। इस तरह ये सुन्दरियाँ और ये चैनल आपस में 'नाभिनालबद्ध' हैं।

रामबहोरन की जिन्दगी में एक और रोचक प्रसंग है—

यूँ समझ लीजिए कि तयशुदा मौत से पहले थोड़ा जिये भी थे रामबहोरन। पूरे होशोहवास में ये उनका दूसरा प्रेम था। पहला प्रेम तो उनको अपनी उस बी.ए. सेकंड इयर वाली 'क्लासमेट' से हुआ था। दूसरा प्रेम भी 'क्लास' की ही लड़की से हुआ। 'क्लास' मतलब एम.ए. की कक्षा। रामबहोरन के दोस्त कहते थे कि 'कुछ भी कहो पार्टनर लड़की हाई क्लास की है।' रामबहोरन ये सुनकर फिक्क से हँस देते।

रामबहोरन को प्यार हो गया है, इस बात की खबर उनसे पहले उनके मित्रों को लगी थी। पहले तो रामबहोरन टालमटोल करते रहे। बाद में उनके दोस्तों ने उनसे देह मन के तमाम लक्षणों को चिह्नित कर बताया तो उन्होंने भी मान लिया कि उनको प्रेम हो गया है। अब जब मान लिया तो हो भी गया। क्योंकि गणित के प्रश्नों को हल करते समय 'माना कि' से शुरू कर ही असली जवाब पाते हैं। वैसे भी रामबहोरन की जिन्दगी गणित से कम जटिल नहीं है। यह अलग बात है कि इसमें दो और दो का जोड़ कभी चार नहीं हुआ।

प्रेम और प्रेमिका के मामले में रामबहोरन छायावादी निकले। उनको प्रेमिका से ज्यादा उसकी यादें अच्छी लगती थीं। प्रेमिका यथार्थवादी थी। प्रेमिका को रामबहोरन की लिखावट अच्छी लगती थी, फिर तो वह अपने सारे नोट्स रामबहोरन से ही बनवाने लगी। कैरियर के प्रति अत्यधिक जागरूकता में वह कभी इग्नू से तो कभी कहीं से कुछ न कुछ नया कोर्स आदि करती रहती थी। रामबहोरन उसके लिए स्थायी लेखक थे। धीरे-धीरे उनकी जिम्मेदारी बढ़ती गयी। प्यार करने से इतर और भी बहुत सारे काम रामबहोरन के पास आ गये थे।

रामबहोरन की प्रेमिका के घर की स्थिति कुछ रहस्यमय थी। उसके पिता की मौत हो गयी थी। भाई अपनी अपनी पत्नियों को लेकर अलग रहते थे। रामबहोरन जब कभी इस सन्दर्भ में कुछ जानना चाहते थे तब प्रेमिका उनको झिड़क देती थी, "मेरे घर के बारे में तुम कुछ ज्यादा ही रुचि लेते हो, ऐसा क्यों।" अब रामबहोरन कैसे कहें कि "मैं तुमसे प्यार करता हूँ यही पर्याप्त कारण है।"

इस प्रसंग में हुआ यही कि प्रेमिका के घरवालों के सन्दर्भ में रामबहोरन का ज्ञान शून्य ही रहा। प्रेमिका अपनी माँ के साथ रहती थी। और जब कभी जीवन संघर्षों को लेकर बहुत घबरा जाती तो वैसे में रामबहोरन उसके लिए तसल्ली बनकर आ जाते थे।

कुछ बातें थीं जो शुरू से ही रामबहोरन के मन में खटकती थीं।

रामबहोरन की प्रेमिका की जान-पहचान रामबहोरन के दोस्तों से भी हुई। प्रेमिका की एक आदत काफी रहस्यमय थी कि वह रामबहोरन की जानकारी के बगैर उनके रूममेट या उनके दूसरे नजदीकी मित्रों को खाने या चाय पर घर या बाहर बुला लेती थी। उनके दोस्त वहाँ पहुँचकर रामबहोरन को अनुपस्थित पा बहुत संकोच में पड़ जाते थे। फिर काफी दिनों तक उनसे मुँह चुराते रहते थे। रामबहोरन कहते कि "हर बात मुझे बताकर ही करो ये जरूरी नहीं है, और ना ही मैं ऐसा चाहता हूँ, पर बता देने में हर्ज क्या है, यह मैं समझ नहीं पाया।" आखिरकार हर दावत की खबर रामबहोरन को हो ही जाती थी। पर रामबहोरन ने कभी अपनी प्रेमिका से नहीं पूछा कि इन गुमनाम दावतों का रहस्य क्या है। बहुत बाद तक दावत खाने वाले नहीं समझ पाये कि रामबहोरन के दोस्तों को उनकी प्रेमिका उनकी गैर-जानकारी में ट्रीट क्यों देती है?

इन सभी चीजों के बावजूद रामबहोरन उस लड़की से प्यार करने लगे थे। कभी चुपचाप खुद से ही कहा था कि शादी यदि करनी है तो इसी लड़की से। किन्तु इन सबमें रामबहोरन ने धैर्य से काम लिया। छात्रावास की छत पर लेटकर चाँद को एकटक देखते हुए चाँद से ही अपनी रणनीति बनायी, 'बहुत कूदना फाँदना नहीं है...बस धीरे-धीरे प्यार को बढ़ाना है।'

रामबहोरन ने चाँद से सब कुछ चुपचाप जब कहा था उस समय कई देशों के द्वारा छोड़े गये सेटेलाइट चाँद और पृथ्वी के बीच चक्कर लगा रहे थे। संचार क्रान्ति का ऐलान हो चुका था। फलस्वरूप टेलीफोन के बेसफोन से संचार क्रान्ति ने क्रिया कर मोबाइल पैदा कर दिया। फिर अचानक ढेर सारी कम्पनियों का उदय हुआ। जो अपने अपने हाथों में एक अजूबा लेकर आयी थीं, जिसे बाद में 'सिम' के नाम से जाना गया।

रामबहोरन ने अपने एक दोस्त से उसका पुराना मोबाइल कुछ दिनों की उधारी पर लिया। आधे इंच के उस अनोखे जीव को उसी मोबाइल में रामबहोरन ने लगाया। मोबाइल को ऑन किया। मोबाइल से आवाज आयी....टिन...टिन...। रामबहोरन ने समझा, अच्छा, कह रहा है खुल जा सिम-सिम। मोबाइल एक बार खुला तो रामबहोरन का मुँह खुला का खुला रह गया। गजब का रहस्यलोक समाया हुआ था उसके भीतर। फिर क्या, प्यारवाली से रात भर प्यार की बातें होने लगीं। उस दौरान वे खुद को थोड़ा स्पेशल ही समझने लगे थे। उनको लगता था कि इतनी अच्छी सुविधा सिर्फ उन्हीं को उपलब्ध है। किन्तु उनका यह विशिष्टताबोध एक रात टूट गया।

हुआ यह कि रामबहोरन रात के ढाई बजे मोबाइल पर प्यारी वाली लड़की से प्यार की बातें करते हुए अपने कमरे से बाहर निकले। वे यह देखकर दंग रह गये कि

हॉस्टल की सीढ़ी पर, बाथरूम की छत पर, बाहर के चबूतरे पर, बैडमिंटन कोर्ट पर कोई पेटकुनियाँ तो कोई उतान लेटकर मोबाइल से कहीं किसी घर में बैठी या लेटी किसी लड़की से प्यार की बातें कर रहा था। रामबहोरन पूरा हॉस्टल घूम आये, कहीं कोई जगह उनको खाली नहीं मिली।

रामबहोरन कमरे में लौट आये। लड़की के साथ हर बार की तरह बात बन्द करने की सारी औपचारिकताएँ निपटाकर उन्होंने फोन रख दिया। आज कुछ जल्दी ही औपचारिकताएँ पूरी कर ली गयीं। वरना कभी कभी तो फोन रखने की प्रक्रिया भी आधे घंटे खिंच जाती है...गुड नाइट,...अच्छा अब रखो...और सब ठीक ना...मिस यू...लव यू...ऐसे बहुत सारे शब्द लगभग रोज ही दोनों तरफ से देर तक उछाले जाते। तब जाकर कहीं फोन कटता।

रामबहोरन ने महसूस किया कि लगभग पूरा हॉस्टल एक अजीब किस्म के प्रेमपूर्ण माहौल में झनझना रहा है। नींद आने से ठीक पहले रामबहोरन ने सोचा कि इन मोबाइल कम्पनियों का गजब का मैनेजमेंट है, इन्होंने अपनी रातभर फ्री वाली योजना सबको बता दी है। यही वो आखिरी बात है जिसको सोचते हुए वे सो गये। ये अलग बात है कि सोते हुए भी बड़बड़ा रहे थे कि प्रेम के विकास में मोबाइल का योगदान...यह एक स्वतन्त्र शोध का विषय है...इस पर भी किसी न किसी को डॉक्टरेट मिल ही जाएगी।

प्यार की राह में अहर्निश सेवा में लगा मोबाइल कई तरह की सुविधा उपलब्ध करा रहा था। प्रेम के अतिरेक में जो आप मुँह से नहीं कह सकते उसको लिखकर एसएमएस कर सकते हैं।

रामबहोरन ने सेंड कर दिया।

Hor r u?

पल भर में रामबहोरन के मोबाइल के मैसेज बॉक्स में हलचल हुई। खोलकर देखा तो चकरा गये। वही प्यार वाली लड़की का मैसेज था...

I am fine... and... 143... Do u 42... Tell me?

रामबहोरन कहें तो क्या कहें? कुछ समझ में आये तब ना उसका जवाब दें। आधा अँग्रेजी और आधा गणित में आये हुए मैसेज ने रामबहोरन के प्यार का गीत बिगाड़ दिया। अन्त में उन्होंने प्यारवाली लड़की की बुद्धिमत्ता को प्यार करते हुए सरेंडर कर दिया। लड़की बहुत देर तक हँसती रही।

"तुम इतने इनोसेंट हो, मैं यह नहीं जानती थी।"

"कुछ गड़बड़ हो गया क्या?"

लड़की हँसते हुए बोली, "हाँ, गड़बड़ है, बहुत गड़बड़ है।"

रामबहोरन अपनी झेंप मिटाते हुए बोले, "अरे भाई, इसका मतलब तो बता

दो तब देखो इसका जवाब हम क्या देते हैं?''

"I am fine का मतलब तो समझते ही हो।''

''अरे हाँ..., लेकिन यह...143 और 42 का क्या मतलब है?''

''अरे पागल, यह अक्षरों की संख्या है। 143 का मतलब है I love you और do u 42 का मतलब है.... do you love me?"

यह कहकर लड़की जोर से हँसने लगी। रामबहोरन की आँखें गोल हो गयीं, और चेहरा सिंदूरी। पूरी ताकत लगाकर भी वे धीरे से बोल पाये...,''मतलब''...।''

लड़की इतराते हुए बोली, ''मतलब...पागल...पागल...पागल...पागल।'' और हँसते हुए फोन काट दिया। रामबहोरन का मन किया कि वे भी ''मोहब्बत में ये नाम मुझको मिला है...' गाते हुए कहीं भाग जाएँ।

वो रामबहोरन की प्यार भरी रातें और बेकरार दिन थे। ऐसे में एक दिन लड़की ने उनके कन्धे पर अपना सिर टिकाते हुए कहा, ''सोचती हूँ... एक दो अटेम्प्ट ठीक से तैयारी करके दे दूँ, प्री तो हर बार लगता ही है, थोड़ा और समय दे दूँ तो मेन्स भी लग सकता है।''

रामबहोरन तो जैसे तेलू बन जाते थे उसके सामने। अपनी आवाज को चिपचिपा करके बोले, ''लग सकता है नहीं, लग जाएगा, और इंटरव्यू तो तुम यूँ...यूँ चुटकी बजाते निकाल लोगी।'' रामबहोरन जब इस तरह प्रोत्साहित करते हैं, तब लड़की को अच्छा लगता है। जब लड़की को कुछ अच्छा लगता है तो रामबहोरन को बहुत अच्छा लगता है।

प्यार वाली लड़की कम्पीटीशन में 'एक दो अटेम्ट' आजमाने चली गयी। पर अपना नेह छोड़ गयी थी रामबहोरन के पास। रामबहोरन बीच की दूरी को एसएमएस से पाट रहे थे, संचार क्रान्ति की महत्तम महत्त्वाकांक्षा 'समय में दूरी को निगल जाना' को साकार होते देख रहे थे। वे भी क्या व्यस्त दिन थे। हर बात पर एसएमएस करते और हर एसएमएस पर बात करते।

ऐसे ही एक दिन उन्होंने अपने मोबाइल के 'राइट बॉक्स' में जाकर टाइप किया 'छोटा सा नजराना पिया रखोगे कि...' और भेज दिया। मोबाइल पर रिपोर्ट आयी 'डिलीवर्ड टू प्यार वाली' और तुरन्त ही रामबहोरन के मोबाइल का मैसेज टोन बजा 'सन्देशे आते हैं...' लड़की का जवाब आ गया था।

''मुझे सब याद है जरा जरा... यहाँ बहुत खराब है...। Miss u, बहुत कुछ छूट गया है, बड़ा मुश्किल है कवर करना, रोने का मन करता है, But...A... sometext missing"

मैसेज पढ़कर रामबहोरन को लगा कि वे कुछ पाते-पाते रह गये। बहुत देर तक सोचते रहे कि... के बाद क्या लिखा होगा, खैर, वे अपने को समझा लिये कि

उनके साथ हमेशा से यही होता है कि जब भी कुछ पाने को होते हैं तो...। जो भी हो, रामबहोरन का आदर्शवाद जाग गया। उनके भीतर कहीं न कहीं एक प्रवचनकारी बैठा है। उनको लगा कि प्यार उनको आवाज दे रहा है। पर क्या करें। देश की राजधानी दिल्ली मुहावरे में नहीं वास्तव में उनके लिए दूर थी। उन्होंने सारा हिसाब बैठाया। आने जाने से लेकर वहाँ के खर्च आदि में कम से कम हजार दो हजार तो लगेंगे ही, जो सम्भव नहीं। अतः उन्होंने व्यावहारिक बुद्धि का प्रयोग किया। ब्लॉक सर्वेंट से पाँच रुपये का एक लिफाफा मँगवाया और लिख दी एक चिट्ठी।

हे मेरी तुम,

यूँ ही याद आया करो,

तुम्हारा एसएमएस पढ़ा। लगा कि तुम परेशान हो। तुम्हें तैयारी से घबराहट हो रही है। लेकिन ऐसा नहीं होना चाहिए। स्त्री जब कोई निर्णय लेती है तो उसको पूरा करने की जिम्मेदारी उस पर ज्यादा होती है। तुम घबराओ नहीं, तुम्हारे में साहस है, शक्ति है। तुम कुछ भी कर सकती हो। मैं तुमको एक कहानी सुनाता हूँ, सुनो.... एक राजा के राज्य में अकाल पड़ गया। उसी समय वहाँ एक सन्त आये। सन्त ने राजा से कहा कि तुम अपने तालाब की मछलियों को आजाद कर दो तो अकाल खत्म हो जाएगा। राजा ने तालाब से एक नहर निकलवाकर नदी में मिलवा दी। सचमुच अकाल खत्म हो गया। लेकिन कुछ दिन बाद फिर अकाल पड़ गया। सन्त जी फिर बुला कर लाये गये। राजा ने पूछा, जैसा आपने कहा था वैसा ही मैंने किया, फिर यह अकाल क्यों? सन्त ने कहा, ''राजन, तुमने मछलियों को आजाद तो कर दिया था, पर उन्हें बताया नहीं था कि वे आजाद हो गयी हैं।'' अब शायद तुम्हें मेरी बात समझ में आ गयी होगी। आजाद होने से ज्यादा जरूरी है उस आजादी को जानना और महसूस करना। तुम अपने लक्ष्य पर अडिग रहो। वह सब कुछ तुम पा सकती हो, जो तुम चाहती हो। अपना ख्याल रखना।

तुम्हारी याद में,
तुम्हारा मैं...।

बाद के दिनों में जब वह अपना कोर्स पूरा करके वापस आयी तब उसने बताया कि तुम्हारे खत से मुझे बहुत प्रेरणा मिली...। पर यार, तुम इतना व्यवस्थित ढंग से 'शरदचन्द्रीय खत' कैसे लिख लेते हो....सही में यार, तुम्हारी चिट्ठी से लगा कि वह आज से चालीस पचास साल पहले लिखी गयी हो, पर इतने दिनों बाद पते पर पहुँची हो।''

रामबहोरन बहुत बाद तक समझ नहीं पाये कि वह 'कमेंट' था या 'काम्प्लीमेंट'?

पर रामबहोरन सही में चालीस पचास साल पुराने आदमी थे। प्यार किये तो पूरा का पूरा फिदा हो गये। बल्कि रामबहोरन के तमाम दोस्त गणित बिठाकर एक

साथ तीन-तीन प्रेमिकाओं पर फिदा हो रहे थे। वे प्रेम का एक व्यूह रचते थे। किसी के लिए वे एक बड़ी कम्पनी में मैनेजर थे, तो किसी के लिए सरकारी मुलाजिम, तो किसी के लिए भारत सरकार की किसी बृहद परियोजना के इंचार्ज। यानी किसी प्रेमिका को उनकी असलियत का पता नहीं था। जब कभी वे अपने मोबाइल के मेमोरी कार्ड में सुरक्षित किसी भोली भाली प्रेमिका को ब्लैकमेल कर बनाया गया 'एमएमएस' देखकर उत्तेजित हो रहे होते, ऐसे में यदि उनकी प्रेमिकाओं का फोन आ जाता, तो कहते 'बाद में करना, अभी मैं दिल्ली में पार्टी के साथ एक मीटिंग में हूँ।' और हैरानी यह कि वे प्रेमिकाएँ उन्हीं लोगों को आसाध्य प्रेमी मानती थीं। रामबहोरन को इन प्रेमियों को देखकर घिन आती। वे इन सभी छल और पाखंडों को देख कर कहते, 'मैं प्रेम में इतना फरेब नहीं कर सकता।' शायद इसीलिए वे पूरी ईमानदारी से एक ही लड़की से सही-सही प्यार कर रहे थे।

ईमानदारी के इसी संकल्प के चलते रामबहोरन ने 'मोबाइल पीढ़ी' की अपनी प्रेमिका को 'चिट्ठी वाले दिनों' के प्रेमी की तरह कलेजा निकालकर दिखा दिया। अपने घर-परिवार के बारे में सबकुछ बता दिया। एक जरूरी काम की तरह उन्होंने अपने घर के बारे में बताया, "जानती हो मेरा घर धुर गाँव में है। माँ की तबीयत अक्सर खराब रहती है। तीन छोटी बहनें और दो छोटे भाई गाँव में पढ़ रहे हैं। सबने अपने हिस्से का वर्तमान मेरे भविष्य को उज्ज्वल करने में लगा दिया है। सरकारी उजाले से बहुत दूर पूरा घर शाम से ही लालटेन की मटमैली रोशनी में ऊँघता रहता है।"

लड़की ने टोका, "और तुम्हारे पापा?"

रामबहोरन को जैसे कुछ याद आया हो, "पापा...., हाँ, हम लोग उनको बाबूजी कहते हैं।"

लड़की ने कहा, "अरे, वही तुम्हारे बाबूजी, वे क्या करते हैं?"

"करते क्या हैं..., खेतीबारी में और छोटे बड़े तीन चार गोरू हैं, उनके लिए चारा पानी में अपना समय लगाते हैं।"

लड़की को लगा कि वो जैसे प्रेमचन्द का कोई उपन्यास पढ़ रही हो। अचानक उठी, " अच्छा अब चलती हूँ।"

"क्यों, तुम आज तो देर तक बैठने वाली थी।"

"हाँ यार, पर... सिर भारी लग रहा है। इसलिए चलती हूँ।"

लड़की जाने की इतनी-सी भूमिका बनाकर चली गयी। रामबहोरन को लगता था कि सच सुनकर वह उनसे और प्यार करेगी। पर नहीं, लड़की ने उनका सच दिल से नहीं दिमाग से सुना था और उसका सिर भारी हो गया था।

इसके बाद लड़की ने फोन करना लगभग बन्द कर दिया। जब कभी

रामबहोरन इधर से मिलाते तब या तो वह फोन काट देती या कहती कि 'अभी रक्खो...बाद में करती हूँ...'

बाद में फिर शायद ही उसका फोन आता। लेकिन रामबहोरन महसूस कर रहे थे कि लड़की की आवाज में अब पहले जैसी नजदीकी नहीं है, उसकी आवाज जैसे कहीं बहुत दूर से आती है....और हर बार यह दूरी बढ़ती जा रही है।

रामबहोरन जान रहे थे कि वह लड़की अब भी उनको प्यार करती है लेकिन सिर्फ रामबहोरन से, उनकी जिम्मेदारियों से नहीं। वह धीरे-धीरे जान गयी थी कि रामबहोरन से विवाह कर उसे सिर्फ संघर्ष करना है। इसमें लड़की का विशेष दोष हो ऐसा भी नहीं था। दरअसल लड़की के अपने पारिवारिक अनुभव में माँ बाप, भाई बहन जैसा कोई संवेदनात्मक जुड़ाव तो था नहीं। उसका पालन-पोषण इस तरह के रिश्तों के बीच में नहीं हुआ था। न्यूक्लियस फैमिली के बहुचर्चित नारे में पली बढ़ी लड़की का परिचय जब रामबहोरन के इस कुनबे से हुआ, तब शरीर में जहाँ कहीं भी रोयें थे, वह खड़े हो गये। उसे जोर से मिचली आयी और रामबहोरन को फोन किया, "सुनो, तुम मुझे फोन मत करना... मेरे यहाँ एक बुआ जी आयी हैं....इसलिए मैं ही तुमसे बात कर लिया करूँगी....ठीक है ना।" यह कह कर उसने फोन काट दिया। रामबहोरन देर तक अपने उस मोबाइल को देखते रहे, जिस पर अभी उनकी प्रेमिका की आवाज बज रही थी।

लड़की ने अपनी आखिरी बातचीत में कहा था कि मैं ही तुमसे बात कर लिया करूँगी, तुम फोन मत करना। रामबहोरन ने फिर कभी फोन नहीं किया, और इस तरह इश्क की वह आखिरी रस्म भी निभा ले गये।

रामबहोरन के जीवन में जितने दिन संयोग शृंगार के थे उसके चक्रवृद्धि ब्याज से ज्यादा वियोग के दिन हुए। उन दिनों रामबहोरन के मोबाइल पर बजता 'कॉलर टोन' कि 'दिल ऐसा किसी ने मेरा तोड़ा...', दोस्तों के बीच काफी चर्चा का विषय रहा। बाद में जब बैलेंस माइनस में आ गया तब पहले वह गाना बन्द हुआ, फिर रामबहोरन ने वह मोबाइल भी बन्द कर दिया।

मोबाइल को हमेशा के लिए 'स्विच ऑफ' करने से पहले रामबहोरन ने उसके मैसेज बॉक्स में जाकर प्यारवाली लड़की के प्यारवाले सारे एसएमएस फिर से पढ़े। दिल बहुत भर आया। स्विच ऑफ का बटन ऐसे दबाया जैसे अपने किसी प्रिय को मिट्टी दे रहे हों।

बाल्टी से एक मग पानी लेकर हकर हकर पीते हुए रामबहोरन ने कनखी से मोबाइल के डिब्बे को देखा और प्रण किया कि 'कुछ भी हो, अब मोबाइल पर किसी से प्यार नहीं करूँगा।'

बहुत बाद में उस लड़की की एक सहेली से पता चला कि धीरे-धीरे वो

रामबहोरन से ऊबने लगी थी। कई बार वह बताती थी कि "लड़का तो बहुत अच्छा है, लेकिन उसके घर परिवार, जीवन संघर्ष की बातें सुनकर मुझे घिन आने लगती थी। और तो और ठेले पर चाय पीता है, फुटपाथ पर खाना खाता है, हमेशा बहुराष्ट्रीय कम्पनी, पूँजीवाद जैसे मुद्दों पर बोलता रहता है। भला बताओ, इस लड़के से कोई कैसे निभा सकता है? कोई स्टैंडर्ड नहीं है यार, वह न बाइक पर बैठाकर घुमा सकता है, ना तो कोई अच्छा सा गिफ्ट दे सकता है। भला बताओ खाली 'कार्ल मार्क्स' के भरोसे ज़िन्दगी कटेगी...सो बोरिंग यार।"

यह सब सुनने के बाद भी रामबहोरन उस लड़की को बेवफा नहीं कहते थे। वह जानते थे कि यह दौर ही ऐसा है कि जिसमें कोई भी गुमराह हो जाएगा। रामबहोरन सोचते हैं कि 'ये कौन लोग हैं जो इतने महँगे मोबाइल बना रहे हैं, इतनी बड़ी गाड़ियाँ भेज रहे हैं। बड़ी-बड़ी चमचमाती चीजों वाले ये लोग शरीफ आदमी को प्यार भी नहीं करने देंगे।' यह सोचते हुए रामबहोरन रुआँसे हो जाते हैं...'ये कैसी दुनिया है, सब छीन ले जाएँगे क्या? क्या ताकत केवल पैसे की होती है?' यह कहते हुए रामबहोरन लगभग चिल्लाने लगे थे। छात्रावास से बाहर सड़क पर आधी रात के समय रामबहोरन को इस मुद्रा में आते देख छात्रावास का पालतू कुत्ता मोती खड़ा हो गया। मोती को देखकर रामबहोरन को लगा यही एक है जिसके प्यार और क्रोध पर 'ग्लोबलाइजेशन' का प्रभाव नहीं पड़ा है। रामबहोरन को उस कुत्ते पर बहुत प्यार आया। वे वहीं बैठ गये और कुत्ते का सिर अपनी गोद में लेकर पता नहीं कब तक उसे पूँजीवाद के 'साइड इफेक्ट' समझाते रहे, "जानते हो भाई मोती, यह पूँजीवाद एक तरह की ठेकेदारी है, हर चीज का ठेका है, लूट, हत्या, बलात्कार, दंगा, प्यार सब कुछ ठेके पर हो रहा है। इन सबके पीछे एक बहुत बड़ी साजिश है। कोई एक है जो हर चीज पर काबिज हो रहा है। ग्लोबल गाँव बना रहा है, सिटी माल बना रहा है, करोड़ से लेकर लखटकिया तक की कार बना रहा है। मोबाइल बना रहा है, उस पर तरह तरह के एसएमएस उपलब्ध करा रहा है। कभी दुर्गा तो कभी हनुमान दस नामों की लिस्ट हर मोबाइल पर फैला दे रहा है, तरह तरह के जाने अनजाने त्योहारों पर शुभकामना सन्देश गढ़ रहा है। सरकारें गिरा रहा है। चुनाव करा रहा है। राजनीतिक पार्टियों के आलाकमानों को एकमुश्त रकम देकर सारे टिकट खरीद लेता है और फिर अपने हिसाब से एक-एक टिकट बेचता है। जरूरत पड़ने पर दंगा कराता है। बाकायदा दंगे का टेंडर भरा जाता है। जमानत राशि जमा कराई जाती है। सब कुछ पहले से तय किया जाता है, मसलन, दंगा कब शुरू होगा, कितने दिन चलेगा आदि। इनमें कभी कोई गड़बड़ी होने पर जमानतराशि जब्त कर संस्था ब्लैकलिस्ट कर दी जाती है।"

पता नहीं मोती डरा हुआ था या फिर सही में उसको रामबहोरन की बातें

समझ में आने लगी थीं। क्योंकि बीच-बीच में मोती की खामोशी गुर्राहट में बदल जा रही थी। रामबहोरन इससे बेपरवाह अपनी रौ में बोले जा रहे थे, "धर्म, विज्ञान, राजनीति, अर्थव्यवस्था, प्यार, नफरत, युद्ध, संधि सब कुछ उसके नियन्त्रण में है। वह अपनी मर्जी से इन चीजों की सप्लाई करता है। किस देश में सैनिक तानाशाह लाना है या कहाँ लोकतन्त्र के नाम पर नरमेध आयोजित करना है, कहाँ सबसे बड़ी इमारत बनाना है और कब उसे गिराना है। कब और कहाँ बुश और लादेन पैदा होंगे? बाजार में उछाल कब होगा और आर्थिक मन्दी कब आएगी, इन सभी चीजों पर उसी का नियन्त्रण है। वही इनका ठेका बाँटता है, जो सामर्थ्यवान हैं वे इनमें से किसी भी चीज का ठेका लेते हैं, रामबहोरन जैसे आखिरी आदमियों के लिए इस ठेका व्यवस्था में कोई जगह नहीं है। वह अदृश्य सत्ता जिसके नियन्त्रण में ये सारी चीजें चल रही हैं, वह दिखता कहीं नहीं है, पर इन सबमें व्याप्त है ईश्वर की तरह।"

अचानक एक भारी सी आवाज गूँजने लगी। रामबहोरन की नींद टूटी, उन्होंने देखा कि वे और मोती दोनों पूँजी और सत्ता के यथार्थ पर बात करते करते कबीर प्रतिमा के चबूतरे पर सो गये थे।... दोनों अनाथ थे, दोनों ईश्वरविहीन थे। दोनों के प्यार और क्रोध पर ग्लोबलाइजेशन का प्रभाव नहीं पड़ा था। शायद इसीलिए एक कुत्ता था और दूसरा कुत्ते की जिन्दगी की ओर धीरे धीरे बढ़ रहा था। वह भारी आवाज फिर कौंधी, मोती उठकर भाग गया। रामबहोरन कहाँ जाते? उन्हें तो उसका सामना करना ही था....।

"होरी गाय ही क्यों पालना चाहता था, कुछ और क्यों नहीं पाल लिया, जैसे मुर्गी या सुअर।" साहित्य के नये विमर्शों में रुचि लेने वाले सदस्य ने पूछा था।

रामबहोरन ने सँभलते हुए जवाब दिया था, "मुर्गी या सुअर क्यों नहीं पाला ये तो मैं नहीं जानता पर गाय इसलिए पालना चाहता था कि..." तब तक चेयरमैन साहब हुमरने लगे। रामबहोरन को चुप हो जाना पड़ा। आयोग के चेयरमैन साहब ने अपने गले की घरघराहट को रोकते हुए पूछा, "अच्छा यह बताइए, होरी मरा कैसे?"

रामबहोरन ने जवाब दिया, "भूख से सर।"

कॉमर्स पढ़ाने वाले चेयरमैन साहब ने प्रतिवाद किया, "इसका मतलब आपका अध्ययन अधूरा है, पोथी में तो लिखा है कि बीमारी से मरा।"

"भूख से बड़ी कोई बीमारी नहीं है सर।" रामबहोरन सँभलते हुए बोले।

चेयरमैन साहब अपनी कुर्सी पर थोड़ा और अधिक पसरते हुए बोले, "लगता है आपको भी कोई बीमारी है।"

रामबहोरन हड़बड़ा गये, "क्या...क्या...सर?"

"हाँ...यही कि आप कोई जवाब ठीक से नहीं दे रहे हैं।"

"जितनी समझ है उतना तो दे ही रहा हूँ सर।" रामबहोरन घिघियाये।

जैसे कोई राज की बात कही जाती है ठीक वैसे ही चेयरमैन साहब ने कहा, 'हाँ...पर इस समझ से नौकरी थोड़े मिलती है, नौकरी पाने के लिए चाहिए कुछ और समझ।" रामबहोरन ने हैरानी प्रगट की, "मैं कुछ समझा नहीं सर।" चेयरमैन साहब ने समझाया, "देखिए, बौद्धिक क्षमता की जरूरत कक्षा में होती है, पर इस व्यवस्था में शामिल होने के लिए सबसे बड़ी और पहली योग्यता है आर्थिक क्षमता का होना....हमारा क्या है हम आपसे प्रभावित होकर अपना हिस्सा छोड़ दें तो भी सदस्य, स्टाफ, सचिव, शिक्षामन्त्री, मुख्यमन्त्री, योजना आयोग, विश्वबैंक इन सबका हिस्सा तो आपको देना ही होगा। देखिए सारा सिस्टम बहुत ईमानदारी से चल रहा है। दुनिया के किसी भी हिस्से में किसी को कुछ भी लाभ हो इसकी सूचना सीधे विश्वबैंक को हो जाती है। इसलिए मैं तो यही कहूँगा कि आप अपनी आर्थिक क्षमता का प्रदर्शन करें और जो चाहें वो ले जाएँ।"

यह सब सुनते हुए रामबहोरन भौंचक बैठे थे। तब तक एक दूसरे सदस्य ने बताया, 'हाँ भाई इसी आर्थिक क्षमता के कारण तो डॉट साहब आयोग के चेयरमैन हैं।"

चेयरमैन साहब ने नहले पर दहला दिया, "तो आप लोग क्या बौद्धिक क्षमता से आयोग के सदस्य हैं?" चेयरमैन की इस बात पर सभी हो-हो कर हँसने लगे। रामबहोरन सुन रहे थे, चेयरमैन के गले से हापुस-हापुस की आवाज आ रही थी। उसका बहुत बड़ा पेट धड़धड़ाते हुए हिल रहा था। पूरा कमरा मेज, दीवार, दीवार पर लगी गाँधी जी की तस्वीर सब नाच रहे थे। रामबहोरन ने देखा कि चेयरमैन साहब खड़े हुए और अपने कोट के भीतर से बहुत सारे तार निकालकर सदस्यों के सिर में फिट कर दिये। ऐसा करते ही चेयरमैन की छाती 'सर्वर' में और सदस्यों के चेहरे 'लैपटाप' में बदल गये। टेंडर शुरू हो गया। कुल रिक्तियों की संख्या, अनुमानित लागत, जमानत राशि, उच्चाधिकारियों एवं मन्त्रियों के मद में खर्च होने वाली राशि आदि भरी जाने लगी। रामबहोरन चौंक गये। उनके मुँह से आवाज आयी 'टे...टे....टेंडर'। सभी लैपटापों का स्क्रीन पल भर के लिए धुँधला हुआ और उस पर संकेत उभरा 'वायरस एलर्ट'। चेयरमैन साहब ने रामबहोरन को घूरा और फिर अर्दली को संकेत किया। संकेत पाते ही अर्दली ने अपने हाथ में लिया हुआ भाला रामबहोरन के ऊपर चला दिया। रामबहोरन की आँखों के आगे अँधेरा छाने लगा। अर्दली का भाला रामबहोरन के ब्रह्मरन्ध्र में प्रवेश करता है। आज्ञाचक्र को भेदते हुए नीचे उतरता जाता है। रामबहोरन अपने बिंधते हुए अन्तस्तल को दबाकर दम लगाकर चीखना चाहते हैं...पर खामोश...साक्षात्कार चालू है।

हॉस्टल के बाहर कबीर चबूतरे पर लेटे हुए रामबहोरन की आँखें खुलीं। अनायास उनका हाथ सिर के उस हिस्से पर चला गया जहाँ अर्दली का भाला लगा था। पूरे शरीर में दर्द की एक भयानक लहर चल रही थी।

रोज की तरह आज फिर सुबह हो गयी थी। 'ब्रेख्त' की कविता का वह हॉकर रोज की तरह चिल्ला रहा था कि जनता ने सरकार का विश्वास खो दिया है।' रामबहोरन धीरे से उठे और अपने कमरे की तरफ चल दिये, इस यकीन के साथ कि कमरे में वो बिना रेगुलेटर वाला पंखा रोज की तरह चल रहा होगा।

वो एक बेचैन और जख्मी सुबह थी जो तमाम साजिशों के बावजूद खतरनाक दुपहरी में बदल रही थी।

पिता का नाच

यूँ तो वह समय सुबह का था पर नन्दू को उनके बड़े बेटे जग्गी और छोटे सत्तू ने इतने सख्त लहजे में धमकाया कि झोपड़े के आसपास का समय गर्म दोपहरी में बदल गया था। नन्दू हतप्रभ थे। दोनों बेटे नन्दू की ऐसी-तैसी कर नन्दू की ही कमाई से खरीदी गयी स्कार्पियो में बैठकर धड़धड़ाते हुए निकल गये।

नन्दू के नाचने-गाने को लेकर उनके बेटों का यह रवैया आम बात है, पर आज जिस तरह से वे उनके साथ पेश आये, इतने की उम्मीद नन्दू को नहीं थी। पर नन्दू तो नन्दू हैं। उन्हें कुछ नहीं चाहिए। चाहे दुःख पड़े या सुख, वे सिर्फ गाएँगे और नाचेंगे। तुरन्त ही सब कुछ भुला कर नन्दू ने खंजड़ी उठायी और एक चइता शुरू किया : 'सोवत पिया को जगावे हो रामा ...कोयल बड़ी पापी'।

नन्दू गरीब माँ-बाप के इकलौते बेटे थे। बचपन से ही उनको गाने का शौक था। भैंस की पीठ पर बैठ कर जब नन्दू मुक्त कंठ से आलाप लेते तब ऐसा लगता कि वह भैंस की पीठ नहीं बादशाह का दरबार हो और वे खुद नन्दू नहीं तानसेन हों। गाने के इसी जुनून के चलते नन्दू घर से भागकर एक नाच पार्टी में शामिल हो गये। कुछ दिनों के प्रशिक्षण के बाद नाच के पक्के नचनिया बन गये।

बेतिया के रामउजागिर बाबू की बेटी की बारात में नन्दू पहली बार पूरे मेकअप के साथ स्टेज पर उतरे। खिलता हुआ नाक नक्श, होठों में फँसी हुई आधी हँसी ने घराती-बाराती सभी के ऊपर कहर ढा दिया। नगाड़े और हारमोनियम की जुगलबन्दी की लहर में नन्दू ने सतगजी आजमगढ़िया लहँगा और गोरखपुरी टिकुली के साथ स्टेज पर जब पहला फेरा लिया तो नाच देखने वालों के दिल शामियाने के चारों ओर बँधे कनात से टकराने लगे।

नन्दू ने अपने जीवन के उस पहले बेमिसाल परफारमेंस के आखिर में जब 'इन्हीं लोगों ने ले लिन्हा दुपट्टा मेरा' गाया तो स्वयं रामउजागिर बाबू स्टेज पर आ गये। उन्होंने अपनी गोपालगंज वाली पाही नन्दू के नाम करने की घोषणा की, साथ ही नन्दू का नाम मीनाकुमारी रख दिया। लोग जान गये थे, कि रामउजागिर बाबू

आज होश में नहीं हैं।

नन्दू के नाम के साथ ही उस नाच पार्टी का नाम 'मीनाकुमारी नाच पार्टी' हो गया। लोग अपने घर के शादी-ब्याह में मीना कुमारी का नाच कराने में अपनी शान मानने लगे थे। उन दिनों न जाने कितनों ने अपनी मुराद पूरी होने पर काली माई, हनुमान जी के सामने मीनाकुमारी का नाच कराने की मनौती मानी थी।

समय के साथ नन्दू की शोहरत और समृद्धि बढ़ती गयी। कई पीढ़ियों की दरिद्रता दूर हो रही थी। नाच के डेढ़दार की बेटी से नन्दू की शादी हुई। अपनी ही शादी में नन्दू पहले जी भर कर नाचे तब जाकर कहीं फेरे लिये। समय के साथ नन्दू का घर दो बेटों और एक बेटी से भर गया। नन्दू के मीनाकुमारी नाच पार्टी का रुतबा बढ़ता ही जा रहा था। लोग बताते हैं कि एक बार रामउजागिर बाबू ने एक बड़े नेता को प्रसन्न करने के लिए पटना हवाई अड्डे पर नन्दू का नाच कराया था, जिसके एवज में रामउजागिर बाबू को एम.एल.ए. का टिकट मिला था।

अब नन्दू बहुत व्यस्त रहने लगे थे। नाच ही उनके लिए सब कुछ था। बच्चे बड़े हुए। दोनों बेटों की शादी हुई। नन्दू इनमें मेहमान के ही तौर पर शामिल हुए। वैसे यदि नन्दू याद करें तो उन्हें मुश्किल से याद आएगी कि जब उनके बाबूजी गुजरे तो वे बलरामपुर में नाच रहे थे। माई की मृत्यु के समय सुल्तानपुर के बड़ा गाँव के दिग्गज वकील वीरेन्द्र बहादुर सिंह के घर सोहर गा रहे थे। और जब उनकी पत्नी उनके जीवन से जा रही थीं तब वे बगहा में सांसद जी की बहू के स्वागत में बधाई गा रहे थे।

नन्दू का बड़ा बेटा जग्गी नन्दू के ही रुपये को पानी की तरह बहा कर जिला पंचायत सदस्य और छोटा बेटा सत्तू सरपंच बन गया था। बेटों की सामाजिक हैसियत बदल गयी। अब उन्हें नन्दू का नाचना-गाना अच्छा नहीं लगता था। वे नचनिया का बेटा कहा जाना पसन्द नहीं करते। इसके लिए वे कई बार नन्दू को समझा चुके थे। बेटों की गाली-गलौज चुपचाप सुनते और नाचते रहते। परेशान होकर बेटों ने उन्हें उनकी ही बनाई हवेली से बाहर निकाल दिया। बिना किसी शिकवा शिकायत के नन्दू गाँव के बाहर बगीचे में बने झोपड़े में रहने लगे। वहीं से नाच का शौक पूरा करते थे। नाच की ही कमाई से तीन गाँवों में पाही बनायी, हवेली बनायी और सबकुछ छोड़ दिया जैसे कुछ था ही नहीं। अब बस एक साध रह गयी थी कि बिटिया का ब्याह हो जाय तो फिर आखिरी दम तक नाचते गाते रहें।

लड़कों का ब्याह तो नन्दू के धन-दौलत के बल पर हो गया पर लड़की के ब्याह में नन्दू का नचनिया होना बाधा बन गया। यही वह बात थी जिसने जग्गी, सत्तू की नजरों में नन्दू को साँप बना दिया। नन्दू को अपने सम्मान पर कलंक मानते हुए दोनों बेटे उन पर अक्सर अपना गुस्सा उतारने लगे थे। नन्दू भी समझ नहीं पा रहे थे

कि न जाने कितने लोगों की बेटियों के ब्याह में वे नाचते रहे हैं, पर उनकी ही बेटी के ब्याह में उनका नचनिया होना बाधा कैसे बन गया। जग्गी तो अब गुस्से में नन्दू पर हाथ भी उठाने लगा था। नन्दू चुपचाप मार खाते और अकेले पड़ने पर रोते।

अब नन्दू स्टेज पर अपनी बेटी के ब्याह के लिए तपस्या करते तो लोगों को लगता कि नन्दू नाच रहे हैं, बेटी के सुख के लिए दुआ करते तो लोगों को लगता कि नन्दू पाठ खेल रहे हैं। अपनी बेटी के दुःख में रोते तो लोगों को लगता कि नन्दू गा रहे हैं।

बेटी के ब्याह की बात कहीं बन नहीं पा रही थी। नन्दू के बेटों ने उनसे अपने सारे सम्बन्ध तोड़ लिये। अब नन्दू बहुत अकेले पड़ गये थे। किसी तरह जग्गी ने पड़ोस के जिले में अपनी बहन की शादी की बात चलायी। उसने लड़के वालों को बताया कि लड़की के माँ-बाप दोनों मर चुके हैं। लड़के वाले कुछ बिना माँ-बाप की लड़की पर दया करके और कुछ रुपये की माया से तैयार हो गये।

शादी की बात कर लड़के सीधे नन्दू के झोपड़े पर आये। जग्गी ने सख्त लहजे में समझाया कि तुम्हें इस शादी से कोई मतलब नहीं रखना है। लड़के वालों को बता दिया गया है कि लड़की के माँ-बाप दोनों मर चुके हैं। नन्दू चकरा गये। वे सिर्फ इतना बोल पाये कि 'लेकिन हम तो जिन्दा हैं, बस सत्तू ने लपक कर उनकी गर्दन पकड़ ली 'तुम मरोगे लेकिन हम सबको मार कर...।' नन्दू के गले से 'गों-गों' की आवाज आ रही थी। सत्तू गुस्से में था। "चाहते क्या हो तुम? लड़की सारी उमर कुँवारी बैठी रहे, नचनिया का बेटा बनकर तो हम जी रहे हैं पर नचनिया की बेटी से कोई ब्याह नहीं करना चाहता।" यह कहते हुए सत्तू ने जोर से नन्दू के पेट में लात मारी। नन्दू दर्द से कराहते हुए वहीं दुहरे हो गये। आज बहुत दिन बाद नन्दू को अपने माई और बाबूजी की बहुत याद आ रही थी।

जग्गी ने नन्दू को घसीटते हुए झोपड़े से बाहर कर दिया। फिर एक-एक कर नाच का सारा समान झोपड़े के बीचो-बीच में इकट्ठा करने लगा। नाल, नगाड़ा, हारमोनियम, नाच के पर्दे, कपड़े सबकुछ। अन्त में सत्तू ने नन्दू का मेकअप बॉक्स उठाया, जिसके जादू से नन्दू मीनाकुमारी में बदल जाते थे। नन्दू ने अपनी आँखें बन्द कर लीं। जग्गी ने झोपड़े में आग लगा दी। अन्त में गुस्से में आकर सत्तू ने वह बक्सा भी आग में फेंक दिया। नन्दू चेतना शून्य हो गये थे। वे अपनी जिन्दगी की एक-एक आस को राख में बदलते देख रहे थे।

उसके बाद किसी ने नन्दू को नाचते-गाते तो क्या बोलते भी नहीं देखा। लोगों के जेहन में अब मीनाकुमारी नाच पार्टी की सिर्फ बातें बची थीं।

लड़के वालों के घर बरिच्छा की शानदार तैयारी की गयी थी। जलपान के बाद बरिच्छा का कार्यक्रम शुरू हुआ। मन्त्रोचार के बीच जैसे ही जग्गी लड़के को

तिलक लगाने के लिए उठा वैसे ही लड़के के दादा ने उसे टोका "अभी रुकिये, पहले आपको मेरी एक शर्त पूरी करनी होगी"।

जग्गी घबरा गया, "लेन-देन की सारी बात हो चुकी है। अब कैसी शर्त?"

दादा ने कहा, "मेरा यह इकलौता पोता है, इसके जन्म पर इसकी दादी ने एक मन्नत माँगी थी, पहले उसे आप पूरा करने का वचन दीजिए, तभी यह शादी हो पाएगी।"

जग्गी अपने रुतबे और पैसे के गुरूर में बोला, " दादा! आप शर्त बताइए।"

दादा ने पूरे अभिमान के साथ कहा कि "शर्त यह है कि मेरे पोते की शादी में मीनाकुमारी का ही नाच होना चाहिए।"

दादी का कमरा

दादी की चारपाई बीच रास्ते में पड़ी थी।

दरअसल वह हमारे घर का दालान था, दालान बोले तो हमारे घर का चाँदनी चौक। दालान से हमारे घर के किसी भी हिस्से में पहुँचा जा सकता था, दालान में चारों तरफ दरवाजे थे, दक्षिण में सीढ़ी घर का दरवाजा, पूरब में बाहर की तरफ निकलने वाला दरवाजा तथा पश्चिम की तरफ अन्तःपुर का दरवाजा था, उत्तर में था सबसे खास सबसे हसीन दरवाजा जो दादी के कमरे में खुलता था। दादी का कमरा यानी हम बच्चों का रहस्यलोक, 'एलिस इन वंडरलैंड' की तरह ही हम दादी के कमरे में भौचक रहते थे, दादी के कमरे में हमेशा एक मीठा सा अँधेरा छाया रहता था, वैसे तो दादी के कमरे में एक खिड़की बाहर की तरफ खुलती थी, किन्तु उस पर स्थायी रूप से एक पुराना बॉक्स, पेट्रोमेक्स, हवा भरने वाला पम्प और शायद दादी के युवाकाल का एक हारमोनियम का ढाँचा रखा रहता था तो वहीं कमरे में मौजूद एकमात्र झरोखे पर डलिया और मूँज से बनी एक 'मुनिया' जिसमें शायद दादी के विवाह में 'सिन्होरा' आया होगा, रखी रहती थी।

इतनी सारी प्रागैतिहासिक काल की चीजों ने दादी के कमरे की खिड़की को झरोखे में और झरोखे को सुराख में बदल दिया था। कमरे में रोशनी के इन माध्यमों के प्रयोजन विस्तार से दादी के कमरे में एक पारम्परिक अँधेरा कायम था।

दादी के कमरे में लकड़ी की एक पुरानी आलमारी थी जिसे दादी अपने मायके से लायी थीं। उस आलमारी के बारे में मैं यह सोचता था कि निश्चय ही उसके भीतर एक सुरंग है जो दूर कहीं बादलों के उस पार तक जाती है, इसलिए जब कभी उस कमरे में सिर्फ मैं और वह आलमारी रहते, तब मुझे डर लगता था थोड़ा-थोड़ा।

दादी के कमरे के बारे में घर के सभी लोगों की अलग-अलग राय थी, किसी को वह तरह-तरह के अचारों का जखीरा लगता तो किसी को सूखे मेवों का भंडार, घर की बहुओं को वह चाँदी के सिक्कों और जेवरों का खजाना लगता था तो वहीं

बड़े हो रहे पोते-पोतियों को वह कमरा हर बात में टीका-टिप्पणी का मोर्चा लगता था।

खैर, वह कमरा घर का 'पावर हाउस' था। दादी से मेरा लगाव थोड़ा ज्यादा था। कारण सिर्फ इतना ही था कि मैं बचपन से ही बड़ा किस्सागो था। जितनी बातें खुद करता, उतनी ही दूसरों की सुनता भी था। हमारे घर के बूढ़ों के पास बहुत सारी बातें होती हैं। अत: मैं अपने मतलब के लिए दादी से चिपका रहता था और दादी पता नहीं कब की और कहाँ की बातें-किस्से मुझको सुनाती रहतीं, बूढ़ों के पास उम्र का ही नहीं यादों का भी बोझ होता है। बूढ़े अपनी उन यादों को जितना बाँटते हैं, उतनी ही उम्र की वो बर्फ पिघलती है, देह पर जमी उम्र की इस बर्फ का पिघलना युवा होने की नहीं, स्वयं को धीरे-धीरे खाली करने की प्रक्रिया है।

मेरे और दादी के तालमेल के बीच में उनकी बातें ही थीं। बचपन के दिनों की उन तमाम रातों में दादी ने उस घर के निर्माण की कथा मुझे कई बार सुनायी थी। इतनी बार मैंने वह कहानी सुनी है कि लगता है जैसे मैं उस घर की हर ईंट का पता जानता हूँ। दादी जब दुल्हन बन कर आयी थीं तब दादा के पास पिता के नाम पर सिर पर एक फूस का छप्पर और माँ की जगह दो ढाई बीघे जमीन थी। अनाथ दादा के अथक श्रम और प्रयासों के बाद वह घर बन कर तैयार हुआ था। दरअसल दादी ही वह जमीन थी जिसमें दादा ने अपने साहस और अरमानों के फूल बोये थे। वह घर इस तरह सामने आने से पहले न जाने कितनी बार दादी के ख्वाबों में आया होगा।

दादी का घर बन गया था। जिन्दगी धीरे-धीरे पटरी पर ही नहीं, रफ्तार में आ गयी थी। बच्चे हुए, घर भरा, दादी माटी के आदमी थे, माटी कमा रहे थे, एक समय वह भी आया जब दादा इलाके के बड़े खेतिहर के रूप में स्थापित हो गये, गाँवों में तब घर में ओसारा और दरवाजे पर अनाज का बखार सम्पन्नता के सबसे बड़े मानक माने जाते थे, दादा यह कसौटी पार कर गये थे। डोलियाँ आयीं, डोलियाँ गयीं, बहुएँ आयीं, बेटियाँ विदा हुईं, दादी का घर बहुओं के कमरे में बँटता गया, पूरे घर की मालकिन दादी अब एक कमरे में सिमट गयी। बीच का आंगन उनके लिए धीरे-धीरे 'लाइन ऑफ कंट्रोल' बनता गया और बहुओं के कमरे पड़ोसी राज्य के कब्जे वाला क्षेत्र। ऐसा नहीं था कि दादी को उन कमरों में जाने से कोई रोकता था, लेकिन दादी जब कभी उधर जाती थीं तो बहुओं के व्यवहार में एक अजीब किस्म का मूवमेंट होने लगता था। जैसे वे दादी की नजर से कुछ छुपाना चाहती हैं और इस कोशिश में वे अक्सर असहज हो जाती थीं। यह सब समझते हुए दादी ने बहुओं के कमरों में जाना ही छोड़ दिया। कभी बहुत जरूरत पड़ी तो आँगन से ही आवाज दे देती थीं।

समय के साथ दादी का वह कमरा जरूरी-गैरजरूरी चीजों को रखने का गोदाम बन गया। खैर, दादी भी तो गैरजरूरी चीजों में बदलती जा रही थीं। मेरा आधा बचपन दादी के उसी कमरे में बीता था। समय आगे निकलता रहा, हम बच्चे बड़े होते रहे, दादी थोड़ी और गैरजरूरी, अप्रासंगिक और बूढ़ी होती गयीं। घर दादी के प्रति थोड़ा और लापरवाह होता गया, अपने दुनियादार माँ-बाप के प्रशिक्षण में घर के बच्चे जैसे-जैसे बड़े होते गए उनका वास्ता दादी के कमरे के साथ ही दादी से भी कम होता गया। बच्चों के मनोरंजन के लिए अब दादी के कमरे में मौजूद कंचे, ताश के पुराने पत्ते, वह बूढ़ा हारमोनियम,रंग-बिरंगे कपड़ों से बनाई गई पुतरियाँ बेकार हो गयी थीं। उनकी जगह मोबाइल, आईपॉड ने ले ली थी। दादी के सुबह के भजनों को 'रंगोली' ने और रात की लोरियों को 'चित्रहार' ने बेरंग और उदास कर दिया था। फिर भी दादी सब्जी काटते, झाड़ू लगाते कुछ न कुछ गाती रहती थीं, पर एक बात है, उन दिनों दादी 'चइता', 'कजरी', 'कहरवा' 'सोहर' चाहे जो गाएँ आखिर में रोती जरूर थीं। दादी को रोते देखकर कोई न कोई बहू या बेटा डाँट देता- 'क्या तुम बात-बात में रोती रहती हो, कोई पास-पड़ोस का देखेगा तो हम लोगों को क्या कहेगा?' दादी कुछ नहीं कहतीं बस झट से अपने आँसू पोंछ लेतीं।

मैंने एक बार दादी से पूछा था कि आप अक्सर गाते हुए रोती हैं और यह देख कर कोई न कोई आपको उल्टा-सीधा बोलता है, तो आप छोड़ क्यों नहीं देतीं ये गाना-वाना? ''ऐसा नहीं है बबुआ, ये टी.वी.टाबा चाहे जितने अच्छे हों बाकिर तो ये भला नहीं करते किसी का, और ये चइता, कहरवा, कजरी, सोहर हमार रीति रेवाज हैं, आपन संस्कार हैं और संस्कार को दबाना नहीं चाहिए, बोते रहना चाहिए। एकर बिया दुई पाथर के बीच मा भी पड़ जाय तो तनिक हवा, माटी, रोशनी मिलते ही पनप जाई, बस बबुआ हमरा इच्छा तो इहे है कि रोज कुछ ना कुछ उग जाय'', यह कहते हुए दादी की आँखें भर आयीं, मैं हैरान था, लेकिन मेरी आँखें न भर आएँ, यह सोचकर मैं जल्दी से वहाँ से हट गया।

दादा को मैंने कभी घर में सोते नहीं देखा। वे हमेशा दरवाजे पर बने फूस के झोपड़े में ही रहते थे, उनका खाना-पीना सब कुछ वहीं होता था। उनके भीतर एक अजीब किस्म का विराग था। इतनी बड़ी हवेली बना कर खुद झोपड़े में रहते थे। इसका एक व्यावहारिक कारण यह था कि जब से घर में बहुएँ आ गयीं थीं तब से उनकी सुविधा के लिए वे भी बाहर ही रहने लगे थे, दादा के बेटे, दादा के जुटाए गए संसाधनों का उपभोग करते हुए केंचुआ बन गये थे। उनको अपनी जिन्दगी के लिए कुछ करने की जरूरत नहीं पड़ी और न उन लोगों ने कोई कोशिश ही की। सुबह उठते ही कुछ जलपान किया, पान का बीड़ा दबाया और निकल पड़ते गाँव या गाँव के चौराहे पर। दोपहर होते-होते चारों सुपुत्रों की चौपाल अलग-अलग जगहों पर

जम जाती।

दादा के बेटे दादा के संघर्षों से अर्जित फल धीरे-धीरे कुतर रहे थे, दादा यह सब देखते हुए एकदम चुप रहने लगे थे। डाटने-फटकारने की उम्र न बेटों की थी और न दादा की ही । दादा का सारा रोब-दाब एक उदास सन्नाटे में बदल रहा था और एक रात वो सन्नाटे की स्याही पसर कर दादी की सिंदूरी माँग में फैल गयी। बचे खुचे वास्ते तोड़ चले गये दादा। वैसे तो दादा अचानक नहीं गये बल्कि उनके जाने की शुरुआत काफी पहले हो चुकी थी। कहते हैं कि दादा के पेट में कैंसर था, लेकिन यह बहुत सच नहीं है, दरअसल दादा को कैंसर पेट में नहीं, मन में हुआ था। आधी उम्र तक दादा-दादी ने वह घर बनाया था और बाकी उम्र उस घर को बिखरते देख काट रहे थे। बल्कि दादा और उम्र दोनों एक दूसरे को काट रहे थे, घर के भीतर पनप रहा कलह किसी शाम या किसी रात के आखिरी पहर में किसी डूबती-उतराती रुलाई में बाहर आ ही जाता था। कभी इशारे में दादी से कुछ जानना चाहते भी तो दादी एकदम मुकर जाती थीं, पर जो आदमी पूरी उम्र उस महिला की हँसी की आहट भी पहचान लेता रहा, वो क्या उसकी इतनी साफ रुदन की भाषा नहीं पढ़ पाएगा?

अथक कोशिशों के बाद भी दादा का कोई बेटा उनकी आवाज नहीं बन सका। दादी अपनी क्षमता भर दादा की आवाज में आवाज मिलाती रहीं। दादा आखिरकार दादा थे, वे खूब जान गये थे कि उन्होंने अपनी सम्पत्ति का वारिस तो पैदा किया है, पर अब उनकी आवाज की विरासत खत्म हो जाएगी। अपने बेटों के विनम्र आलस्य को देखकर वे समझ गये थे कि इनसे कोई विरासत सँभल नहीं सकती। किन्तु इस तरह अपने सारे किए-धरे पर पानी फिरता देख दादा का मन घायल हो गया था। वही घाव कैंसर बनता गया, कहते हैं कि यदि समय से कैंसर का पता चल जाये तो उसका इलाज हो सकता है, किन्तु यदि कैंसर आदमी के मन में हो जाये तो उसका पता चले या ना चले, पर आदमी तो चला ही जाता है। दादा भी चले गये। दादी छूट गयीं, दादा के बाद के बाद दादी और तेजी से अप्रासंगिक होती गयीं। अधिकारों का वह सोना मिट्टी तो पहले ही हो गया था, दादा के जाने पर अब वह मलबा बनता जा रहा था। अप्रासंगिक होने के बोध ने जैसे दादी को और अधिक सक्रिय कर दिया। अब वे घर के मामले में ज्यादा रुचि लेने लगी थीं। हर बात में अपनी राय जरूर देतीं। हर काम के बारे में जानकारी लेना, आने-जाने वालों के बारे में उत्सुक होना, बाजार से आई झोली-गठरी को झपट के ले लेना और सबसे पहले उसे खोल कर देखना, हम बच्चों को देखते ही कोई न कोई काम बता देना उनकी सक्रियता के नये लक्षण थे। इसके लिए वे अक्सर डाँट सुनती थीं। घर में सबसे बुजुर्ग वही थीं। पर उनको डाँटने और नसीहत देने के मामले में घर का हर

आदमी उनसे बुजुर्ग बन जाता था। ये नहीं कि बैठ कर राम राम जपें, पर मन तो इसमें लगा है कि कौन आया, कौन गया, कौन क्या खा रहा है, कौन कहाँ जा रहा है। अरे ये सब छोड़िए। अपना परलोक सुधारिए....परलोक,'' इतना डोज तो उनके लिए रोज का था, वे जब भी डाँट सुनतीं तो थोड़ी देर के लिए सन्नाटे में आ जातीं, वो वही सन्नाटा होता जिसमें दादा थे और उसी में चले गये, पर एक बात यह थी कि अब दादी रोती नहीं थीं, शायद ढीठ हो गयी थीं, वह सब याद करते हुए मुझे पता नहीं क्यों यह लगता है कि दादी को भी दादा की ही तरह मन का कैंसर हुआ होगा।

घर के भीतर के अपमान को बाहर बरामदे में आते ही दादी भूल जातीं या फिर जानबूझ कर भुला देतीं। गाँव के लोगों के सामने वे खुद को इस तरह पेश करतीं कि जैसे उनका वह अधिकार उस घर में आज भी वैसे ही बना हुआ है। किसी काम से मिलने-जुलने आए लोगों से बहुत ही अधिकार भाव से बात करतीं, इन सबमें उनके पास कुछ खास लोगों का एक समूह था जो लगभग रोज ही उनसे मिलने आ जाता, जिसमें गाँव की वह चुड़िहारिन भी थी जिसकी चूड़ियाँ अब कोई नहीं पहनता, बगल के गाँव का बिसरथा जो अभी ये मानने को तैयार नहीं था कि उसके रिबन, होठलाली, सस्ते क्रीम कब के दौड़ से बाहर हो गये हैं, जीविका चलाने के चक्कर में वह जीरा, धनिया, हींग और मसाले लेकर लगभग हर तीसरे दिन गाँव में आता ही था, पूरे गाँव की फेरी लगाकर वह भी दादी के पास आकर बैठ जाता था। अब गाँव की बहुएँ और बेटियाँ नये फैशन के हिसाब से अपनी जरूरत की चीजें पास के कस्बे से या चैराहे के जनरल स्टोर्स से मँगवाती थीं। उनके लिए बिसरथा की चीजें बेकार और फालतू हो गयी थीं। यही हालत धोबी की भी थी। अब उससे कपड़े कोई नहीं धुलवाता। गाँव का सबसे समृद्ध घर दादी का था। इसी घर के कपड़े धोते धोबी की दो पीढ़ियाँ गुजर गयीं थीं। जबसे छोटी बहू अपने साथ वाशिंग मशीन लायी, तब से घर के कपड़े मशीन में ही धुलने लगे थे और चैराहे पर भेज कर प्रेस करा लिये जाते, पर दादी अपनी साड़ियाँ अब भी धोबी से ही धुलवाती थीं।

दादी के इस कुनबे में एक और सदस्य था, जमाली मास्टर। जमाली के नाम में मास्टर विशेषण तो बाद में जुड़ा, उससे पहले वह पूरे गाँव के लिए जमलिया ही था। जमाली एक विचित्र चरित्र था, माँ-बाप पहले ही मर चुके थे और उसकी आदतें ऐसी कि किसी ने अपनी बेटी का निकाह उससे कराने की सोची ही नहीं। वैसे जमाली जब अपनी रौ में आता तो अपने योग्यतम होने के एक से बढ़ कर एक किस्से सुनाता—''शादी हम्मे करनी होती तो हम कब्बे कर चुके होते, हम्मे तो एक से एक हिरनी मिलीं बाकिर अपने अल्लाह को इ आफत मंजूर नाहीं है,'' यह कह

कर जमाली हर बार इस तरह हँसता कि शादीशुदा लोग अपने वैवाहिक सुखों पर सन्देह करने लगते, जमाली अपने बंजारेपन में आसाम, पंजाब, नेपाल कई जगह घूम आया था, पर टिका कहीं नहीं, उसके जैसे आलसी, निक्कमे और बातूनी आदमी को काम कौन देता। गाँव में भी वह मजदूरी का काम तभी पाता जब और कोई मजदूर नहीं मिलता। धीरे-धीरे जमाली गाँव के सबसे आवारा आदमी की पहचान के साथ खुश रहने लगा था। बचपन में वह बड़ी हवेली अपने अब्बा के साथ आया करता था, अब खुद ही घूमते-फिरते चला आता था और दादी के कुनबे का स्थायी सदस्य बन गया था। दादी के पास इन वंचितों की टोली लगभग रोज ही जुटती थी। जितनी देर तक यह बैठक चलती उतनी देर दादी अपने सारे दुःख-दर्द भूल जाती थीं।

इस बैठक की अध्यक्षता दादी ही करती थीं। वह जब भी घर के किसी सदस्य को सामने से गुजरता देखतीं तो उसे रोक कर इस पूरी मंडली को चाय-पानी कराने का हुक्म सुना देती थीं। सबको दादी के दिए गये हुक्म को मानना ही पड़ता क्योंकि बड़ी हवेली की इज्जत का सवाल था। दादी ये बात खूब ठीक से जानती थीं इसीलिए उनको जो भी खातिरदारी करनी हो वह इन बैठकबाजों के सामने ही फरमाइश करती थीं। इधर घर में चाय बनाती बहुएँ बड़बड़ाती रहतीं, 'हम लोग बूढ़ा के नौकर लगे हुए हैं।' यह सब करते हुए दादी के भीतर जितना उन लोगों को चाय पिलाने का सुख था उससे कहीं ज्यादा अपने अधिकारों को पुनः पाने का बोध रहता था। इससे दादी लोगों के सामने अब भी अपना महत्त्वपूर्ण होने का रुतबा हासिल कर लेती थीं, लेकिन इस कोशिश में दादी के साथ-साथ दादी की टोली के वे सारे लोग भी घर वालों की नजरों में साँप हो गये थे।

ऐसे में एक दिन दादी ने जमाली की आवारागर्दी को देखते हुए उससे कुछ काम-धाम करने को कहा। खैर, जमाली को तो आत्मप्रशंसा में महारत हासिल थी, वह शुरू हो गया—"एक बात जान लीजिए बुढ़िया दुलहिन, हम चाहें तो कौनो काम कर सकते हैं, बाकिर ई मजदूरी वजदूरी हमको ठीक नहीं लगती है, सोचता हूँ कि कुछ पूँजी का जोगाड़ हो जाता तो अपना बैंड पार्टी खोलते, शौक का शौक...कमाई की कमाई।"। उसकी बात सुनकर दादी ठट्ठा मारकर हँसने लगीं, ऐसी हँसी तो शायद वह अपनी जवानी के दिनों में ही हँसी होंगी, "बैंड पार्टी, जमलिया बैंड बाजा बजाएगा? कब्बो हाथ से छुआ भी है बैंड बाजा?" जमाली ने सफाई दी, "ऐसा मत कहें बुढ़िया दुलहिन, जब हम असाम में थे तो दुनिया के सबसे बड़े बैंड पार्टी के साथ काम करते थे, इ गाँव वाले हमको का समझेंगे?" दादी ने पूछा, "सच बोल रहा है जमाली?" "एकदम सच है बुढ़िया दुलहिन," बुढ़िया दुलहिन को अपने घेरे में फँसते देख जमाली ने नया पैंतरा बदला, "अगर आप हमरा मदद कर दें तो हम वादा करते हैं बुढ़िया दुलहिन कि आपके आखिरी बरात में हम दरवाजे

से लेकर घाट तक बाजा बजाएँगे।''

दादी कुछ देर तक सोचती रहीं, फिर अपने गले में लटके मटमैले धागे में बँधी हुई चाभी निकाली और धीरे-धीरे अपने कमरे में चली गयीं, थोड़ी देर बाद वापस लौटीं तो उनके हाथ में एक पुराना चाँदी का सिक्का था। जमाली के हाथ में सिक्का देते हुए दादी ने कहा ''ले जा जमाली अपनी बैंड पार्टी बना ले।'' सिक्का दे कर दादी वापस अपने कमरे में लौट गयीं। घर का कोई आदमी यह जान नहीं पाया कि दादी ने जमाली को क्या दे दिया है। हवेली की सीढ़ियाँ उतरते समय तीसरा दर्जा पास जमाली चाँदी के सिक्के पर खुदे अक्षर मिलाकर पढ़ रहा था 'गि..र...जा...दे...वी....प...त्नी....सु...मे...री..पां...डे', जमाली हैरान था, सिक्के की इबारत पूरी हो गयी थी, गिरजा देवी पत्नी सुमेरी पांडे।

इधर दादी की टोली वैसे ही जुटती रही, बस जमाली अब कम आता था, वह इसी लग्न में अपनी बैंड पार्टी तैयार करने के अभियान में जुट गया था।

घर की संरचना में इन दिनों एक नया बदलाव हो रहा था। दादी का बड़ा पोता जो किसी कम्पनी में इंजीनियर था, वह अपनी एक सहकर्मी से विवाह कर गाँव आने वाला था। उसके लिए तैयारियाँ जोर-शोर से चल रही थीं। नयी बहू के रहने के लिए कमरा चाहिए था। पूरे घर में अब वही एक दादी का कमरा खाली था, हाँ....खाली ही था, दरअसल दादी का होना कुछ होना थोड़े ही था। पूरे अधिकार भाव से दादी की चारपाई वहीं दालान यानी घर के चाँदनी चौक में डाल दी गयी। जब दादी की चारपाई उनके कमरे से निकाली जा रही थी तो दादी के चेहरे से ऐसा लगता था, जैसे वह दादी की चारपाई नहीं उनकी मैयत हो, दादी बीच दालान में अपनी चारपाई पर गुमसुम बैठी कमरे को खाली होता देख रही थीं। सारे सामान निकाले जा रहे थे, वो हारमोनियम, लकड़ी की आलमारी, पुराने टिन के बक्से आदि। आखिर में जब मँझला बेटा अपने पिता की तस्वीर लिये निकला तो दादी का गला भर आया। उसने बेटे को रोक कर कहा, ''अपने बापू को हमें दे दो बेटा, जब तक हम हैं तब तक तो इनका साथ बना रहे।'' बेटे ने तस्वीर माँ को सौंप दी। दादा की तस्वीर हाथ में लेकर कुछ देर दादी यूँ ही देखती रहीं, आँखें भरने लगीं तो दादा की तस्वीर उलटकर अपने सिरहाने रख ली।

दालान से हमारे घर के किसी भी हिस्से में पहुँचा जा सकता है। दादी हर तरफ से हो आयी हैं, अब उनके लिए सिर्फ बाहर जाने का रास्ता बचा था, वैसे भी दादी के बाहर जाने की शुरुआत हो गयी थी।

दादी की वजह से घरवालों के समाने एक नयी समस्या आ गयी। हुआ यह कि घर का चाँदनी चौक यानी दालान अतिक्रमण का शिकार हो गया। उधर से गुजरते हुए लोग अक्सर दादी की चारपाई से टकरा जाते। जिसको चोट लगती वह

दर्द और क्रोध से फड़फड़ाने लगता। दादी हर बार अपने को अपराधी मान झटके से अपनी चारपाई से उठ पड़तीं। उनके चेहरे पर भय, दर्द, लावारिस और अप्रासंगिक होने के भाव एक साथ आ जाते। चोट खाए व्यक्ति को कभी यह नहीं लगा कि वह देख कर चले, बल्कि उसको सबसे पहले यही लगता कि दादी यहाँ रास्ते में क्यों हैं? अगर चोट कुछ ज्यादा होती तो यह भी लगता कि दादी जिन्दा क्यों हैं? सबको दादी की चारपाई से लगी हुई चोट तो दिखती थी पर उनकी डांट-फटकार से दादी के मन पर कितनी चोट लगती थी, वह कोई देख नहीं पाया।

पर इधर दादी के लिए इन सबके बावजूद एक सुखद समाचार यह था कि जमाली की बैंड पार्टी बन गयी थी और उसे अब काम भी मिलने लगा था। जमाली जब भी आता, अपने हिस्से की कमाई खर्च-पानी छांटकर दादी के पैरों पर रख देता था, जो अक्सर तीस या चालीस रुपये होते थे। दादी ने उसे मना भी किया, पर जमाली कहता "हमार और कौन है? माई-बाप जो भी हैं, आपे हैं बुढ़िया दुलहिन, खर्चा-पानी के बाद जो बच जाता है वो आपे रक्खें," साथ ही अपने करतब और अपने कौशल के बारे में बढ़ा-चढ़ाकर कई बातें दादी को बताता रहता। जमाली की बातों का चाहे जो भी हो पर उसकी कमाई बड़े काम की थी। बरसों बाद दादी के हाथ में कुछ पैसे आने लगे थे। अब दादी धोबी को तम्बाकू खाने के लिए अक्सर दो-तीन रुपये दे देतीं। साथ ही अब चुड़िहारिन से सिर्फ बातें ही नहीं करतीं बल्कि उसकी चूड़ियाँ भी खरीद लेतीं। वैसे ही बिसरथा से रिबन, क्रीम के साथ-साथ जीरा, धनिया, हींग, मसाले आदि खरीदने लगी थीं। दादी की इस खरीदारी की जरूरत घर की रसोई को तो थी नहीं इसलिए दादी चुड़िहारिन की चूड़ियाँ धोबी और बिसरथा को दे देती थीं और बिसरथा से खरीदे गये मसालों को चुड़िहारिन और धोबी में बाँट देती थी। दादी ने अपनी टोली के लोगों के बीच एक अजब किस्म का सह सम्बन्ध विकसित कर दिया था। एक साथ तीन-चार घर चलने लगे थे। इसमें सबसे खास बात यह थी कि ये घर निक्कमे जमाली के दम पर चल रहे थे। दादी तो केवल एक 'मेह' थीं, और बैंड बजाता हुआ जमाली अब जमाली मास्टर बन गया था।

दादी जमाली से खुश रहा करती थीं, क्योंकि दादा के बाद और अपने पुत्रों के पहले किसी को कुछ नया करते हुए देख रही थीं,। जब भी कभी दादी पड़ोस के गाँवों में कहीं कोई बैंड बजता सुनतीं तो खुद से ही कहतीं, "ई जरूर जमलिया बजा रहा होगा।"

एक दिन बगल वाले गाँव में भोला महतो के बेटे की शादी में जमाली मास्टर अपनी बैंड पार्टी के साथ पहुँचा हुआ था। बारात में जमाली के गाँव के भी तमाम लोग थे। द्वार पूजा के बाद जमाली मास्टर की बैंड पार्टी से खास-खास गानों की

फरमाइशें होने लगीं। जमाली के साथी कलाकार अपना-अपना फ़न दिखा रहे थे। उसी बीच किसी ने जमाली मास्टर से चइता बजाने को कह दिया। सभी लोगों ने हाँ-हाँ कहकर स्वीकृति दी। पर यह क्या, जमाली को काटो तो खून नहीं, वह सबको सूनी निगाहों से देख रहा था। लोग 'बजाओ-बजाओ' का हल्ला मचाने लगे। जमाली पसीने से नहा गया। बारातियों के लिए यह एक झटका था कि बैंड मास्टर जमाली को बैंड बजाना आता ही नहीं। जमाली मुँह में सबसे बड़ा वाला बाजा लगाते हुए दोनों गाल फुलाकर बस मुंडी हिलाता था। सबके कोरस में कभी यह पता नहीं चल पाया कि जमाली मास्टर बाजा नहीं बजाता है।

उस दिन उसकी चालाकी पकड़ी गयी। जमाली मास्टर ज़िन्दगी में पहली बार अपने किए पर शर्मिन्दा था। उसकी यह ठगी देखकर लोगों का गुस्सा बढ़ता जा रहा था। जमाली जिस बाजा को अपने गले में लटकाकर जमाली मास्टर बना था, उसकी अब कोई जरूरत नहीं थी। उसने बाजा नीचे रख दिया और सिर नीचे किए हुए वहीं बैठ गया। भोला महतो के छोटे भाई पहलवान जी आगे बढ़े और जमाली पर दो लात जमा दीं। फिर क्या था, सभी ईमानदारों ने बेईमान जमाली पर अपने लात साफ किये। इसके बाद वे सभी भोजन पर हाथ साफ करने बढ़ गये। जमाली का बाजा टूट गया था। टूट तो उसकी बैंड पार्टी भी गयी। साथ ही इस घटना के बाद जमाली के नाम में लगा मास्टर विशेषण भी उससे टूटकर अलग हो गया।

भोर होते ही टूटा हुआ जमाली, टूटे हुये अपने बैंड बाजे के साथ बड़ी हवेली की सीढ़ियों पर लुढ़का हुआ था। दादी को उसकी सारी हकीकत पता चल गयी थी। दादी उसके टूटे हुए बैंड बाजे को सूनी निगाह से देख रही थीं। जमाली रो रहा था—"हमका एक मौका और दे दो बुढ़िया दुलहिन, आपसे आखिरी वादा कर रहा हूँ आपका जमाली एक दिन मास्टर जरूर बनेगा। एक न एक दिन बैंड जरूर बजाएगा।"

दादी कुछ देर तक उसको देखती रहीं, बस देखती रहीं, सुनी कुछ नहीं, भरे गले से सिर्फ इतना कहा "हम जानते थे जमाली कि तुम बैंड नहीं बजा सकते हो, पर इतना सा भरम भी नहीं रख पाए," दादी की आवाज भर्रा रही थी, "मेरा हर सिक्का खोटा निकला है, एक आखिरी सिक्का तुमको दिया था...., बाकिर तो...तुम भी...? जा चला जा, फिर कभी अपना मुँह मत दिखाना।" दादी देख रही थीं कि जमाली फूट-फूट कर रोए जा रहा था और उसकी आँखों से बह रहा था 'गि...र...जा...दे...वी...प...त्नी...सु...मे...री...पां...डे',

इस घटना के बाद दादी की दिनचर्या बदल गयी। वह अब बहुत कम बातें करती थीं। बहुत जरूरी होने पर ही अपनी चारपाई से उतरती थीं। वह एक उदास सन्नाटे में बदलती जा रही थीं। बाहर के लोगों से भी मिलना-जुलना छोड़ दिया। चुड़िहारिन, बिसरथा, धोबी अब भी आते थे पर दादी तबीयत का बहाना कर मिलने

से इनकार कर देतीं। खाने से भी उनको अरुचि हो गयी थी। बहुएँ जब उनको खाने को कहतीं तो, कभी भूख नहीं, तो कभी मन नहीं है, कह करवट बदल लेती। दादी के इस तरह के असहयोग से घर के लोग और परेशान हो गये थे। एक दिन आजिज आकर छोटे बेटे ने दादी को बहुत डाँटा..., ''आखिर हम लोगों को परेशान कर तुम्हें क्या मिल रहा है माँ? तुम खाओगी नहीं, कुछ बोलोगी नहीं तो हम लोग कैसे जानेंगे कि तुम्हें क्या दिक्कत है'', दादी बेटे की तरफ देखी भी नहीं, उनके शरीर में थोड़ी हलचल हुई और उन्होंने बेआवाज करवट बदल लिया। बेटा गुस्से में आ गया, ''मैं खूब समझता हूँ, तुम ये सब नाटक करके गाँववालों के सामने बड़ी हवेली को बदनाम करना चाहती हो, पट्टीदारी के लोग कहेंगे कि बेटों ने बुढ़िया की बड़ी दिक्कत की है, तुम यही चाहती हो?''

दादी की तरफ से कोई प्रतिक्रिया होते न देख, बेटा पैर पटकते चला गया। उसके जाने के बाद दादी ने अपने सिरहाने से दादा की तस्वीर निकाली और दादा से कहा, ''ये झूठ बोल रहा है मलिकार, इन सबों को हवेली की नहीं, अपनी इज्जत की चिन्ता है, मैं चुप इसलिए रहती हूँ कि ये हवेली बदनाम न हो जाए'', यह कह दादी देर तक फूट-फूट कर रोती रहीं।

समय पानी की तरह कुछ और तेजी से बहने लगा था। दादी कुछ और अधिक सन्नाटे में बदलती जा रही थीं। जमाली अब किसी से बहुत ही कम मिलता था, अक्सर वह अपना टूटा हुआ बैंड लेकर कभी नहर पर तो कभी सरेह में बैठा उसे बजाने की कोशिश करता रहता। रात के किसी पहर कहीं दूर से 'पें....पें....पों....पों..' की आवाज सुन गाँव में किसी की नींद टूट जाती तो लोग उसे एक भद्दी सी गाली दे करवट बदल लेते कि ''साला इतना मार खाया मगर बेसुरा का बेसुरा रहा।''

उस दिन दादी थोड़ी ज्यादा अनमनी थीं, पर छोटी बहू के कहने पर थोड़ी खिचड़ी खा ली, घर के लोगों को राहत मिली। जैसे आज का काम खत्म हो गया हो। दोपहर बाद दादी गहरी नींद में सो गयीं। बहुएँ खा पीकर बैठी बातें कर रही थीं। दादी को किसी ने जगाने की सोची ही नहीं, पर दादी जग गयीं। टटोलते हुए बिस्तर से उठीं और आँगन में आ गयीं। वह किसी को नहीं देख रही थीं। लेकिन उन्हें सब देख रहे थे। बहुओं को लग रहा था कि खाना तो खत्म हो गया है। कहीं बुढ़िया खाने को न कह दे। सब शान्त। दादी छड़ी घिसटते हुए बढ़ रही थीं। पूरी ताकत लगा हवेली का एक-एक कमरा खोल बहुत ही गहरी निगाह से देख रही थीं।

बहुओं को कुछ समझ में नहीं आ रहा था कि इतने सालों बाद आखिर बुढ़िया इन कमरों में क्या देख रही थी। एक-एक कर दादी ने सारे कमरे घूम लिये पर उस कमरे की तरफ नजर उठा कर देखा तक नहीं, जिसे हमारे घर में दादी का कमरा कहा

जाता था। जब हद हो गयी तो सझली बहू ने टोका, ''क्या खो गया है कि इतनी रात को खटर पटर लगाए हुए हैं?'' दादी फिर कुछ नहीं बोलीं, तब तक बड़ी बहू का धैर्य जवाब दे गया ''मुँह में फोड़ा हुआ है क्या कुछ पूछने पर बोलती नहीं।'' मझली बहू ने भी अपनी राय दी, ''अरे ना बोलें, अब ऐसा भी नहीं है कि इनके बोलने से मोती झरते हैं,'' दादी बिल्कुल खामोश अपने बिस्तर पर बैठी चादर ठीक कर रह थीं। कहीं पीछे न छूट जाए इस लिहाज से सबसे छोटी बहू ने भी अपनी उपस्थिति दर्ज कराई, ''लगता है कि आवाज के साथ-साथ इनका कान भी चला गया है।'' इस बार दादी ने अपना सिर उठाया और अपनी बहुओं को बहुत ही सूनी निगाह से देखा। उन्हें देखते हुए दादी शायद यही सोच रही थीं कि ये आपस में चाहे जितना लड़ें, पर मेरे बारे में इनमें गजब की एकता है।

इतनी रात को इस तरह की बातें सुन बड़ा बेटा आँगन में आ गया। उसकी आवाज में गुस्सा था, ''ये क्या लगा रखा है तुम लोगों ने? चैन से सोने दोगे कि नहीं...हर समय बकझक, नरक बना दिया है तुम लोगों ने इस घर को।'' बहुएँ धीरे से उठीं और गुस्से में अपने कमरे में चली गयीं। बेटा माँ की तरफ मुड़ा और एक-एक शब्द चबाते हुए कहा, ''तुम भी....माँ...हद कर दी।'' दादी बिना कुछ बोले अपने बड़े बेटे के चेहरे को एकटक देखे जा रही थीं, जैसे उस चेहरे को पहचानने की कोशिश कर रही हों, दादी के देखने में पता नहीं ऐसा क्या था कि बड़ा बेटा घबरा गया और अपने कमरे में चला गया। पर इस सब में हुआ यह कि रोज रात में दादी की चारपाई के नीचे रखा जाने वाला लोटे का पानी नहीं रखा गया।

दूसरे दिन सुबह की दिनचर्या शुरू हो गयी थी। सब अपने-अपने काम में लगे थे। घर का नौकर सारे घर में झाड़ू लगाने के बाद जब दालान में आया तो उसे वहाँ एक अजीब किस्म का सन्नाटा सा लगा। उसने दादी को देखा, दादी का सिर एक तरफ लुढ़का पड़ा था। वह जोर से चीखा— 'बुढ़िया....ऽ..ऽ..ऽ दुलहिन'।

घर के सारे सदस्य जुट गये। गाँव में खबर पहुँच गयी कि बुढ़िया दुलहिन नहीं रहीं। दरवाजे पर भीड़ जुटनी शुरू हो गयी थी। रिश्तेदारों को लगातार फोन किए जा रहे थे। दादी की लाश दालान से बाहर निकाल दी गयी। बड़े बेटे ने अपनी पत्नी से कहा, ''दालान से माँ की चारपाई हटवा दो और वो जगह साफ कर दो। तब तक मैं बाहर का इन्तजाम देखता हूँ।''

दादी की चारपाई भी दालान से हटा दी गयी। उस चारपाई को देख कर मैं सोच रहा था कि अगर ये चारपाई यहाँ से हट गयी तो दादी के बेटे दादी की उम्र में कहाँ सोएँगे?

दादी की अन्तिम यात्रा की तैयारी जोर-शोर से चल रही थी। सबसे महँगा मलमल का कफन आ गया था। पास के शहर से हजारों रुपए के फूल मँगा लिये

गए। तैयारी ऐसी थी कि बड़ी हवेली की बुढ़िया दुलहिन की आखिरी बारात है, पूरे इलाके को इसका पता चलना चाहिए।

दादी के अन्तिम दर्शन करने एक-एक कर लोग आ रहे थे। चुड़िहारिन भी घिसटती हुई आयी और दादी को प्रणाम कर वहीं बैठ गयी। धोबी पहले से ही पहुँचा हुआ था। पास के गाँव का बिसरथा भागा-भागा आया और अपने झोले से एक टुकड़ा कपूर और एक ढेला लोहबान निकाल कर दादी के सिरहाने रख दिया। पर नहीं आया तो सिर्फ जमाली।

खबर उसको भी तो हो ही गयी थी, पर दादी ने आखिरी मुलाकात में कहा था, ''जा चला जा...फिर मुझे अपना मुँह कभी ना दिखाना।'' इसके बाद अब जमाली आये तो कैसे? जमाली नहीं आया। इसकी नोटिस भी किसी ने नहीं ली, यह केवल जमाली ही जान रहा था कि वह नहीं आया है।

दादी की अन्तिम बारात दादी की नहीं, बड़ी हवेली की शान के अनुकूल निकली, दादी का डोला लेकर लोगबाग जैसे ही नहर पर पहुँचे, गाँव के डीह की ओर से बैंड की एक बहुत ही हृदय विदारक ध्वनि सुनाई दी। उस ध्वनि में एक ऐसी तीखी बेधकता थी कि शवयात्रा में शामिल सभी शानदार चेहरे पल भर के लिए उदास हो गये। सबके कदम अनायास ही रुक गये। बड़े मालिक ने पूछा, ''यह बैंड कौन बजा रहा है रे?'' गाँव के एक आदमी ने बताया ''जमलिया है मलिकार, जब से भोला महतो के बारात में मार खाया तब से वहीं डीह पर बैठा अपना बैंड साधता रहता है।'' बड़े मलिकार थोड़ी देर डीह की तरफ देखते रहे और फिर आगे बढ़ गये। मलिकार बढ़े तो सारे लोग भी आगे बढ़ गये। दादी अपने डोले में कब की आगे बढ़ चुकी थीं।

डीह पर बैठा जमाली रो रहा था कि बैंड बजा रहा था, या फिर दोनों कर रहा था, इस बारे में सबकी अलग-अलग राय थी। पर इतना तो तय है कि जमाली अब 'जमाली मास्टर' बन गया था। दादी का डोला लिये लोग दूर निकल गये थे। पर जमाली का बैंड लगातार बज रहा था...'मोर जोगिया के मनाई द हो..., मोर जोगिया के मनाई द...।'

स्कूटर, गोलगप्पे और वो लहराता आँचल

''खामोश आँखों में बोलती आँखों के लिए एक सपना पलता था।''
प्रताप अपने कमरे में बैठा उधर जिस तरफ दीवार थी खामोश आँखों से देख रहा था। उसकी पत्नी नयना ने उसे यूँ गुमसुम बैठा देख कर पूछा, ''क्या बात है, क्या सोच रहे हो?''

''नहीं...कुछ नहीं'' प्रताप ने अनमना-सा जबाव दिया।

''कुछ तो है, वरना तुम इतना चुप तो नहीं रहते हो!''

''यह समय ही ऐसा है कि सबको चुप कर देता है'', प्रताप से ऐसा सुनते ही नयना को लग गया कि जरूर कोई गम्भीर बात है। वह अपना काम रोककर प्रताप के पास आ गयी, ''अरे क्या हुआ? कुछ बताओगे कि बस यूँ ही...।''

नयना की बात काटते हुए प्रताप ने कहा, ''बताना कुछ खास नहीं है, बस यही सोच रहा हूँ कि बाबूजी से पैसे के लिए कैसे कहूँ।''

''कैसे कहूँ मतलब?'' नयना ने आश्चर्य जताया।

गम्भीर और उदास स्वर में प्रताप ने कहा, ''साक्षात्कार देने जाने के लिए कुछ रुपये चाहिए, मगर मैं जानता हूँ कि बाबूजी के पास कुछ नहीं है।''

नयना ने कुछ सोचते हुए कहा, ''फिर भी कह कर देखो...बाबूजी कुछ न कुछ इन्तजाम करेंगे।''

''इन्तजाम की एक हद होती है नयना, बाबूजी कहाँ से लाएँगे, व्यापारी से कुछ लिया था, उसका हिसाब अभी नहीं हुआ है। नयी फसल होगी तभी कुछ नया लेन-देन होगा, उससे पहले व्यापारी से भी रुपए माँगना बेकार है।'' कहते हुए प्रताप का गला भर आया।

नयना ने उसे समझाते हुए कहा, ''अरे! इतनी सी बात पर उदास हैं। आप यह सोचना-वोचना छोड़िए, रुपये का इन्तजाम मैं कर दूँगी।''

प्रताप ने आश्चर्य से पूछा, ''तुम कहाँ से करोगी?''

नयना ने कुछ लापरवाही से कहा, ''ये मेरी चूड़ियाँ ले लो, वैसे भी ये मेरे

लिए बेकार ही हैं।''

प्रताप ने मना किया, ''नहीं, मैं नहीं ले सकता।''

नयना ने मुस्कराते हुए कहा, ''मेरी बात तो सुनिए...इन्हें मैं ऐसे ही नहीं दे रही हूँ, मुझे तो इसकी जगह आपसे कंगन लेना है, जब आप नौकरी करने लगोगे तब...तब मैं अपने पसन्द के कंगन तुमसे माँग लूँगी, पर अभी आप मेरी यह बात मान लिजिए।''

यह कहते हुए नयना ने अपनी चूड़ियाँ उतार कर प्रताप की गोंद में रखीं और बाल ठीक करने के बहाने आँखों के कोर पोंछ आयी। प्रताप भावुक हो गया। उसे लग रहा था कि यह कोई पुरानी हिन्दी फिल्म का दृश्य है जो आज उसके जीवन में उतर आया है। उसे उदासी में घिरते देख नयना ने बात को बदला, ''अच्छा यह सब छोड़ो, पहले यह बताओ कि नौकरी के बाद मेरे लिए क्या करोगे?''

प्रताप हल्का सा मुस्कुराते हुए बोला, ''सब कुछ तो तुम्हारे लिए, अम्मा-बाबूजी के लिए और साची बिटिया के लिए ही तो करना है।''

''पता है, पर ये बताओ कि मेरे लिए क्या करोगे?'' नयना ने इतराते हुए पूछा।

प्रताप ने थोड़ा सकुचाते हुए कहा, ''जानती हो नयना, मेरा एक सपना है कि किसी शहर में, किसी एक शाम को, मैं तुम्हें स्कूटर पर बिठाकर गोलगप्पा खिलाने ले जाऊँ और तुम्हारा आँचल उधर दूर तक हवा में लहराता रहे।'' यह कह कर प्रताप एकदम से चुप हो गया। जैसे उसी सपने में खो गया हो।

नयना ने टोका, ''कहाँ खो गए?''

''नहीं...कहीं, कुछ नहीं।'' प्रताप थोड़ा झेंप गया।

नयना ने मुस्काते हुए कहा, ''कुछ तो है।''

''आओ बताएँ क्या है?'' प्रताप ने नयना को पकड़ने की कोशिश की पर नयना मुस्कुराते हुए भाग गयी। प्रताप ने उसे रोका। वह दरवाजे पर खड़ी मुस्कुराती रही, ''तैयार नहीं होना है क्या?'' प्रताप कुछ करता तब तक उसकी माँ कमरे में आयी। प्रताप के हाथ में एक पुड़िया रखते हुए बोली, ''बेटा, यह भभूत रख लो, स्वामी जी ने दीया है।''

प्रताप ने प्रश्न किया, ''यह भभूत क्यों?''

''बेटा, हम लोग तेरे लिए इससे ज्यादा कुछ नहीं कर सकते।''

''पर इससे होगा क्या?'' प्रताप थोड़ा झल्ला गया।

माँ उससे क्या कहती? पर जितना जानती थी, वही बेटे को बता रही थी। ''बेटा, मन में सरधा हो तो क्या नहीं हो सकता, और इ स्वामी जी बड़े पहुँचे हुए हैं, इनके पास बड़े-बड़े हाकिम-हुक्काम बैठे रहते हैं।''

‘‘अरे माँ! मैं तुमको कैसे समझाऊँ?’’ प्रताप अब नाराज हो रहा था।

माँ उदास स्वर में बोली, ‘‘हम सब समझते हैं बेटा, सब समझते हैं, परधान जी बता रहे थे कि उनके साढू का लड़का भी इम्तहान देने जा रहा है, मन्त्रीजी से उसकी बात हो गयी है, उनके यहाँ तो मिठाई भी बँट गयी है,...पर बेटा तुम्हारे माँ...बाप की हैसियत मन्त्री से बात करने के लायक नहीं है,...हम जिस लायक हैं वही कर रहे हैं।’’ यह कहकर प्रताप की माँ भभूत बेटे के हाथ में रख बाहर चली गयी।

प्रताप हाथ में पड़े भभूत को देख रहा था। वह यह नहीं समझ पा रहा था कि इतना पढ़ने-लिखने के बाद भी उसके सपने इस भभूत से कैसे पूरे होंगे। फिर कुछ सोच कर भभूत अपने पर्स में रख ली। सामान बाँधा और भारी मन से नयना से बिदा ली। विदाई की इस घड़ी में प्रताप भावुक हो गया। न चाहते हुए भी जैसे आँखें छलक आना-चाहती थीं कि नयना ने याद दिलाया ‘‘वो स्कूटर।’’

तो प्रताप ने भी याद दिलाया ‘‘वो गोलगप्पे।’’

फिर तो दोनों को एक साथ याद आया, ‘‘वो लहराता आँचल।’’

प्रताप के होठों पर हँसी की एक छोटी सी नाव तैर गयी।

प्रताप ने माँ से विदा ली। बाहर आया। बाबूजी खाट पर बैठकर उधर जिधर रात में तारे होते हैं, एकटक निहार रहे थे। प्रताप ने पिता के पैर छुए।

‘‘जा रहे हो बेटा?’’ बाबूजी की आवाज थरथरा रही थी, ‘‘जाओ..., मैं सूखे हुए पेड़ की तरह अपने दिन गिन रहा हूँ...अब और इन्तजार नहीं हो पाएगा,...अब अपने पैरों पर खड़े हो जाओ बेटा...अपने पैरों पर खड़े हो जाओ।’’

प्रताप की माँ ने अपने ढंग से हस्तक्षेप किया, ‘‘आप भी न प्रताप के बाबूजी, समय-कुसमय कुछ नहीं देखते। अब बेटा जा रहा है तो यह नहीं कि राजी-खुशी विदा करें, तो लेकर बैठ गये अपना पुराण।’’

प्रताप के पिता ने पत्नी को झिड़का, ‘‘तुम चुप रहो जी,...मैं जो कुछ कह रहा हूँ तुम सबके भले के लिए कह रहा हूँ...तुम जानती हो कि इसके हर फार्म भरने के साथ घर भर की आँखों में एक सपना भी पलता है, पर इसके ‘प्री’...‘मेन’ के धूप में हर सपना हमारी आँख में सूखता गया है...।’’

प्रताप एकदम से झुँझला गया, ‘‘मेरे हाथ में जो कुछ था वह मैंने किया।’’ पिता का स्वर तल्ख हो गया, ‘‘इसी चक्कर में तो अब हमारे हाथ में कुछ नहीं बचा है।’’ प्रताप कुछ और कहता इससे पहले नयना अपनी बच्ची को लिए प्रताप के पास आ गयी। सबकी आँख बचाकर उसने धीरे से प्रताप को उसके सपने की याद जगा दी। प्रताप अब थोड़ा सहज हो गया। नयना के होठों पर खुशी के छोटे-छोटे पौधे लहलहा उठे, और प्रताप की आँखें आधी-आधी भर आयीं। जैसे नयना के होठों पर

उगे हँसी के पौधों को प्रताप की आँखों ने सींचा हो।

माँ, बाबूजी, नयना और बिटिया साची से विदा लेकर प्रताप घर से निकल पड़ा।

प्रताप के घर छोड़ने और साक्षात्कार का परिणाम आने तक दुनिया में बहुत सारी चीजें बदल गयी थीं। उन चीजों पर हमेशा बातें होती रहती थीं। उस दिन भी विश्वविद्यालय कैंटिन में चाय की छोटी-बड़ी चुस्कियों में बहसें डूब-उतरा रही थीं। एक दोस्त ने प्रताप से उसके साक्षात्कार के बारे में जानना चाहा। प्रताप ने निर्विकार भाव से कहा, ''देखो भाई, अब क्या है कि, यदि आपका होना होगा तो, एक्सपर्ट आपसे आपके पिताजी का नाम पूछेगा, और नहीं होना होगा तो आपसे अपने पिताजी का नाम पूछ लेगा।'' प्रताप के इस जवाब से सभी दोस्त देर तक हँसते रहे। तभी प्रताप के मोबाइल पर 'न्यू मैसेज' का रिंग टोन बजा। उसके बाद तीन-चार घटनाएँ एक के बाद एक हुईं। मैसेज पढ़ना, चेहरे का रंग उड़ना, चक्कर आना और प्रताप का लड़खड़ाना। कैंटिन में मौजूद सारे दोस्त घबरा गये। उनमें से एक ने प्रताप के मोबाइल पर आया हुआ वह सन्देश पढ़ा। 'रिजल्ट इज आउट एण्ड यू आर आल्सो आउट।' सारे दोस्त हैरान थे। इस बार प्रताप के और विशेषज्ञों ने तो प्रताप को बधाई दे दी थी। फिर इतना बड़ा उलट फेर? सभी प्रताप को समझाना चाह रहे थे, पर किस तरह यह किसी के समझ नहीं आ रहा था।

कैंटिन में काफी देर बैठे रहने के बाद प्रताप अपने कमरे पर वापस आया। बाबूजी की चिट्ठी डाकिया दे गया था। प्रताप चिट्ठी नहीं पढ़ना चाहता था, फिर भी उसने लिफाफा खोला—

''प्रिय बेटा प्रताप,

खुश रहो,

यहाँ सभी कुशलपूर्वक हैं। तुम्हारी कुशलता की आस लगी रहती है। तुमने अपने रिजल्ट के बारे में नहीं बताया। कुछ अच्छी खबर देना। घर के पास वाला आम का पेड़ बिकते ही कुछ रुपये भेजूँगा, तब किसी तरह काम चलाना। हाँ, एक बात और, तुम्हारी बेटी साची भी अब अपने पैरों पर खड़ी होने लगी है। अब भगवान मुझे यह दिन कब दिखाएगा, कि मेरा बेटा भी अपने पैरों पर खड़ा हो जाय। लिखा कम है पर तुम समझना ज्यादा बेटा। सब कुछ खता होने से पहले एक बार अपने पैरों पर खड़े हो जाओ। इसी आस में...

तुम्हारा बाबू।

चिट्ठी पढ़ते ही प्रताप पसीने से नहा गया। पंखा तेज किया। पंखे की हवा में बाबूजी की चिट्ठी कमरे में इधर-उधर फड़फड़ाते हुए उड़ रही थी। प्रताप को लग रहा था कि वह बाबूजी के सवालों से घिरता जा रहा है। अपना सिर पकड़कर बिस्तर

पर लेट गया। वह जोर-जोर से रोना चाहता था। मगर मकान मालिक का ख्याल कर वह रो भी नहीं पाया। उसे लगता कि जिन्दगी चाहे जैसी हो पर उसमें एक 'रोने' की जगह तो होनी ही चाहिए। फिर कुछ सोचते हुए प्रताप ने अपने पर्स से भभूत की वह पुड़िया निकाली, और जोर से उसे मसला। तभी पर्स में रखे नयना की तस्वीर की तरफ उसका ध्यान गया। वही आँखें, उन आँखों में वही सपना...।

दो तीन दिन तक प्रताप अपने कमरे में यूँ ही पड़ा रहा। यार-दोस्तों के आग्रह पर जिन्दगी फिर शुरू हुई। सबसे पहले वह अपने सर से मिलने गया। इस उम्मीद में कि शायद कहीं कुछ रास्ता बने। कम से कम शहर में रहने खाने भर का इन्तजाम तो करना ही होगा। यही सब सोचते हुए वह अपने सर के घर पहुँचा। सर ने ही दरवाजा खोला, "आओ भाई प्रताप...तुम्हारे रिजल्ट के बारे में पता चला,...अब इसमें कोई क्या कर सकता है..., खैर! यह सब छोड़ो, अब आगे का क्या सोचा है?"

प्रताप को थोड़ी सी ढाँढस बढ़ी, "सोचा तो कुछ नहीं सर...पर कहीं अनुवाद का काम मिल जाता, तो मेरी मुश्किल कुछ आसान हो जाती।" सर ने पान थूकते हुए कहा, "अनुवाद...वो दोयम दर्जे का काम...,तुम्हारे जैसे प्रतिभाशाली लड़के के लिए यह काम ठीक नहीं है।" प्रताप ने आशा भरे स्वर में कहा, "तब आप ही कुछ बताइए सर।" गुरूजी ने कुछ टोहते हुए पूछा, "एक लोकल न्यूज चैनल में समाचार सम्पादन का काम करोगे?... सात सौ रुपया देगा।"

प्रताप के पास कोई विकल्प नहीं था फिर भी सात सौ रुपया उसे बहुत कम लगा। उसने सोचा अभी का काम चले बाद में देखा जाएगा।

गुरुजी ने दूसरा पान लगाया और उसे चबाते हुए कहा, "देखो प्रताप, मैं बात साफ कर देना चाहता हूँ...सम्पादक तो तुम ही रहोगे, पर नाम चैनल मालिक का होगा।"

प्रताप को झटका लगा। वह गुरुजी को एकटक देख रहा था। आज उसे गुरुजी का चेहरा ओरांगउटांन की तरह लग रहा था। प्रताप को ध्यान आया कि यही गुरुजी हैं जो 'बाणभट्ट की आत्मकथा' पढ़ाते समय भुजा उठाकर ओजमयी भाषा में दुहराते थे, 'किसी से न डरना, गुरु से भी नहीं, मन्त्र से भी नहीं, लोक से भी नहीं, वेद से भी नहीं।' आज इतना घटिया प्रस्ताव देते समय इन्हें कुछ भी याद नहीं है। पर प्रताप को सब याद है। 'किसी से भी न डरना, गुरु से भी नहीं...।' वह अचानक उठा और बड़े ही संयत स्वर में बोला, "सर मैं पैसे से तो समझौता कर सकता हूँ, मगर नाम से नहीं।" अब गुरुजी प्रताप के चेहरे को एकटक देख रहे थे, और वह वापस जा रहा था।

गुरुजी के घर से निकलकर प्रताप यूँ ही टहलता रहा। वह जब भी कमरे से

बाहर होता तो उसे हर बार यही लगता था कि उसकी गैरहाजिरी में बाबूजी की कोई न कोई चिट्ठी जरूर आयी होगी, और उसमें बाबूजी के वे सवाल भी आये होंगे, जिनका जबाब प्रताप के पास नहीं है। इसलिए प्रताप कमरे पर जाने से बच रहा था। यही सब सोचते हुए प्रताप सड़क पर और सवाल उसके दिमाग में चल रहे थे। रात भी चलते हुए बिल्कुल पास आ रही थी। रात लोगों के घरों तक पहुँचे उससे पहले लोग खुद घर पहुँचना चाह रहे थे। इसलिए ये पहुँचना लगभग भागने में बदल गया था। सड़क पर भागते हुए लोगों के दिमाग में तमाम तरह के सवाल चल रहे थे। भागने की इसी घबराई हुई सी बेला में एक आटो वाले के दिमाग में सवालों का एक बवंडर उठा और उसका आटो अनियन्त्रित होकर प्रताप से टकरा गया। सड़क पर थोड़ा सा गतिरोध आया, लेकिन प्रताप के बेहोश होने से पहले सड़क पर सब कुछ सामान्य हो गया। सड़क के किनारे पड़े प्रताप की आँखों में उसका वही एक मात्र सपना अटका रह गया था। शहर भाग रहा था। सभी यही चाह रहे थे कि रात उनके घर पहुँचे और पत्नियों से दिन की चुगली कर दे, उससे पहले वे पहुँच जाएँ।

प्रताप को जब होश आया तब उसने खुद को सरकारी अस्पताल में पाया। उसके एक-दो दोस्त आ गये थे। दोस्तों ने बताया कि पुलिस ने उसे यहाँ भर्ती कराया और उसके मोबाइल से नम्बर लेकर उनको सूचित किया। यार दोस्त प्रताप के घर की स्थिति से वाफिक थे। फिर भी प्रताप से पूछ लिया, ''घर पर बताना होगा?'' प्रताप ने जैसे ही घर का नाम सुना, उसके चेहरे पर दर्द की एक पूरी लहर उठी और बैठ गयी। प्रताप ने घर पर कुछ भी बताने से मना कर दिया। दोस्तों ने प्रताप को भरोसा दिलाया कि वह चिन्ता न करे, वे लोग सब सँभाल लेंगे।

उस रात की दुर्घटना में प्रताप के दाहिने पैर की हड्डी इस कदर टूट गयी थी कि प्रताप को बचाने के लिए पूरा पैर ही काटना पड़ा। प्रताप के दोस्त इसी बात से डर रहे थे कि, प्रताप इस स्थिति का सामना कैसे करेगा। लेकिन प्रताप ने तो जैसे हर स्थिति के लिए खुद को तैयार कर लिया था। पाँव के कट जाने पर उसने कोई प्रतिक्रिया नहीं की। दोस्तों की आँखों भर आयीं। प्रताप ने धीरे से कहा, ''कोई बात नहीं, सम्पूर्णता ने इस अधूरेपन तक पहुँचाया...अब देखता हूँ कि यह अधूरापन कहाँ तक ले जाता है।''

दोस्त कुछ नहीं बोल सके। कोई कुछ नहीं बोल सका।

अस्पताल में दोस्तों का आना जाना लगा रहता। सभी प्रताप का मन बहलाने का प्रयास करते। दवाइयों का इन्तजाम दोस्त अपने पास से कर रहे थे। ऐसे ही एक दिन प्रताप ने अखबार में नलकूप विभाग में चपरासी का विज्ञापन छपा देखा। उसने अपने एक दोस्त से वह फार्म लाने को कहा। दोस्त चौंक गया। ''क्या कह रहो? हमारे समय का इतना बड़ा बौद्धिक, अब चपरासी बनेगा?''

प्रताप ने धीरे से कहा, "क्या हुआ? वहाँ भी तो सफाई ही करनी है।"

दोस्त बिफर पड़ा, "फिर भी यार, यह ठीक नहीं है।"

"क्या ठीक है, क्या नहीं, यह वक्त तय कर रहा है न?" यह कहते हुए प्रताप की आवाज में थोड़ी खीझ आ गयी थी।

"फिर भी यार इस हालत में तुम यह सब कैसे कर पाओगे?" दोस्त का गला भर आया।

प्रताप ने गम्भीर स्वर में कहा, "सब हो जाएगा...सही कहूँ तो अब खेल में असली मजा आएगा..., यह सिस्टम पहले से ही विकलांग है,...मैं तो अब विकलांग हुआ हूँ..., अब कोई ओवर क्वालिफिकेशन नहीं 'एवरी थिंग इज इक्वल।" प्रताप की आँखों के कोर से पता नहीं कबसे अटकी पड़ी एक बूँद लुढ़की और तकिए में कहीं समा गयी।

प्रताप ने दोस्तों की मदद से नलकूप विभाग का वह फार्म भरा। मेरिट पर आधारित चयन प्रक्रिया में प्रताप का चयन विकलांग कोटे में चपरासी के पद पर हो गया। दोस्तों ने प्रताप को उसके चयन की सूचना दी। प्रताप ने कोई प्रतिक्रिया नहीं की। दोस्त समझ नहीं पा रहे थे कि इस पर खुश हुआ जाय या रोया जाय।

प्रताप ने धीरे से सिरहाने रखा कागज कलम निकाला और पत्र लिखा—

२पूज्य बाबूजी,

प्रणाम।

आपने लिखा था कि कोई अच्छी खबर देना, इसलिए पत्र लिखने में देरी हो गयी। आज अपार हर्ष के साथ आपको सूचित कर रहा हूँ कि अब आपका बेटा अपने पैरों पर खड़ा हो गया है। माँ को मेरा प्रणाम कहिएगा। साची को मेरा आशीर्वाद।

और हाँ, नयना से कहिएगा कि वो स्कूटर वाली बात रहने दे, वह समझ जाएगी।

आपका बेटा,
प्रताप

पत्र पूरा कर प्रताप ने अपना सिर दीवार पर टिका लिया। वह खामोश आँखों से देख रहा था कि पत्र पाते ही बाबूजी खुशी से झूमने लगे हैं। वे बावले से चिल्ला रहे हैं कि देखो...देखो मेरा बेटा अपने पैरों पर खड़ा हो गया है। खिड़की पर प्रताप का पत्र लिये नयना चुपचाप खड़ी है। वो गोलगप्पे, वो स्कूटर और वो लहराता आँचल कहीं अटके रह गये थे।

"इन बोलती आँखों में, अब उन खामोश आँखों के लिए एक बेचैनी पलने लगी थी।"

उम्र पैंतालीस बतलाई गयी थी

"तुम तो माटी के माधो हो, हम तोहें अइसहीं परेम करते हैं, यही लिए हम तोहें हमेशा अपने चुनरी में बाँधकर रखेंगे, जब हम नहीं रहेंगे तब यह चुनरी गाँव के बरम बाबा के थान पर बँधी रहेगी, तुम्हरा मन जब कहीं न लगे आ जाना वहीं, और देख लेना उस चुनरी को। और मैं... सबसे बचाकर थोड़ा-सा तुम्हें रखूँगी, अपने मन में भी।"

यह कहते हुए सुगन्धा का गला भर आया। सुगन्धा जब भी बोलती थी तो उसकी आवाज़ के साथ ही जुगलबन्दी करती हुई उसकी आँखों की पुतलियाँ नाचती रहती थीं, पर बाल्मीकि ने देखा कि उस दिन ऐसा नहीं था। उस दिन पुतलियाँ बड़ी मुश्किल से हौले-हौले बस हिल पा रही थीं। आँखों में पानी कुछ ज़्यादा था, और पानी में नाचना तो दूर कोई ठीक से चल भी कहाँ पाता है।

सुगन्धा अपनी बात कहकर तेज़ी से गन्ने के खेत से निकल गयी। बाल्मीकि ने महसूस किया कि कहीं कुछ छूटा जा रहा है। पर वह कुछ कह नहीं पाया। जाती हुई सुगन्धा को रोकने के असफल प्रयास में उसके गले से एक भकुआई-सी आवाज़ निकली...'बहिनी साहेब'। बीच में थोड़ा-सा ख़ाली समय गुज़ारकर बाल्मीकि ने एक कोशिश और की, "सुनिए बहिनी साहेब...!"

लेकिन वह बिना सुने चली गयी। या फिर सुना भी हो तो भी चली गयी।

ये कोई प्रेम कहानी नहीं है। इसके बावजूद यह बताना ज़रूरी है कि ये बरगद पाठशाला में खिला सबसे नवोदित और वर्जित प्रेम कुसुम था। नवोदित इसलिए कि अभी इसकी ख़बर सिर्फ़ तीन को थी। एक थी सुगन्धा, दूसरा बाल्मीकि और तीसरा था वह गन्ने का खेत जिसमें उस दिन सुगन्धा ने ऐसा-ऐसा कहा था। और वर्जित इसलिए कि बाल्मीकि उस इलाक़े के सबसे निरीह, सबसे निकृष्ट व्यक्ति मँगरू डोम का बेटा था। डोम का क्या प्यार और क्या नफ़रत, उनका पूरा जीवन ही वर्जित होता है।

बाल्मीकि भौंचक था। वह सोच भी नहीं पा रहा था कि अभी उससे सुगन्धा

क्या कहकर चली गयी है। वैसे तो वह उस कहे का मतलब कुछ-कुछ समझ रहा था। दिल उन बातों को लेकर एक निष्कर्ष पर पहुँचना चाह भी रहा था तो दिमाग़ उसे खारिज कर दे रहा था। बाल्मीकि का दिल इस तरह लगातार खारिज किए जाने से नाराज़ होकर ढाक-तासे की तरह ज़ोर-ज़ोर से बज रहा था... तिड़बिक.... तिड़बिक.... धड़ाम... धड़ाम।

वह आज़ाद भारत के एक गाँव का समय था। अगर इन्दिरा गाँधी की हत्या नहीं हुई होती तो बाल्मीकि यह भी नहीं जान पाता कि वह एक देश में रहता है और उस देश का नाम भारत है। वरना वह अपने गाँव और बहुत हुआ तो ब्लॉक को ही पूरी दुनिया समझता था। इससे पहले बाल्मीकि छोटनपुरा के बड़का साहेब को हवा में गोली चलाते देखा था। वे हवेली के हर कार्यक्रम में नाते-रिश्तेदारों के सामने अपनी दुनाली से हवाई फ़ायर करते थे। इसकी स्मृति बाल्मीकि को तब से है जब से वह अपनी अम्मा या बाऊजी के साथ हवेली में बाँस की टोकरी, सूपा लेकर जाता था। बन्दूक से निकली एक तड़ाक की आवाज़ बाल्मीकि को रोमांचित करती थी। पर उसे मरने का ख्याल कभी नहीं आया।

लेकिन सुगन्धा की बात, प्रधानमन्त्री की मृत्यु और बन्दूक के रिश्ते को एक साथ समझने के बाद बाल्मीकि को डर लगने लगा। सुगन्धा को सभी बहिनी साहेब कहते थे। बहिनी साहेब बड़का साहेब की बेटी थी। बड़का साहेब के पास बन्दूक थी और बन्दूक के पास मृत्यु।

वैसे यह पूरा प्रसंग तो थोड़े बाद का है, पर है इसी कहानी का। और यह कहानी है छोटनपुरा, बड़गाँव और बरगद स्कूल की।

छोटनपुरा और बड़गाँव नहर के एक ही पटरी पर तबसे बसे हैं जब वह नहर भी नहीं थी। बड़गाँव में छोटी जातियों, छोटी जोत और छोटे-छोटे सपने देखनेवाले लोग थे। छोटनपुरा में ऊँची जातियों, बड़ी जोत और रात तो रात दिन में भी बड़े-बड़े सपने देखनेवाले लोग थे। पता नहीं किस समय, किस व्यक्ति ने उन गाँवों के नाम के साथ यह मज़ाक़ कर दिया था। इन दोनों गाँवों में सबसे बड़े आदमी भूतपूर्व ज़मींदार बड़का साहेब थे।

नहर के जिस पटरी पर ये दोनों गाँव बसे थे, उसके उस पार थोड़ी दूर चलकर एक बड़ा पोखरा था। पोखरे के तट पर मुहर्रम, छठ, दशहरा आदि के अवसर पर मेले लगते थे। उसके तीन ओर बड़े-बड़े टीले थे। टीले और कुछ नहीं पोखरा के कलेजे के सत्त थे। टीलों की ऊँचाई में पोखरे ने अपनी आत्मा की माटी मिलाया था। उस इलाक़े में जो कुछ बड़ा था, ऊँचा था वह किन्हीं न किन्हीं गहराइयों की क़ीमत पर था। कुछ चीज़ों और कुछ लोगों को बड़ा बनाने में बहुत सारी चीज़ें और बहुत सारे लोग बहुत नीचे चले गये थे।

पोखरा के सबसे किनारे वाले हिस्से में खड़े एक बहुत पुराने बरगद के पेड़ के नीचे लगती थी वह ऐतिहासिक प्राथमिक पाठशाला जिसे बरगद स्कूल के नाम से जाना जाता था। वहीं के दो विद्यार्थियों के बीच प्रेम उपजा था।

बरगद स्कूल इस मायने में भी ऐतिहासिक था कि उस इलाक़े में जो कुछ गिने-चुने साक्षर पाये जाते हैं, वह सब उसी बरगद से 'पास आउट' थे। बरगद की जड़ें कुछ ऊबड़-खाबड़ ढंग से इधर-उधर फैली हुई थीं। पर लम्बे समय से उन जड़ों को बैठक के रूप में इस्तेमाल किये जाने के कारण वे प्राकृतिक स्टूलों में बदल गयी थीं। पूरब वाली जड़ें छोटी गोल और बड़ी गोल की कक्षाएँ हुईं। उत्तर की तरफ़ तीसरी की कक्षा, पश्चिम में पहली और दूसरी तथा दक्षिण की जड़ें आधिकारिक रूप से पाँचवीं के लिए आवंटित थीं। पाँचवीं की क्लास चार-पाँच साल में एक बार ही बन पाती थी और एक बार बन जाने पर तीन-चार साल तक उन्हीं विद्यार्थियों को लेकर चलती रहती थी। उस स्कूल में एक बार में ही एक क्लास पास कर लेना जैसे गुनाह था। इसे विद्या का अपमान माना जाता था। वहाँ नींव मज़बूत करने पर ज़्यादा ज़ोर था। इस तरह छोटी गोल से शुरू कर चौथी तक आते-आते पढ़ने वाले बाल-बच्चेदार हो जाते थे। ऐसे में मेहनत मज़दूरी कर पेट पाला जाय कि पाँचवीं पास की जाय।

उस बरस पाँचवीं में कई सालों के बाद एक साथ बीस विद्यार्थी हो गये थे, जिसमें बहिनी साहेब और बाल्मीकि के साथ अट्ठारह अन्य बच्चे तो फ्रेशर थे, बाक़ी दो पिछले तीन साल से पाँचवीं में ही थे। इनमें से एक उसी स्कूल के भाषा शिक्षक पंडीजी का सुपुत्र सतानिक था और दूसरा था गणित के शिक्षक बाबू साहब का लड़का प्रदीप। इन दोनों के पाँचवीं प्रेम के पीछे ब्लॉक स्तर पर होने वाली पाँचवीं की बोर्ड परीक्षा की बाधा थी। उन दिनों बोर्ड की परीक्षाओं में अभी नक़ल माफ़िया का जन्म नहीं हुआ था। इसलिए पास होने के लिए सिर्फ़ प्रतिभा और परिश्रम का ही सहारा था। पर मुश्किल यह थी कि ये दोनों चीज़ें आनुवंशिक नहीं होतीं और न ही इनकी विरासत लिखी जा सकती है। सतानिक और प्रदीप के मामले में अपवाद होने की भी गुंजाइश नहीं थी क्योंकि प्रतिभा और परिश्रम के सन्दर्भ में इन दोनों का पिता पक्ष भी शून्य ही था। अतः इनके प्रकरण में न आनुवंशिकी का सिद्धान्त काम आना था और न ही कोई विरासत का होना।

पाँचवीं के इन विद्यार्थियों में प्रदीप, सतानिक और बहिनी साहेब के अलावा शेष सभी दलित शूद्र थे जिनकी उम्र चौदह से सोलह के बीच थी। बहिनी साहेब भी इसी के आस-पास की रही होंगी । सतानिक और प्रदीप थोड़े बड़े थे। उनका अनुभव भी तो बड़ा था।

बाल्मीकि के पिता मँगरू का तीन-चार गाँवों का हलका था। बाँस की

टोकरियाँ, सूपा, डगरा, बेना जैसी रोज़मर्रा की चीज़ें बनाना और बेचना उनका काम था। इन चीज़ों के लिए नगद पैसे की जगह लोग उन्हें चावल, आटा, आलू आदि देते थे। पूर्णतः भूमिहीन डोम जाति गाँवों की सामाजिक संरचना का तल होते हैं क्योंकि इनसे नीचे और कोई जाति नहीं होती। गाँव के पारम्परिक अनुष्ठानों में डोम जाति के लिए कुछ काम निर्धारित थे जैसे लड़के के विवाह में 'डाल' बनाना, लड़की की विदाई के समय मिठाई रखने के लिए 'झपोली' बनाना और मृत्यु के समय 'आग' उठाने का काम उसी डोम को करना पड़ता था। इन सबके लिए डोम नेग माँगते थे अपने मन का, पर लोग देते थे अपने मन का।

बाल्मीकि खूब बाँका सजीला नौजवान था। वह आठ वर्ष की उम्र में स्कूल आया था और सात-आठ साल में पाँचवीं तक पहुँचा था। पढ़ाई में बहुत तेज़ होने के बावजूद वह स्कूल के शिक्षकों के लिए बिना पैसे का मज़दूर था। पंडीजी के घर पर पशुओं के लिए चारा लाना, लकड़ी काटना, दुआर बुहारना और बाबू साहब के यहाँ खेती-किसानी के सारे काम उसी के भरोसे थे। काम से छुट्टी पाकर दोपहर बाद वह स्कूल में आता। स्कूल में बाल्मीकि की स्थिति एक हीरो जैसी थी। यद्यपि डोम होने के कारण वह किसी को छू नहीं सकता था और न ही कोई बच्चा उसे छूता था। पर वह तरह-तरह के करतब जानता था जिसने उसे बच्चों की नज़र में ख़ास बना दिया था। बाल्मीकि तालाब में किसी मछली की तरह तैरता था। ज़मीन पर साँड़ की तरह धूल उड़ाते हुए दौड़ता था। पेड़ पर लंगूर की तरह चढ़ता और छलाँग लगाता था। लम्बी कूद, ऊँची कूद, कबड्डी, खो-खो का अद्वितीय खिलाड़ी था। पर उसे किसी स्पर्धा में शामिल नहीं किया जाता था। दूसरे बच्चों को उसके साथ खेलने में एतराज़ था। बच्चों में वह एतराज़-भाव उनके माँ-बाप की ओर से संक्रमित हुआ था। उनको यही बताया गया था कि डोम हरिजनों, दुसाध आदि जातियों से भी निम्नतर जाति है। उनको छूने से यह जन्म क्या परलोक भी बिगड़ जाता है।

पर बाल्मीकि सामाजिक स्तरीकरण के उस रूढ़ पारिभाषिकी में भी ख़ुश रहता था। बचपन से माँ की बतायी एक बात उसे हरदम याद रहती थी कि किसी बाल्मीकि ने ही जगत के भगवान राम की कथा लिखी थी। तमाम उपेक्षाओं के बावजूद भी यही एक बात बाल्मीकि को उम्र भर ख़ुश रक्खे रही।

जब कभी वह मस्ती में आता तो स्कूल के बच्चों को चिढ़ाता था कि "तोहार बप्पा-माई जवन रामायण पढ़त हैं, ऊ हमरे लिखल है।" बाल्मीकि की इस बात पर बच्चों को तो कभी कभी 'राम' और 'रामायण' से भी बदबू आने लगती थी।

एक बार सुगन्धा ने इस बात की तस्दीक़ के लिए अपने पिता बड़का बाबू से पूछा था, पर बड़का बाबू ने फिक्क से हँसते हुए कहा कि "ऊ सरवा का लिखी।" सुगन्धा को उन्हीं दिनों यक़ीन हो गया था कि 'बाल्मीकि ने रामायण नहीं लिखी

होगा।' पर बाल्मीकि में एक गुण ऐसा था कि उसका लोहा सभी मानते थे। हर शनिवार को स्कूल में अन्ताक्षरी होती थी। इस दिन बाल्मीकि स्कूल में होता ही था। स्कूल के सारे बच्चे एक ओर लेकिन बाल्मीकि अकेले उन्हें हरा देता था। चइता, कहरवा, सोहर, पचरा तो जैसे उसके जीभ पर बसते थे। आवाज़ भी ऐसी, जैसेकि सुननेवाले के भीतर तक घर कर जाय।

स्कूल तो काग़ज़ पर ही था। प्रत्यक्ष जो कुछ था सिर्फ़ वही बरगद का पेड़ था। उसकी शाख़ों से लटकी हुई जड़ें स्कूल के खम्भे थे। उसका तना स्कूल की दीवार थी। घनी शाखाएँ और पत्ते छत थे। बरगद की डालियों का भी अलग-अलग नाम था। जैसे 'लटकइया डाली', 'खनवा डाली', 'झूलुआ डाली' आदि। स्कूल के शरारती बच्चों को मास्टर साब जिस डाली पर लटकाकर मारते थे वह लटकइया डाली हुई। जिन डालियों पर बच्चों का खाना टाँगा जाता था, वह खनवा डाली थी। बच्चे दोपहर के खाने के लिए कपड़े के एक टुकड़े में रोटी, प्याज और मिर्च का अचार-लाते थे। कपड़े में बँधे खाना को ज़मीन पर रख नहीं सकते थे। इसलिए रोटियों की उन छोटी-छोटी पोटलियों को बरगद की डालियों पर टाँग दिया जाता था। इसमें भी रोटियों के मालिक की सामाजिक स्थिति का ख़याल रखा जाता था। सबसे ऊपर ब्राह्मण बच्चों का खाना, उसके समानान्तर ही थोड़ी दूर पर राजपूत बच्चों का खाना फिर क्रमश: यादव, कुरमी, बढ़ई, लोहार बच्चों का खाना टाँगा जाता था। हरिजन बच्चे या तो खाना लाते नहीं थे या अगर लाते तो सबसे नीचे उनका खाना बँधता। इस तरह दस-ग्यारह बजते-बजते बरगद पर रोटियों का एक गाँव आबाद हो जाता था। और रोटियाँ जातियों में बदल जाती थीं।

रोटियों के समाज की यह वर्ण-व्यवस्था बनायी थी पंडीजी ने और इसे लागू करवाते थे बाबू साहब। पंडीजी की बनायी रोटियों की इस वर्ण व्यवस्था से दो जने बाहर थे। एक थी सुगन्धा और दूसरा था बाल्मीकि। सुगन्धा शिक्षक से लेकर बच्चों तक के लिए 'बहिनी साहेब' थी और बहिनी साहेब का खाना दोपहर में नौकर लेकर आता था। उधर बाल्मीकि के खाने का कोई सवाल नहीं था। उसके घर में किसी तरह दो जून का काम चल जाय वही बहुत था। दोपहर की छुट्टी में जब बच्चे अपनी-अपनी पोटली खोलकर बैठते— तो बाल्मीकि उनको डराता कि "अब्बे तोहार खाना छू देब।" बच्चे जानते थे कि अगर खाना छू दिया तो सारा का सारा उसे ही देना पड़ेगा। इसलिए रोटी का एकाध टुकड़ा सभी पहले से ही निकालकर रख देते। बाल्मीकि सभी से वसूले गये रोटी के टुकड़ों को लेकर पोखरे के तट पर आ जाता और पानी में डुबा-डुबा कर खाता। लेकिन वह कभी बहिनी साहेब के खाने की ओर नहीं जाता था। कई बार बहिनी साहेब ही ज़िद कर अचार

का टुकड़ा या थोड़ी सब्ज़ी दे देती तो बिना कुछ कहे ले लेता। पर खाता नहीं। पोखरे में उगे पुरइन के पत्ते में लपेटकर गमछे में बाँध लेता। एक दिन बहिनी साहेब ने इस बारे में पूछा तो कहा कि "अइसन खाएँगे त मर जाएँगे, आ दिन में मरने पर माई बड़ा रोएगी, यही लिए रख लिये कि रात में खाएँगे। खाने के बाद रात में मर भी जाएँगे त, माई जानि नहीं पाएगी।"

बहिनी साहेब को थोड़ा बुरा लगा, "हमार खाना खा के मरेगा काहे?"

"एतना अच्छा कब्बो खाये नाहीं है, कहीं कुछ गड़बड़ा गया तब...।" यह कहते-कहते बाल्मीकि रुआँसा हो गया। और उसी भाव में बोला कि बस "इहे बाति है और कुछ नहीं।"

बाल्मीकि से ऐसा सुनकर बहिनी साहेब का मन कैसा तो हो गया। उसने भी अपना खाना वैसे के वैसे बाँधकर रख दिया। बहिनी साहेब को ऐसा करते देख बाल्मीकि ने पूछा, "आपो नाहीं खाएँगी का?" बहिनी साहेब ने कनखी से देखा, "अइसन खाएँगें त मर जाएँगे, आ दिन में मरने पर कोई एक है जो बड़ा रोएगा, यही लिए रख लिये कि रात में खाएँगे। खाने के बाद रात में मर भी जाएँगे त, वो जानि नहीं पाएगा।" अब बहिनी साहेब से ऐसा सुनकर बाल्मीकि का मन वैसे ही हो गया जैसा कुछ देर पहले बहिनी साहेब का हो गया था।

वह दोपहर का समय था। जब दो लोगों का मन एक जैसा हो गया था। बहुत दिन से रुकी हुई कोई हवा थी जो चल पड़ी थी।

पंडीजी पूरे दुनियादार आदमी थे। परिवार में पत्नी और एक बेटा सतानिक था। यही हाल दूसरे शिक्षक बाबू साहब का भी था। पत्नी और एक बेटा प्रदीप के साथ रहते थे। पारिवारिक संरचना के अलावा पंडीजी और बाबू साहब में बाक़ी बातें भिन्न थीं। पंडीजी दरिद्र ब्राह्मण थे तो बाबू साहब टूटी-फूटी ज़मींदारी के आख़िरी वारिस थे। खेती भी ठीक-ठाक थी। पंडीजी की जीविका का स्रोत मास्टरी के अलावा आस-पास के गाँवों में फैली हुई जजमानी थी। आस-पास के इलाक़े में कथा बाँचने से लेकर शादी-ब्याह, मृत्यु संस्कार आदि अनुष्ठान पंडीजी ही कराते थे।

जब किसी को धमकाना होता था तो वे अपने इसी धन्धे का सहारा लेकर कहते, "जो बाभन ब्याह कराता है वही पिंडदान भी कराता है।" पंडीजी नौकरी तो मासिक तनख़्वाह के लिए ही करते। बाक़ी उनका सारा ज़ोर जजमानी के अपने धन्धे पर ही होता। उनके पास सत्यनारायण व्रत कथा से लेकर नारायण बलि तक, विवाह से लेकर बरसी तक के हर अवसर, हर प्रसंग और हर बजट की रेडीमेड पूजा पद्धतियाँ हर समय तैयार रहतीं। ब्राह्मण, ठाकुर, घर की पूजा थोड़े बड़े बजट की थीं। और अन्य जातियों के घर का पूजा बजट उनके आर्थिक स्थिति के अनुसार था।

यदि कभी नितान्त दरिद्र व्यक्ति आ जाय तो ज़रूरत के हिसाब से बजट में संशोधन की भी गुंजाइश थी। हरिजनों के घर वे कथा बाँचने नहीं जाते थे। ज़रूरत पड़ने पर अपने घर से कथा बाँचकर फूल और अक्षत काग़ज़ में लपेटकर बाहर फेंक देते। बाहर बैठा हरिजन यजमान उसे उठा लेता था। बस हो गयी पूजा। पंडीजी की एक ख़ास विशेषता यह थी कि वे सारी पूजा पद्धतियाँ, मन्त्र, श्लोक आदि संस्कृत में नहीं लोक भाषा में निपटाते थे। पूछने पर कहते कि ''संस्कृत देव भाषा है, इ नान्ह जाति सबको इसे सुनाना नहीं चाहिए इसीलिए हम देवताओं की भाषा के मन्तर को उलथा कर बताते हैं।'' पर एक बात और थी कि वे जिस यजमान को पकड़ते उसे पूरा-का-पूरा निचोड़ लेते। यह सब जानते हुए भी लोग— उन्हीं के पास आते। क्योंकि न पंडीजी से मुक्ति का रास्ता था और न ही धर्म से मुक्ति का।

पंडीजी का पुत्र सतानिक तीन साल से पाँचवीं में ही था क्योंकि पाँचवीं का बोर्ड उसके लिए अनसुलझा सवाल था। इसलिए पंडीजी धीरे-धीरे उसे अपने यजमानी के धन्धे में प्रशिक्षित कर रहे थे। छोटे-मोटे धार्मिक आयोजनों में सतानिक को भेजा जाने लगा था। वैसे सतानिक पंडीजी के दूसरे धन्धों में सिद्धी के नज़दीक पहुँच चुका था। स्कूल से सरकारी चीज़ों को चुराने को पिता पुत्र दोनों अपना पैतृक और नैतिक कर्तव्य मानते थे। स्कूल की घंटी को ठाकुर जी की आरती के बहाने पहले ही झोले में रखकर सतानिक उठा लाया था। बच्चों के बैठने के लिए मिले सरकारी जूट के टाट पंडिताइन के गद्दे के नीचे बिछाए जा चुके थे। पी.टी. के लिए मिली लेजिमों के घुँघरू अब पंडीजी के गायों और भैसों के गले में बजते थे। सरकारी अनुदान की किताबों को सतानिक जहाज़ बनाकर उड़ा चुका था। स्कूल में पढ़नेवाले बच्चों से झंडा दिवस, बाल दिवस, सलामी दिवस के साथ ही ऐसे कई और ज्ञात-अज्ञात दिवसों पर दो से लेकर दस रुपये तक वसूलने का कार्य सतानिक ही करता था। पंडीजी का मानना था कि यदि किसी दिन कहीं से कुछ मुफ़्त में न मिले तो समझो पूरा दिन अकारथ गया। इसमें एक ख़ास बात यह थी कि ये सारी वसूली पंडीजी बड़ी चतुराई से करते थे, पर स्कूल का हर बच्चा और उनके माता-पिता उनकी इस चोरी को जानते और पहचानते थे। सब कुछ जानते हुए भी सभी उनको वाक-ओवर दिये रहते। उन निरीह बच्चों और उनके मजबूर अभिभावकों की भोली आस्था को इस बात का यक़ीन था कि ऊपर बैठा थर्ड अम्पायर ज़रूर इसका हिसाब रख रहा होगा। पर धन्य है शिक्षक-बुद्धि इस वाक-ओवर को भी अपनी सफलता मानता था। इधर कुछ दिनों से बाबूसाहब के एतराज़ पर प्रदीप को भी इस वसूली में शामिल किया जाने लगा था। इस कार्य में ज़माने के निकम्मा प्रदीप का भी मन लगने लगा था। फिर तो दोनों सुपुत्रों के महान उत्साह ने बरगद स्कूल को अवैध चुंगी में बदल दिया। बेटे को राह पर आते देखकर उत्साहित बाबूसाहब को

प्रदीप के उज्ज्वल भविष्य का रास्ता पंडीजी और सतानिक के साथ ही नज़र आने लगा सो उन्होंने प्रदीप के जीवन का कॉपीराइट पंडीजी को सौंप दिया।

अब प्रदीप सतानिक के साथ कथा बाँचने में सहयोग के लिए जाने लगा। इसमें सतानिक का भाव भी बढ़ा। अब वह असिस्टेंट वाला बाबा जी हो गया था। प्रदीप का काम यह था कि चढ़ावा के पैसों का हिसाब रखना, आरती के पैसे जिसके लिए सन्देह यह था कि हजामिनें उसमें से कुछ चुरा लेती हैं; को अपनी देखरेख में इकट्ठा करना तथा ख़ाली समय में यजमानों के बीच सतानिक जी महराज के पांडित्य का बखान करना। सत्यनारायण व्रत कथा में प्रदीपरूपी कोण जोड़ने से पंडीजी के कथा बाँचने के पारम्परिक धन्धे में एक नये युग का सूत्रपात हुआ। सतानिक जैसे बालब्रह्मचारी और प्रदीप जैसे क्षत्रिय कुँवर की जुगलबन्दी से ग्रामीणों के मन में पारम्परिक अनुष्ठानों की महत्ता की नयी इबारत लिखी जाने लगी। वे दोनों सिद्ध बालकुमारों के रूप में प्रसिद्ध होने लगे थे। यह अलग बात है कि दोनों गन्ने, अरहर के खेतों में पता नहीं कितने बार गाँव की महिलाओं, लड़कियों के साथ छेड़खानी करते पकड़े गये थे। इसलिए उन दोनों ने अपना कर्म क्षेत्र गाँव के बाहर ही बनाया।

एक बार वे दोनों थोड़ी दूर के गाँव में विवाह कार्यक्रम सम्पन्न कराने गये। इसके लिए सुबह ही निकलना था। दिन भर की पैदल यात्रा के बाद ही शाम तक उस गाँव में पहुँचना हो पाता। प्रदीप और सतानिक दही-चिउड़ा खाकर सबेरे ही चल दिये। दोपहर तक वे आधे से अधिक दूरी तय कर चुके थे। रास्ते में पड़े एक बगीचे में आराम करने का निश्चित कर घर से लाये चने खाये, पानी पिया और थोड़ी नींद ली। बगीचे में जामुन के पेड़ों में भरपूर फल लगे थे। दोनों जी भरकर जामुन खाये। पेड़ों पर चढ़े, उतरे। तरह-तरह का खेल किया। और अन्ततः मन भर गया तो जाने की तैयारी शुरू हुई। तय हुआ कि यहीं बगीचे के पास वाले पोखरे पर हाथ-मुँह धोकर पैंट-शर्ट की जगह धोती-कुरता पहन लिया जाय। पूजा सामग्री भी तैयार करनी थी। यह सब हुआ भी। पर यह क्या? झोले से शालिग्राम ठाकुर जी ग़ायब। सम्पुट खुला पड़ा है। अब क्या हो। किसी एक की ग़लती नहीं थी। क्योंकि सतानिक और प्रदीप दोनों कुछ-कुछ देर झोला लिये थे। अब ठाकुर जी कब, कहाँ किसकी ग़लती से झोला का अंचल छोड़कर चले गये, इस पर बहस का समय नहीं था। जल्दी से कोई न कोई उपाय खोजना था। क्योंकि ठाकुर जी के बिना पूजा शुरू नहीं हो सकती थी। प्रदीप हलकान हो रहा था, पर सतानिक ने उपाय खोज लिया। शालिग्राम ठाकुर जी के आकार-प्रकार का एक ख़ूब काला पका हुआ जामुन तोड़कर उसे ही शालिग्राम जी के रूप में पेश करते हुए सतानिक ने कहा, "दुःखी मत हो बालक यह हैं हमारे ठाकुर जी जामुनावतार में।" प्रदीप ने कुछ संशय प्रकट किया।

पर सतानिक ने किसी तत्त्वदर्शी की तरह उसके सारे संशय दूर करते हुए कहा, ''ये सम्भव है बच्चा, ठाकुर जी ने इससे पहले भी, कच्छप, वाराह आदि चौबीस अवतार लिये हैं, इसी कड़ी में आज इस भरे-पूरे बगीचे में इनका जामुनावतार हुआ है।'' प्रदीप ने भाव विह्वल होकर सतानिक के पैर पकड़ लिये, ''धन्य हैं...! महराज... आप धन्य हैं।''

समय पर यजमान के घर सतानिक ने पूजा शुरू की। वेदी तैयार थी। शालिग्राम जी के जामुनावतार को धो-पोंछकर आसन दे दिया गया। हल्दी, दूध, अक्षत, जल, रुपया आदि चढ़ाये जा रहे थे। सतानिक मन्त्रों का धुआँधार पाठ कर रहा था। पर जामुनमूर्ति ठाकुर जी बहुत देर तक नैवेद्य का इतना प्रहार बरदाश्त नहीं कर सके। उनके ऊपर का कवच हट गया। सबसे पहले नाई ने इसे देखा। उसने हल्ला मचा दिया, ''ऊ देखब ठाकुर जी गल गये''। यजमान किसी अनिष्ट की आशंका से घबरा गया। घबरा तो प्रदीप भी गया था। पर सतानिक के रगों में इस धन्धे का प्राचीन अनुभव प्रवहमान था। उसने मन्त्रों के उसी तुक में स्थिति को सँभाल लिया—

''नित्य अक्षछतम्, नित्य दुग्ध, दही, पानी,
विहसि रहें ठाकुर जी, लीला को बखानी।''

प्रदीप ने तुरन्त ही धीरे से नाई को दस रुपये का नोट पकड़ाते हुए अपनी व्याख्या प्रस्तुत की, ''हमारी रोज़-रोज़ की सेवा से ठाकुर जी प्रसन्न होकर हँस रहे हैं, वर-वधू का जीवन-सुख अपार होगा। तुम्हारा आँगन धन्य हो गया आज।'' यजमान ठाकुर जी की साक्षात् कृपा देखकर सतानिक महाराज के पैरों पर पड़ गया। चारों तरफ़ ईश्वर की कृपा एक लहर की तरह दौड़ गयी। घराती से लेकर बाराती तक ठाकुर जी की इस कृपा से अभिभूत थे। सतानिक का महात्म्य उस समय ख़ूब बढ़ गया। उसकी आवभगत ज़्यादा होने लगी। यजमान के घर में आयी रिश्तेदार की एक लड़की सतानिक पर कुछ ज़्यादा मेहरबान हो गयी। वह भी ठाकुर जी की कृपा से पार उतरना चाहती थी। उसने बुआ या मामा की किसी बड़े डील-डाल की लड़की का सलवार-सूट पहन रखा था जो उसके देह के हिसाब से थोड़ा बड़ा था। बार-बार उठते, बैठते, झुकते उस कृपाकांक्षी बाला के गोपन अंग सतानिक जी महाराज के समक्ष किसी दिव्य फल की तरह दिख-छिप रहे थे। अब तक सतानिक भी ठाकुर जी के प्रभाव के खोबचे में आ गया था। उसे लगा कि यही वह कृपा है जिसे प्राप्त करने के लिए वह अब तक न जाने कितनी बार बाग़, बगीचे खेत, खलिहान में अपमानित हो चुका है। सतानिक ने इसको ठाकुर जी की कृपा माना। पंखा झलने के बहाने सतानिक ने लड़की को पास बुलाया। लड़की सम्मोहित थी। सतानिक ने लड़की के सम्मोहन को स्वीकार माना। तुरन्त ही घोषणा कर दी कि

"ठाकुर जी के अवतार के बाद इनके लिए विशेष पूजा करनी होगी, इसलिए एकान्त में बैठकर मैं यह कार्य सम्पन्न करूँगा। इसमें सहयोग के लिए मुझे एक कन्या चाहिए।"

यजमान ने तुरन्त ही घर के भंडार गृह में जगह बनवा दी और उसी सम्मोहित लड़की को सतानिक के सहयोग में लगा दिया। वहाँ उपस्थित सारे लोग अश्रुपूरित और भाव-विह्वल कंठ से भजन गा रहे थे...। सतानिक ने प्रदीप को माला जपने में लगा दिया। और लड़की को लेकर कमरे में चला गया। अब तक हर कार्य में सतानिक का साथ देनेवाला प्रदीप इस महत्त्वपूर्ण प्रसंग में अपनी उपेक्षा से अन्दर ही अन्दर नाराज़ हो गया। पर वह करता भी क्या? वह अब यही चाहता था कि या तो उसे भी भंडार-गृह वाले पूजा में शामिल किया जाय या फिर वह पूजा रोकी जाय। अन्ततः असहाय होकर वह ज़ोर-ज़ोर से सतानिक के प्रिय श्लोक का पाठ करने लगा-

"एका हि बाला तरुणी सुशीला
महानिशायां दिलदार संगम्।
प्रयोजयति अनियमित आसनम् सा
गुंजति शब्दं विविध-प्रकारम्।।"

प्रदीप अपने हिसाब से भंडार-गृह में चल रहे उस 'विशेष पूजा' के रहस्य सबको बता रहा था, पर वहाँ बैठा ग्रामीण समुदाय उस महान भाषा के अर्थ समझने में नाकाम रहा। तभी कमरे के भीतर से चिल्लाते हुए लड़की बाहर भागी। कीर्तन बन्द हो गया। लोग अभी कुछ समझते तब तक प्रदीप पोथी-पतरा छोड़कर भागने लगा। लड़की ने रोते हुए अपनी माँ को कुछ बताया। उसकी माँ गरियाते हुए कमरे में घुसी।

दूसरे दिन सुबह बारात विदा हो गयी। गाँव में तरह-तरह की चर्चा हो रही थी। गाँव के बाहर वाली नहर के आधे जल और आधे कीचड़ में सतानिक और प्रदीप रक्त रंजित, धूल-धूसरित बेहोश पड़े थे। होश आने पर पहले तो आपस में लड़े और फिर इस बात पर राज़ी हुए कि आज के बाद ज़िन्दगी में कुछ पाना है तो सभी कार्य मिलकर करना है। उसी क्रम में दोनों ने पहला निर्णय यह लिया कि इस टूटी-फूटी अवस्था में गाँव जाने पर जग-हँसाई होगी इसलिए कहीं और चला जाय।

प्रदीप ने थोड़ा संशय प्रकट किया कि "घर वालों से क्या कहेंगे?" पर सतानिक ने उसे झिड़की देते हुए समझाया कि "तुमहु यार मुर्खे रह गये, घर पर कहला देंगे कि हमें एक बड़े महन्त जी मिल गये हैं, वे हमारे ज्ञान से प्रभावित होकर हमें हरिद्वार भागवत कथा कहवाने ले जा रहे हैं।" प्रदीप ख़ुश हो गया, वह सतानिक

की प्रशंसा करते हुए बोला कि ''भागवत कथा में तो पता नहीं पर लन्तरानी में तुम्हारा कोई जोड़ नहीं ही है।'' इस बात पर दोनों ज़ोर-ज़ोर से हँसते रहे... हिप्प...हिप्प...हिप्प।

वे दोनों भी ज़ोर-ज़ोर से ही हँस रहे थे ...हुप्प....हुप्प....हुप्प! वे दोनों मतलब पंडीजी और बाबू साहब। उन दोनों के मन में एक-दूसरे के प्रति आदर था या कोई समझौता, यह कोई कभी समझ नहीं पाया। पंडीजी को देखते ही बाबूसाहब कहते ''परनाम देवता'' और पंडीजी उन्हें ''शदा शुखी रहें राजन'', कहकर आशीर्वाद देते। पंडीजी स्कूल के बच्चों को भाषा पढ़ाते थे। पर 'स' को हमेशा 'श' बोलते थे, तब और जब सुख बोलना होता। उनका मानना था कि सुख को 'शुख' बोलने से सुख बड़ा हो जाता है।

दोनों एक-दूसरे को देवता और राजन सम्बोधित करते हुए ख़ुद को अपनी जड़ों से जुड़ा हुआ पाते थे। समय के बदलने के साथ ब्राह्मणों को कोई अब 'देवता' नहीं मानता था और न ही अब कोई 'राजा' बचा था। इसलिए बाबूसाहब पंडीजी को देवता कहते थे और पंडीजी उनको राजन। समाज भले ही इनकी पुरानी पदवियों को भूल चुका था लेकिन दोनों अभी नहीं भूले थे और न ही भूलना चाहते थे। इसलिए एक-दूसरे को ऐसा सम्बोधित कर प्रसन्न होकर हँसते थे... हुप्प...हुप्प...हुप्प।

राजन उर्फ़ बाबू साहब अपनी ख़ानदानी रवायत के अनुसार बड़ी चीज़ों के हिमायती थे। एक बार वे दोपहर में बच्चों को गणित पढ़ा रहे थे। चौथी कक्षा के बच्चों से पूछा कि पन्द्रह गुणे पाँच कितना होता है? लोरिक यादव ने बताया कि 'छिहत्तर', फेकू चौहान ने कहा कि 'अस्सी'; और काली राम ने कहा 'सत्तासी'। बाबूसाहब के चेहरे के बदलते रंग को देखकर सारे बच्चों का मुँह सूखता जा रहा था। पंडीजी मज़ा ले रहे थे, क्योंकि गणित बाबू साहब ही पढ़ाते थे। बच्चे गणित में एकदम फेल थे। इसी बीच बाल्मीकि ने बरगद के एक पत्ते पर कुछ लिखा और धीरे से बहिनी साहेब के सामने पलटकर रख दिया। बाल्मीकि की इस हरकत से बहिनी साहेब की देह थर-थर काँप रही थी। यह कहिए कि पत्ता रखते किसी ने देखा नहीं। पता नहीं कितनी तरह की बातें होतीं। उधर बाबू साहब के लिए इम्तहान की घड़ी आ गयी थी। अन्त में उन्होंने अपने होनहार कुलदीपक प्रदीप से पूछा, ''आप बताइए कुँवर साब, पन्द्रह गुणे पाँच कितना हुआ?'' प्रदीप ने थोड़ा समय लिया। उठ-बैठकर तमाम गुणा-भाग लगाने के बाद बताया, ''पन्द्रह गुणे पाँच बराबर सरसठ।'' बस क्या था? बाबू साहब का धैर्य जबाब दे गया। वे कुर्सी से उछले और प्रदीप को पटककर उसके सीने पर चढ़ गये। फिर तो दनादन लात-हाथ चलाने लगे। पंडीजी लपककर जब तक प्रदीप को छुड़ाते तब तक बाबू साहब ने उसे शीतल कर दिया।

पंडीजी ने बाबू साहब को डपटा, ''क्या करते हैं राजन?, माना कि क्रोध राजाओं का स्वभाव है, किन्तु जब शारे बच्चे ग़लत बता रहे हैं तो आप बश एक कुँवर साहब का कचूमर क्यों निकाल रहे हैं?'' बाबू साहब ने गमछे से पसीना पोंछते हुए कहा, ''बात ग़लत बताने की नहीं है, देवता। दुःख इस बात का है कि ये सारे लड़के असामियों के हैं, नान्ह जातियों के हैं, लेकिन इन सबका कलेजा बड़ा है, इनका हौसला बुलन्द है, ये दबाकर ज़्यादा बता रहे हैं; और एक हैं ससुरे कुँवर साब, राजपूत ज़मींदार के वारिस, पन्द्रह गुणे पाँच कितना होता है यह तो पता नहीं, पर जितना होता है उससे भी कम बता रहे हैं।'' पंडीजी ने उन्हें समझाते हुए कहा कि ''जाने दीजिए, यह सवाल ही थोड़ा कठिन था। यह तो कोई बच्चा नहीं बता पाएगा।'' इसी बीच बहिनी साहेब ने धीरे से बाल्मीकि का दिया पत्ता पलटकर देखा। उस पर लिखा था 'पचहत्तर'। ख़ुशी से उसका चेहरा खिल गया। अचकचाकर उसने कहा, ''मासाब....बाल्मीकि बताएँगे, ये जानते हैं।'' तब बाल्मीकि खड़ा हुआ, ''मासाब...! पन्द्रह गुणे पाँच बराबर पचहत्तर होता है।''

बाल्मीकि के जबाब के साथ पंडीजी और बाबू साहब के मुँह का स्वाद बिगड़ गया। उस दिन स्कूल क्या पूरे इलाक़े का रिकार्ड टूट गया। एक डोम जाति का लड़के ने आज पचहत्तर तक की गिनती बता दी थी। जो डोम सुअर चराने और बाँस की टोकरियाँ बनाते अपना सारा जीवन बिता देते हैं, उसी जाति का एक लड़का आज ब्राह्मणों...ठाकुर की तरह ज्ञानी हो गया था। बाबू साहब ने संशय और दुःख के साथ पंडीजी को देखा। पंडीजी ने धीरे से बाबू साहब के कन्धे पर हाथ रखा, ''धैर्य रखिये राजन! यही कलियुग है। शरकार भी इन्हीं शब के शाथ है। हम क्या कर शकते हैं? इनको श्कूल में दाख़िला देना ही पड़ता है। इन्हें दाख़िला मत दो तो तनख़्वाह रुक जाएगी। और ये शब हैं कि...।''

''हाँ...देवता! धीरे-धीरे समय बड़ा ख़राब होता जा रहा है। ये शूद्र-दलित आज गिनती-पहाड़ा बता रहे हैं, कल को ये हमें ही पहाड़ा पढ़ाने लगेंगे। सरकार कह रही है कि सारे शूद्रों-दलितों को पढ़ाओ..., पर कोई यह नहीं सोचता कि ये लोग पढ़-लिख लेंगे... तो हम लोगों का क्या होगा?'' पंडीजी ने उसी भाव से चिन्ता प्रकट करते हुए कहा, ''शही कह रहे हैं देवता, कुछ न कुछ करना होगा। नहीं तो ये कुकुर-बिलार, कल को हमारे बग़ल में आकर बैठने लगेंगे।... हमारा नेम-धर्म कुछ भी नहीं रह जाएगा।'' बाबू साहब जैसे गहरी साँस लेते हुए बोले, ''कुछ करिए देवता...कुछ करिए।'' पंडीजी के कानों में घंटे-घड़ियाल की आवाज़ गूँजने लगी थी। उन्हें लग रहा था कि वे किसी भव्य राज दरबार में खड़े हैं। राज्य पर घोर संकट आ गया है। धर्म की हानि हो रही है। आर्तनाद करती हुई प्रजा कातर दृष्टि से उन्हें ही देख रही है और राजन उनसे इस विपत्ति से निकालने के लिए गुहार लगा रहे

हैं— 'कुछ करिए देवता... कुछ करिए।' थोड़ी देर में ही पंडीजी संयत हो बोले, "राजन, यह हमारे शमाज पर घोर विपत्ति का शमय है। पहले मलेच्छों ने हम पर शासन किया, फिर ब्रितानियों ने और अब शूद्र, दलित हम पर राज करेंगे।....हम तो ठहरे ग़रीब ब्राह्मन, हमारा श्थान अब पहले जैशा नहीं रहा रह गया है।.... फिर भी धर्म और शमाज के रक्षा हेतु हम आख़िरी दम तक प्रयत्न करते रहेंगे।"...फिर थोड़ा ठहरकर गहरे उच्छ्वास के साथ अपनी मंशा प्रकट की, "हम तो केवल राश्ता बता सकते हैं... आप राजा हैं..., करना तो आपको ही होगा।" बाबू साहब ने लगभग संकल्प लेते हुए कहा, "चिन्ता न करें देवता! ऐसा कभी हुआ है कि ब्राह्मन देवता का कहा कभी किसी क्षत्रिय ने टाल दिया हो...। ये माना कि अब पहले जैसा राज-काज नहीं रहा, पर हमारा रिश्ता तो वही है। इसलिए अब समय आ गया है कि हम फिर एक होकर इन आसुरी शक्तियों का मुक़ाबला करें।"

लेकिन इन संकल्पों और सन्धियों से अनजान बाल्मीकि आज स्कूल के बच्चों के बीच 'सुपर हीरो' बन गया था। हीरो तो वो पहले से ही था। बहिनी साहेब ने आज जी भरकर बेधड़क होकर उसे ताका था। बाल्मीकि ने उन्हें अपनी ओर देखते हुए देखा तो वे लजा गयीं। पर इस देखने और लजा जाने के बीच बहुत कुछ घटित हो चुका था। बहिनी साहेब ने अपना दुपट्टा ठीक करते हुए उसे गले तक ओढ़ लिया। कनखी से बाल्मीकि को देखा और मुस्कराकर घर की ओर चल दीं।

आगे-आगे बहिनी साहेब चल रही थी और पीछे-पीछे उसका मुस्कराना।

बाल्मीकि थोड़ी देर तक से जाते हुए देखता रहा। उसके भीतर से ख़ुशी का एक रेला उमड़ा और गले से छिटक पड़ा—

मटिया के पुतरी
सरगवा से उतरी
पुतरी तोहके ले के ना
छवायेब डिहवा पर एक ठो मड़ई
पुतरी तोहके ले के ना...।

आगे-आगे बाल्मीकि चल रहा था और पीछे-पीछे उसका गीत।

बाल्मीकि के छोटे-छोटे तीन भाई और दो बहनें थीं। पिता अपने पुश्तैनी काम-काज में लगे रहते थे। उनके पास सम्पत्ति के नाम पर एक टूटही मड़ई ही थी। वे पूर्णतः भूमिहीन थे। माटी के नाम पर सिर्फ़ घराड़ी की ज़मीन थी। वह ज़मीन भी बड़का साहेब के नाम थी जो पीढ़ियों पहले उनके परिवार के किसी व्यक्ति के दाह-संस्कार के नेग में बाल्मीकि के परदादा को मिली थी। तब से आज तक पीढ़ी-दर-पीढ़ी वह ज़मीन वाया वरासतनामा, खसरा-खतौनी में आज भी बड़का साहेब के नाम दर्ज है। इतने दिन तक बाल्मीकि के परिवार के क़ब्ज़े में रहने के बाद भी वह

ज़मीन उन लोगों के नाम नहीं हो पायी थी। इस ओर किसी का ध्यान ही नहीं गया। लेकिन वह ज़मीन दो क़स्बों को जोड़नेवाली मुख्य सड़क के पास थी। बाद के दिनों में नहरवाले चौराहे पर लगनेवाले साप्ताहिक बाज़ार ने स्थायी स्वरूप धारण कर लिया। वहाँ पाँच-सात दुकानें—स्थायी तौर पर बन गयीं। बसें भी रुकने लगीं। बड़का साहेब, जिनका परिवार एक समय में उस इलाक़े का सबसे बड़ा ज़मींदार था, खूब खेतबारी थी, रोब-दाब था, ट्रक-ट्रैक्टर, जीप आदि उनके दरवाज़े की शोभा बढ़ाते थे। इसी परिवार के आख़िरी वारिस बड़का साहेब को पीने-पिलाने का शौक़ ऐसा लगा कि धीरे-धीरे सब कुछ कम होता गया।

अब बड़का बाबू देर तक उसी नहर वाले चौराहे पर बैठने लगे थे। वहीं पर कुछ नवसिखुआ पियक्कड़ जुटते थे और पीना-पिलाना होता रहता था। उसी चौराहे पर कहीं से एक बंगाली डॉक्टर आ गया था। छोटी-सी गुमटी ही उसका नर्सिंग होम था। गुमटी के पीछे हर वक़्त एक-दो मरीज़ लेटे ही रहते थे।

आस-पास के दो चार गाँवों का अकेला डॉक्टर वही बंगाली था। बड़का साहेब उसी के गुमटी के सामने पड़े बेंच पर पसरे रहते। इस बारे में गाँव-ज्वार में कई तरह की बातें थीं। बंगाली की पत्नी जब भी कोई नयी साड़ी पहनती तो लोग जान जाते कि कल बड़का साहब रात भर वहाँ रुके थे। धीरे-धीरे उनकी बाकी की ज़मीन भी सरकते हुए बंगाली की नाम पर चढ़ने लगी थी। तरह-तरह की बाते थीं। पर एक दिन तो ग़ज़ब हो गया। बंगाली के गुमटी की ओर से शोर उठा। लोग भागकर वहाँ पहुँचे, तो देखा कि बड़का साहब बंगाली डॉक्टर को पटककर मार रहे थे। बीच-बचाव कर छुड़ाया गया। बाद में पता चला कि बंगाली डॉक्टर ने किसी मरीज़ को सर्दी जुकाम की दवा बताते हुए कहा था कि "सुबह-शाम आधा गिलास दारू पिया करो।" तब मरीज़ ने संशय प्रकट किया कि "कहीं दारू से सर्दी जुकाम जाएगा!" इस पर बंगाली ने कहा कि था, "जब दारू से बड़का साहेब का ट्रक, जीप और बाईस बीघा खेत चला गया, तब तुम्हारा सर्दी जुकाम कैसे नहीं जाएगा।" उसी बात को बड़का साहेब ने कहीं से सुन लिया और सुबह-सुबह आकर बंगाली को शीतल करने में जुट गये थे।

उस घटना के बाद बड़का बाबू का उस चौराहे पर बैठने का स्थान बदल गया। अब जिस नयी जगह पर वे बैठने लगे थे, उसी के ठीक सामने उनकी पुश्तैनी ज़मीन थी जिस पर बाल्मीकि का परिवार झोपड़ा बनाकर रह रहा था। एक रात उसी जगह पर बैठकर बड़का साहेब शराब पी रहे थे। चाँद बाल्मीकि के झोपड़े के ऊपर चमक रहा था। ऐसे में बड़का बाबू को एक दम से यह ख़याल आया कि क्यों न यह ज़मीन बेच दी जाय।

स्कूल में अपने ज्ञान का लोहा मनवाकर और बहिनी साहेब के मन में अपने

प्यार की रूई तह करके जिस दिन बाल्मीकि ख़ुशी से घर लौटा तो पाया कि उसका सारा घर उजाड़ दिया गया है। उसके भाई-बहन डरे-सहमे पेड़ के नीचे बैठे थे। बाल्मीकि के पिता बड़का साहेब के सामने औंधे लेटे हुए गिड़गिड़ा रहे थे। माँ एकदम से ख़ामोश हो टूटे-फूटे बर्तनों को समेट रही थी। केवल सुअरों के बाड़े में हलचल थी। सुअर रह-रह कर गुर्रा रहे थे। जबकि वहाँ मौजूद लोग एकदम से चुप थे। बाल्मीकि ठगा-सा खड़ा था। उसकी जाति ऐसी नहीं थी कि वह बड़का साहेब का पैर पकड़कर दया की भीख माँग सके। जिससे भी कुछ कहना चाहा, तो सबने यही कहा कि "उनकर ज़मीन है, उहे ले लिहने त, दूसर केहु का करी।"

बाल्मीकि अवाक् था। उसे समझ में नहीं आ रहा था कि वह क्या करे। आस-पास के गाँवों में सबसे बड़े आदमी बड़का साहेब ही थे, इसलिए कहीं जाने का कोई मतलब ही नहीं था। उसने हिम्मत बाँधकर बड़का साहेब से कहा, "आपके पास बहुते खेती-बारी है, लेकिन हमनी के पास माटी के नाम पर इहे इतना था, इतना से आपका कुछ ना होगा पर हमनी के त सब बिगड़ जाएगा, मलिकार।"

लेकिन बड़का बाबू ने कुछ नहीं सुना। बाल्मीकि और भी तमाम बातें, तमाम तरह से कह रहा था, लेकिन बड़का बाबू ने नहीं सुना और अन्त में बाल्मीकि रोया भी, पर बड़का बाबू को नहीं सुनना था, तो नहीं सुना।

रात होते-होते नहर की पटरी पर एक झोपड़ा बन गया था। झोपड़े के एक ओर पानी से भरी हुई नहर थी और दूसरी ओर अभी-अभी ख़ाली कराई गयी बड़का साहेब की ज़मीन। बाल्मीकि के घर वालों के लिए इन दोनों ओर के रास्ते बन्द थे। एक ओर नहर का पानी था और दूसरी ओर इलाक़े का सबसे बड़ा नाला था। इन दोनों के बीच की थोड़ी-सी जगह में बाल्मीकि की माँ ने गेहूँ उबालकर उसमें थोड़ा-सा नमक मिलाया और सबके आगे परोस दिया। पहला कौर मुँह में डालते ही बाल्मीकि को यक़ीन हो गया कि इसमें माँ की आँखों के कोर से टपके नमक का हिस्सा कुछ ज़्यादा है। कोई कुछ बोल नहीं रहा था। छोटे बच्चे भी जैसे सब समझ रहे हों, उस तरह से चुप थे। आधी रात को सोते समय बाल्मीकि को लग रहा था कि जैसे उसकी झोपड़ी कोई नाव है जो बही जा रही है, कहाँ? यह मालूम नहीं।

इसके बाद के कई दिन तक बाल्मीकि भटकता रहा। जहाँ भी गया, जिसको भी अपनी समस्या बतायी, सबने अपने हाथ खड़े कर दिये। कहीं-कहीं तो बाल्मीकि से हफ़्ते भर तक ईंट ढुलवाते थे या खेत की मेड़बन्दी करवाते थे और जब काम हो जाता तो कह देते, "देख बाल्मीकि, हम पता कइले रहनीं, बाकिर ओमे कुछ ना हो पाई। ज़मीन बड़का साहेब के नाम से रहल। कोर्ट-कचहरी कुछ ना करी।"

फिर हर तरफ़ से हारकर मन मसोसकर धीरे-धीरे बाल्मीकि सामान्य होने

लगा। उसके पास इसके अलावा कोई रास्ता भी नहीं था।

बाल्मीकि को अपनी डोम जाति के इतिहास के बारे में सिर्फ़ इतना पता था कि बनारस में एक कोई डोम राजा थे। जिन्होंने घोर विपत्ति के समय महान इक्ष्वाकु वंश के राजा हरिश्चन्द्र को शरण दी थी। आज उसी वंश के प्रतापी राम के नाम पर चलने वाली समाज व्यवस्था में बाल्मीकि और उसकी जाति के लिए कोई शरण नहीं थी। राशन कार्ड कभी नहीं बना। कोई अपने घर मज़दूरी आदि के कार्य में डोम को लगाता नहीं था। खेती भी नहीं थी। गाय-भैंस पाल नहीं सकते थे। उनसे दूध कौन ख़रीदता। किसी से बात करते समय लगभग दस हाथ की दूरी बनाए रखनी होती थी। स्कूल में भी बाल्मीकि सबसे किनारे वाले मिट्टी के टीले पर बैठकर पाठ सुनता रहता। धूप तेज़ होने पर अपना बुशर्ट पलटकर सिर पर रख लेता। अब बाल्मीकि नियम से स्कूल आने लगा था। बहिनी साहेब से बातचीत तो क्या उनकी ओर देखता भी नहीं था। बड़का बाबू के अत्याचार ने उसे एकदम से तोड़ दिया था। उस दिन भी वह मिट्टी के उसी टीले पर बैठकर यही सब सोच रहा था। दूसरे बच्चे ज़ोर-ज़ोर से रट रहे थे ''सोरे के सोरे..., सोरे दूनी बत्तीस''। पर बाल्मीकि भयानक यन्त्रणा में बैठा आत्मालाप कर रहा था... ''जब हमारे लिए कुछ नहीं है तो हम डोम काहे हैं। ...हमहूँ मानुष हैं, हम का करें और कइसे जियें?'' उसकी आवाज़ तीखी और तेज़ हो गयी थी। काला शरीर अब तपने लगा था। बच्चे डरकर चुप हो गये। तभी बाबू साहेब ने अपना जूता चलाकर बाल्मीकि को मारा, ''ले सारे... जूता खो।'' बाल्मीकि के मुँह पर जूता लगा। वह चौंक गया। दर्द, क्रोध और अपमान से उसका चेहरा विकृत हो उठा। उसकी आँखों में ख़ून उतर आया था। पर वह जानता था कि इससे भी कुछ नहीं होगा। वह चुपचाप टीले से उतरा और पोखरे की तरफ़ चला गया। दोपहर की छुट्टी होने पर बहिनी साहेब बाल्मीकि को खोजने उधर आयीं। बाल्मीकि पोखरे की ठंडी गिली मिट्टी में बैठा अहक-अहक कर रो रहा था। बहिनी साहेब का मन भर आया। वह अचकचाकर बाल्मीकि के आँसू पोंछना चाहीं पर रुक गयीं। बाल्मीकि ने तंज़ किया, ''इ आँसू नाहीं, डोम के आँख से निकला तेज़ाब है, बहिनी साहेब..., आप घर चले जाइए, नाहीं त जल जाइएगा।''

बहिनी साहेब की आँखें भर आयीं। उन्होंने दुलार में बाल्मीकि को डाँटा, ''चुप्प! एकदम चुप्प! बाबू साहब ने मारा तो पलटकर मारे काहे नाहीं।''

''हम मारें कैसे... हम त उन्हें छू भी नहीं सकते।'' बाल्मीकि ने भरे गले से कहा। बहिनी साहेब ने उसे समझाने की कोशिश की, ''हम अपने बाबूजी से आज की बात कहेंगे, वे बाबू साहब को धिकाएगें तब इनको समझ में आएगा।''

बाल्मीकि को मौक़ा मिल गया, ''आपके बाबूजी हमारा सब घर उजारवा

दिये, अब उनसे कहकर क्या होगा?''

यह सुनकर बहिनी साहेब का चेहरा सफ़ेद हो गया। वो पहले से यह बात जानती थीं। पर उन्हें उम्मीद नहीं थी कि वह बात इस तरह सवाल बनकर उनके सामने आ जाएगी। वो बोलें तो क्या बोलें। थोड़ी देर चुप रहीं तो बस चुप रहीं। बाल्मीकि उनकी चुप्पी समझ रहा था, पर बहिनी साहेब थोड़ी देर वैसे ही खड़ी रहीं और फिर बिना कुछ कहे वापस चली गयीं। बाल्मीकि उनको जाते हुए देखता रहा।

इसके बाद से बाल्मीकि की सक्रियता स्कूल में बढ़ गयी थी। अब वह स्कूल के बच्चे जो अधिकांश छोटी जातियों से थे, उनको इकट्ठा कर गिनती पहाड़ा से लेकर गणित पढ़ाने लगा था। बाबू साहब और पंडीजी को उनकी यह बात अच्छी तो नहीं लगती थी पर वे लोग जिस तरह से स्कूल से ग़ायब रहते थे उस बीच स्कूल की व्यवस्था बनाए रखने में बाल्मीकि से मदद मिल जाती थी, इसी से वे उसको बर्दाश्त कर रहे थे।

उसी बीच स्कूल में एक घटना घट गयी। स्कूल में खेल-कूद का जिम्मा बाबू साहब के पास था। ब्लॉक स्तर पर होनेवाले खेल-प्रतियोगिताओं के लिए बरगद स्कूल को भी भाग लेना था। बाबू साहब इसकी तैयारी करा रहे थे। तेरह-चौदह साल की सुखिया स्कूल की सबसे होनहार खिलाड़ी थी। उस दिन बाबू साहब उसी को प्रैक्टिस करा रहे थे। सुखिया दोनों पैर ऊपर कर अपने हाथों पर चलकर दिखा रही थी। ऐसा करते हुए उसका फ्रॉक गले तक सरक आ रहा था और फिर उसकी फटी हुई चड्ढी से....।

चारों तरफ़ लड़के-लड़कियाँ खड़े थे। उन सबने सब कुछ देखा। बाल्मीकि से रहा नहीं गया तो उसने प्रतिवाद किया कि "इ क्या है?, बाबू साहब..., इस खेल को बन्द कराएँगे कि नहीं?''

बाबू साहब का चेहरा ग़ुस्से से और वहाँ खड़ी लड़कियों का चेहरा शर्म से लाल हो गया।

"तो क्या...हम तुम्हरा से पूछकर खेल कराएँगे, तुम साला बीच में कइसे बोला? उस दिन का जूता भूला गया का?''... फिर उसे हड़काते हुए कहा, "भाक्क साला इहाँ से।'' बाल्मीकि ग़ुस्से में पैर पटकते हुए चला गया। बाबू साहब ने वहाँ खड़े हुए बच्चों को भी भगा दिया और फिर सुखिया को उसी खेल की प्रैक्टिस कराने लगे। दूसरी लड़कियाँ थोड़ी दूर खड़ी भय और घृणा के साथ उस दृश्य को देख रही थीं। उधर बाबू साहब कभी सुखिया को पैर फैलाने को तो कभी उपर नीचे करने को कहते। वह सब करते-कराते बाबू साहब की आँखों के लाल-लाल डोरे में सुखिया को उलझती जा रही थी...।

छुट्टी के बाद घर लौटते समय सभी बच्चे ख़ामोश थे। लड़कियाँ लड़कों से

अलग चल रही थीं। सुखिया से लड़कियों ने जब यह बात बतायी तो पहले उसे विश्वास नहीं हुआ। फिर उसने किनारे जाकर अपना फ्रॉक उठाकर देखा तो सन्न रह गयी। रोते-रोते घर पहुँची। माँ से सारा हाल कहा। उसकी माँ छाती पीटकर रोने लगी। सुखिया इस वाक़िये से क्षुब्ध और अपमानित महसूस कर रही थी। उसे लग रहा था कि वह सारे गाँव के सामने नंगी हो गयी है। ग़रीब के पास सिर्फ़ दो ही धन होते हैं एक इज़्ज़त और दूसरी ग़रीबी। ये दोनों एक दूसरे पर आश्रित होते हैं। एक आती है तो दूसरी आ ही जाती है। सुखिया को अपनी माँ की रुलाई से यह यक़ीन आ गया कि अब सब कुछ ख़त्म हो चुका है।

दूसरे दिन स्कूल में सुखिया दोपहर तक चुपचाप बैठी रही। किसी से कुछ बात भी नहीं कर रही थी। खड़े होकर चलने में उसे लज्जा आ रही थी। दोपहर बाद बाबू साहब फिर वही प्रैक्टिस कराने वाले थे। दोपहर की छुट्टी में पोखरे की तरफ़ गये बच्चों में अचानक शोर हुआ। पता चला कि सुखिया पोखरे में कूद गयी। उसको बचाने के लिए कई बच्चे भी कूदे। पर पोखरे में भ्रष्टाचार की तरह व्याप्त जलकुम्भी के भयानक चक्रव्यूह में कोई वहाँ तक नहीं पहुँच पाया जहाँ सुखिया डूब रही थी। ख़ूब हो-हल्ला मचा। बाल्मीकि ने इसके लिए बाबू साहब को ज़िम्मेदार ठहराया। पर उसके कहने से कौन मानता! फिर भी उसने बाबू साहब की उदार और पंडीजी की सीधे-सज्जन की तथाकथित छवि पर प्रश्नचिह्न तो लगा ही दिया। पंडीजी ने सुखिया के माँ-बाप से मिलकर मामला रफ़ा-दफ़ा करा लिया पर बाल्मीकि उन लोगों की नज़रों में अब साँप हो गया था। बाल्मीकि बाबू साहब को माफ़ नहीं कर सका। पर वह करता भी क्या? गाँववालों के लिए बाबू साहब और पंडीजी का झूठ एक डोम के सच से ज़्यादा प्रिय और स्वीकार योग्य था। बाल्मीकि अब धीरे-धीरे अपनी सीमा समझने लगा था।

बाल्मीकि के मेहनत से स्कूल के इतिहास में पहली बार एक साथ अट्ठारह बच्चे पाँचवीं का इम्तहान देने की स्थिति में आ गये थे। पहले के दोनों विद्यार्थी प्रदीप और सतानिक पढ़ाई छोड़ चुके थे। दलित बच्चों की तैयारी देखकर पंडीजी ने बाबूसाहब से कहा, ''राजन! देखते हैं; क्या शमय आ गया है इन शब के पीछे शरकार खड़ी है। आज पढ़ा रही कल नौकरी देगी। शूद्रों, दलितों के तो नौकरी की गारंटी पर ही शरकार वोट बटोर रही है। ये शारा लोग कल को नौकरी पाकर हमारे शाथ उठे बैठेगा, और हम पर ही हुकुम चलाएगा।''

बाबूसाहब ने भी पंडीजी की चिन्ता में शामिल होते हुए कहा, ''अरे दूर कहाँ जाते हैं, अपने ही यहाँ देखिए, जिन पिल्लों को हम इतने परिश्रम से फेल कर-कर के पाँचवी के पहले स्कूल छोड़ा देते थे, उनको ई साला बाल्मीकिया पढ़ाकर पाँचवीं तक ला दिया है।'' फिर ख़ुद पर ही झल्लाते हुए कहा, ''यादो, कोइरी, चौहान,

प्रजापति, हरिजन और तो और ऊ डोम बाल्मीकि भी, ऐसे-ऐसे सवाल लगा रहे हैं जो आज तक हम भी नहीं लगा पाये।... यही हाल रहा तो इ सब इस बार पाँचवीं बोर्ड पास कर जाएँगे। ...याद है आपको, ऊ साला स्कूल इंस्पेक्टर, बाल्मीकिया पर किस तरह ख़ुश होकर भाषण दिया था। कह रहा था बाल्मीकि इसी स्कूल में मास्टरी करेगा।'' ...फिर एक गहरी साँस छोड़ते हुए कहा, ''और जिस दिन एक डोम शिक्षक बनेगा, उस दिन सरोसती मइया के वीणा का तार टूट जाएगा...। महराज कोशिश करते रहना है कि कोई भी असली ज्ञानी व्यवस्था में न आ जाय। हमारा प्रयास यही होना चाहिए कि स्कूल में हमसे ज़्यादा होशियार नहीं आना चाहिए। नहीं तो हमारा भंडाफोड़ हो जाएगा और हमको सरकार पेंशन देकर घर भेज देगी और आपके सतानिक महराज और हमारे कुँवर साब घूम-घूम कर उखरनी करेंगे।''

पंडीजी की आँखें मिचमिचा रही थीं। उनका चेहरा देखकर लग रहा था कि वे घोर वैदिक संकट में घिर गये हैं। बड़ी मुश्किल से वे बोल रहे थे, ''हाँ राजन... यही अगातम शोचकर मैं घबरा रहा हूँ। इस लोक में जो है वह है ही, पर बड़ा दुःख इस बात का है कि इन अशुरों से अगर धर्म-जाति की रक्षा न कर शका तो मरने के बाद मनु महराज को क्या मुँह दिखाऊँगा।''

उस दिन एक लम्बे अर्से के बाद बाबू साहब और पंडीजी हँस नहीं रहे थे। चुप थे, और उदास भी।

बाल्मीकि को जैसे जीवन का कोई मक़सद मिल गया था। वह अब स्कूल के बाद भी अँधेरा घिरने तक बरगद स्कूल में पाँचवीं के बोर्ड के लिए बच्चों को पढ़ाने लगा था। बहिनी साहेब को भी बोर्ड की परीक्षा देनी ही थी। इसलिए अब वहबड़का साहेब की अनुमति से शाम तक वहाँ रुकने लगी थीं। उन दिनों बरगद का वह बूढ़ा पेड़ भी ख़ूब मस्ती में झूमता रहता था। वह ख़ुश था, शायद इसलिए भी कि पहली बार उसके छाँव तले कोई पूरी इबारत लिखी जा रही थी।

बहिनी साहेब ने उन्हीं दिनों बाल्मीकि से अपने प्रेम का खुलकर इज़हार किया था। दोपहर के समय गन्ने के खेत में बाल्मीकि को माटी का माधो कहा था। बाल्मीकि माटी का माधो नहीं जाति का डोम था। यह बात बाल्मीकि को न भी याद हो, बहिनी साहेब को भी न याद हो, पर सारा गाँव-जवार इसे कभी भुला नहीं सकता था। पंचायती राज और लोकतन्त्र के सारे वादों-इरादों के बावजूद अभी इस देश में कोई भी नेता डोम जाति का नहीं आया था। डोम अभी दूसरी दलित जातियों की तरह वोट बैंक नहीं बन पाये थे। लोगों को इनकी याद विवाह और मृत्यु के समय ही आती थी। उपदेशकों, धर्मप्रचारकों, संस्थाओं आदि के प्रायोजित सुधार कार्यक्रमों से, सरकारी विकास योजनाओं की फाइलों से, राजनीतिक कार्यक्रमों की कार्यसूची से, लोगों की संवेदनाओं के चौराहे से, पूँजीवादी-फ़िल्मी पटकथाओं से,

साहित्य और संस्कृति के फ़ैशनेबुल विमर्शों से, कविता और कथा की महान परम्परा से डोम ग़ायब थे।

उधर ग़ायब होने की इस आम आदत के विरुद्ध बाल्मीकि अपने अंज़ाम से अनजान बरगद स्कूल में बाबू साहब की सत्ता और पंडीजी की व्यवस्था के विरुद्ध दर्ज होने की ज़िद कर बैठा था। उसी ज़िद में उसने बहिनी साहेब को साफ़-साफ़ बता दिया कि "आपका बहुते एहसान है हमरे पर। आपने हमको परेम किया। एक डोम से परेम किया। हम जिनगी भर आपके इस नेह को परान की तरह जोगाकर रखेंगे। और इस बात को डोम जाति की औलादें भी कब्बो भुला नहीं पाएँगी। यह डोम जाति से किया गया इस धरती का पहला परेम है।... लेकिन अब हमारे पास दो रास्ते हैं, एक तो यह कि आपके प्रेम को अपनाकर आपको लेकर यहाँ से भाग जाएँ। और दूसरा यह कि जो काम अभी हाथ में लिया है उसको पूरा करें। बहिनी साहेब...। शायद आप नहीं समझ पाएँगी कि एक डोम भूख से तो एक बार, लेकिन अपमान से रोज़-रोज़ मरता है।" बहिनी साहेब सब कुछ सुन उदास हो गयी। धीरे से उठी और चली गयी।

स्कूल में पाँचवीं के बोर्ड का फॉर्म भरा जा रहा था। परीक्षा देनेवाले सभी बच्चे अपने-अपने घर से धान, गेहूँ, सरसों, कद्दू, लौकी, धनियाँ जो भी मिला ले आये थे। जिनके घर कुछ नहीं था वे रास्ते में से दूसरे के खेत से मटर और आलू निकाल लाये थे। पंडीजी और बाबू साहब की कुर्सियाँ नियत स्थान पर लगा दी गयी थीं। प्रार्थना वाले चबूतरे पर पंडीजी के घर से लाया हुआ चादर बिछा हुआ था। कुछ बच्चों के माँ-बाप भी आये थे। थोड़ी ही देर में बहिनी साहेब भी आयीं। बाल्मीकि पहले से ही वहाँ था। वह खुशी और उत्साह के मिले-जुले भावों के साथ सबसे किनारे बैठा था। पंडीजी और बाबू साहब इस अवसर के लिए बड़का साहेब की ओर से भेजे गये धोती-कुरते में चहक रहे थे। थोड़ी ही देर में पंडीजी ने आयोजन की शुरुआत मन्त्रोचारण के साथ किया—

मंगलं भगवान् विष्णु: मंगलं गरुड़ध्वज:।
मंगलं पुण्डरीकाक्षो: मंगलायतनो हरि:॥

मन्त्र पाठ के बाद बाबू साहब के आदेश पर विधार्थियों ने एक-दूसरे को टीका लगाया। इन सब के बीच किसी को बाल्मीकि का ध्यान नहीं आया। वह चुपचाप उठा और बरगद के जड़ से मिट्टी लेकर अपने पूरे ललाट पर पोत लिया। लोहे-सा शरीर और पहाड़ जैसे ललाट पर सफ़ेद मिट्टी का सूरज उगाये हुए बाल्मीकि वैदिक अरण्यों से देवताओं को चकमा देकर भागा हुआ कोई योद्धा लग रहा था। इसके बाद पंडीजी ने चढ़ावे में लाई गयी सामग्रियों को चादर पर जमा कराया। सबसे पहले बहिनी साहेब का फॉर्म भरा गया। उसके बाद दूसरे बच्चों का। अन्त में बाल्मीकि

का फॉर्म। उस दिन स्कूल में उत्सव का माहौल था। बाल्मीकि भी ख़ूब मस्ती में था। बहिनी साहेब भी अन्य दिनों की अपेक्षा ज़्यादा ख़ुश थी। ख़ूब जमकर ओल्हा-पाती खेला गया। कबड्डी हुई। बाल्मीकि खेल तो सकता नहीं इसलिए रेफरी का काम करता रहा। उसके आँखों में एक सपना पल रहा था कि इतने सारे दलित बच्चे पहली बार पाँचवीं का बोर्ड परीक्षा देंगे। ... वह ख़ुद भी तो देगा। सब कुछ अच्छा रहा तो पाँचवीं के बाद वह अमीन तो बन ही जाएगा। पाँचवीं के बाद जो बच्चे पढ़ना चाहेंगे उनके लिए रास्ता खुलेगा। बाल्मीकि ख़ुश था, इस उम्मीद में कि शायद दुनिया बदलेगी। बहिनी साहेब लड़कियों के साथ ख़ूब हँसी ठिठोली कर रही थी। स्कूल की छुट्टी के समय तक यह सब चलता रहा। गाँव वाली सड़क पर आते ही बहिनी साहेब बाल्मीकि के पास आयी। थोड़ी दूरी बनाकर चलते हुए कहा, "हमें तुम्हरा दूसरा वाला रास्ता पसन्द है, उसी रास्ते पर चलना बाल्मीकि... इज्जत और परेम सब उसी रास्ते पर मिलेगा।"

बाल्मीकि भौंचक हो उन्हें देख रहा था। बहिनी साहेब ने फिर थोड़ा गम्भीर होकर कहा, "और सुनो, जब हम ससुरा जाएँगे तो मिठाई रखनेवाली झपोली तुम अपने हाथ से बनाना। हम सारी झपोलियाँ अपने कोठरी में सजाकर रखेंगे; जब तुम्हारी याद आएगी, जी भरकर देखेंगे उन्हीं को।" यह कहते हुए बहिनी साहेब का गला भर आया। बाल्मीकि भी भावुक हो गया, "इ का कह रही हैं बहिनी साहेब! हम सोनार होते तो आपके ख़ातिर सोने के झपोली बना देते, पर का करें हम तो जाति के डोम हैं... बाँस-बलहन का ही काम आता है, उसी का बनाएँगे। पर इ है कि ऐसी चटाई बाँधेंगे जो जिनगी भर न खुले।" उसके इस तरह बताने पर बहिनी साहेब को हँसी आ गयी। उन्होंने कनखी से बाल्मीकि को देखा और दुपट्टे को सँवारते हुए मुस्कराकर चली गयीं। उनके इस तरह से मुस्कराने और चले जाने के बीच बाल्मीकि के भीतर एक पुरुवाई-सी बहने लगी थी...।

रतिया में जब रजनीगन्धा फूलाइल,
गाँव के बँसवारी में चाँद आ गइल,
हो तोहार याद आ गइल।

तारों से भरी हुई उस रात नहर की पटरी पर सोते हुए भी बाल्मीकि उसी एहसास से तरबतर था। उसके इर्द-गिर्द उसी गीत की पंक्तियाँ लिपटी हुई थीं...

जोन्हिन के बा जइसे नेवता दिआइल,
ले के चनरमा बारात आ गइल,
हो तोहार याद आ गइल।

स्कूल में बच्चों की छुट्टी कर दी गयी थी। मार्च का महीना शुरू हो गया था। दस-पन्द्रह दिन बाद ब्लॉक के मिडिल स्कूल पर सभी प्राथमिक स्कूलों की पाँचवीं

की परीक्षा होनी थी। बाबू साहब और पंडीजी दोपहर तक स्कूल पहुँच गये। उस दिन दोनों कुछ गम्भीर थे। एक दो दिन में भरे गये सारे फॉर्म बोर्ड ऑफिस भेजना था। इतने सारे दलित एक साथ पाँचवीं का इम्तहान पास कर आगे बढ़ जाएँ, तो यह वर्णव्यवस्था के लिए कदापि उचित नहीं होगा। इसी चिन्ता में पंडीजी और बाबू साहब घुल रहे थे। उस चुप्पी को तोड़ते हुए बाबू साहब ने कहा, "आप को काफ़ी पहले सचेत किया था देवता! पर तब आप चेते नहीं, अब बताइए इ बल्मीकिया तो ख़ूबे आगी लगाया।"

पंडीजी ने अपना सिर उठाया और गम्भीर स्वर में बोले, "हाँ राजन! यह कठिन शमय है; अगर मैं आज चूक गया तो मुझे वर्ण के साथ विश्वासघात करने का पाप लगेगा। थोड़ी देर का मौक़ा मुझे दीजिए...। कुछ न कुछ रास्ता तो अवश्य निकलेगा।"

यह कहकर पंडीजी ने बरगद के नीचे अपना आसन लगाया। आचमन किया, अगरबत्ती जलाया और मनुस्मृति की पोथी निकालकर पाठ करने लगे। बाबू साहब भक्ति-भाव से वहीं सामने बैठ गये। बाबू साहब ने देखा जैसे-जैसे पंडीजी पोथी के पन्ने पलटते जा रहे हैं वैसे-वैसे उनके चेहरे पर चमक बढ़ती जा रही है। एक स्थान पर आकर पंडीजी रुक गये। पाठ पूरा हो गया था। रास्ता मिल गया था। पंडीजी ने थोड़ी देर तक अज्ञात का ध्यान लगाया और फिर आँखें खोलकर बड़े ही वत्सल भाव से बाबू साहब को देखा। बाबू साहब का धैर्य जबाब दे गया था। वे आतुर स्वर में बोले, "मार्ग बताइए देवता।"

पंडीजी ने वहीं बैठे-बैठे संकेत से फॉर्म लाने को कहा। बाबू साहब दौड़कर फॉर्म उठा लाये। पंडीजी ने भक्ति भाव से प्रणाम कर मनुस्मृति को कपड़े में लपेटा और उसे गोद में रखकर बाल्मीकि का फॉर्म माँगा। बाबू साहब कुछ समझ नहीं पा रहे थे। बस यंत्रवत पंडीजी का कहा करते जा रहे थे। पंडीजी ने बाल्मीकि का फॉर्म लिया। गोद में रखे मनुस्मृति पर रखकर कुछ गिनती लगाया और उस पर पेन से कुछ लिखकर बाबू साहब की ओर बढ़ा दिया। बाबू साहब ने उस लिखे हुए को ग़ौर से देखा और रहस्यात्मक लहजे में पूछा, "म...त...ल....ब?" पंडीजी मुस्कराये, "होने दीजिए पाँचवीं पास, लेकिन इन्हें नौकरी कभी नहीं मिलेगी।" बाबू साहब विह्वल होकर पंडीजी के चरणों पर गिर गये, "धन्य हैं ...धन्य हैं देवता..., आज आपने वर्ण और समाज का बहुत बड़ा उपकार किया है। मनु महराज ने तो यह व्यवस्था दी थी, पर आपने आज इस व्यवस्था की रक्षा की है। आप महान हैं, सचमुच के देवता हैं।" इस आरती के बाद बाबू साहब का राजत्व जाग्रत हो गया। उन्होंने उच्च स्वर में संकल्प लिया, "हमारे सारे पूर्वज सुनें, तैतीस करोड़ सभी देवता सुनें, हमारे सारे ऋषि गण सुनें, मैं यह संकल्प लेता हूँ कि आज से पाठशाला

में इसी नयी व्यवस्था का पालन करता और कराता रहूँगा।... जिससे कि फिर कोई शूद्र कभी इस ज्ञान मार्ग से आगे बढ़कर हमारी पवित्र व्यवस्था को चुनौती न दे।" बाबू साहब के संकल्प के बाद पंडीजी उठे और उन्हें गले से लगा लिया। बाबू साहब थोड़े संयत हुए और पंडीजी से पूछा, "मेरा संकल्प तो ठीक है न देवता?"

पंडीजी ने सहमति जताते हुए कहा, "हाँ बिल्कुल, कुल परम्परा के अनुशार ही है। एक बार त्रेता जुग में भी ऐशी ही एक शमस्या आन पड़ी थी। जब शम्बुक नामक एक शूद्र विद्या ग्रहण कर स्वर्ग प्राप्ति के लिए तपश्या करने लगा था, तब क्षत्रिय शिरोमणि प्रभु राम ने उशका बध किया था।"

बाबू साहब ने भी उन्हें याद दिलाया, "हाँ देवता ! त्रेता में ही गुरु द्रोणाचार्य ने एकलव्य का अँगूठा कटवाकर उसे ज्ञान के मार्ग से हटाया था।"

पंडीजी ने टोका "यह त्रेता की नहीं द्वापर की बात है।"

"हाँ, देवता, द्वापर की बात है... और इस कलजुग में तो आप और हम हैं... जो इस महान परम्परा का निर्वाह कर रहे हैं।" यह कहते हुए बाबू साहब ने पंडीजी को एक बार फिर दंडवत् कर लिया।

पंडीजी ने उन्हें उठाया, "हाँ... हाँ... ठीक है, राजन! आइए अब शेष दलित विद्वानों का पिंड दान कर दिया जाय।"

फिर दोनों एक साथ बहिनी साहेब का फॉर्म छोड़कर शेष सभी आवेदनों पर कुछ लिखते रहे। ....और रह-रहकर हँसते रहे। ...हुप्प...हुप्प...हुप्प...हुप्प। उनकी हँसी इतनी भयानक थी कि पोखरे के आस-पास का सारा वातावरण वैदिक अरण्य में बदल गया था। और उस अरण्य में मनुस्मृति के किसी श्लोक से निकले हुए दो यजी यज्ञ कर रहे थे। चारों तरफ़ उनके मन्त्र गूँज रहे थे... हुप्प...हुप्प...हुप्प...।

कोई कुछ जान नहीं पाया पर दूसरे दिन सबने महसूस किया कि बरगद के पत्तों पर नमी कुछ ज़्यादा थी।

(इसके बाद तो इस कहानी में कहने के लिए कुछ बचा भी नहीं है। जैसे उस दिन जब सारी चीज़ें ख़त्म हुई थीं, क़ायदे से तो यह कहानी भी तभी ख़त्म हो गयी थी। पर अभी कुछ बातें बाक़ी थीं... जो आपको बताना है। यह जो कुछ है, वह और कुछ भी हो सकता है... पर कहानी नहीं। वैसे मैं यह दुस्साहस कर भी नहीं सकता कि दर्द को, दंश को, शर्म को और सच को कहानी कह दूँ। उस दिन के बाद उस इलाक़े में कुछ भिन्न-भिन्न क़िस्म की सिलसिलेवार घटनाएँ हुई थीं, अब इसका फैसला आप ही करेंगे कि उन घटनाओं का इस कहानी से कोई रिश्ता है कि नहीं?)

बोर्ड की परीक्षा हो गयी थी। सारे बच्चों के पेपर बहुत बढ़िया हुए थे। परीक्षा के बाद सारे बच्चों ने सब कुछ भुलाकर बाल्मीकि को गले से लगा लिया था। सभी

हँस रहे थे... सभी चिल्ला रहे थे, ...सभी रो रहे थे।

उसी साल गर्मी में बहिनी साहेब की शादी हो गयी थी। बाल्मीकि अपने वादे के मुताबिक़ अपने हाथ से लड्डू, खाजा, कसार रखने की रंगबिरंगी, झपोलियाँ बनाकर उनके घर दे आया था। उसे यक़ीन था कि इन झपोलियों को बहिनी साहेब अपनी कोठरी में सजाकर ज़रूर रखेंगी। और जब अलस्सुबह बहिनी साहेब की डोली नहर से होकर जा रही थी तो बाल्मीकि अपने जाति का पारम्परिक बाजा धुतुंगा बजा रहा था... बजा क्या, गा रहा था...

मटिया के पुतरी
सरगवा से उतरी
पुतरी तोहके ले के ना
छवायेब डिहवा पर एक ठो मड़ई
पुतरी तोहके ले के ना...।

बाल्मीकि ने देखा तो नहीं, पर उसे लगता था कि बहिनी साहेब ने डोली से झाँककर उसको देखा होगा।

मार खाने के बाद सतानिक और प्रदीप जिस शहर में भागकर गये थे, वहाँ एक ख़ाली पड़ी सरकारी ज़मीन में साईं बाबा का फोटो रख, एक मन्दिरनुमा ढाँचे से धन्धे की शुरुआत कर अब लाखों में खेलने लगे थे।

जुलाई शुरू होते ही पाँचवीं का रिजल्ट आ गया था। बरगद स्कूल के सभी बच्चे बाल्मीकि समेत पास हो गये थे...। बड़कनपुरा और दक्खिन टोले में ढोल-मंजीरा बज उठे थे। हर आदमी इस बदलाव का श्रेय बाल्मीकि को दे रहा था। बाल्मीकि के बाप मँगरू ने तो उस दिन कंठ तक ताड़ी पी रखी थी, और अम्मा गहरे लाल रंग से अपनी फटी हुई एड़ियाँ रंगे घूमती रही। बाल्मीकि तो उसी दिन आगे की पढ़ाई के लिए फॉर्म लाने शहर चला गया था। पूरा दिन और पूरी रात बाल्मीकिमय हो गयी थी। टोलेवालों को अब लगने लगा था कि ये बाल्मीकि रामायण वाले बाल्मीकि का ही अवतार हैं।

दो दिन बाद चार पेज के 'दैनिक प्रलय' अख़बार में दो ख़बरें छपी थीं। एक ऐसा अख़बार जो पढ़ने में कम जीरा धनिया बाँधने में ज़्यादा इस्तेमाल होता था। पहली ख़बर पहले पेज पर देश की राजधानी से और दूसरी चौथे पेज पर ब्लॉक से छपी थी। पहली ख़बर के रूप में भारत के अब तक के सबसे युवा प्रधानमन्त्री राजीव गाँधी का बयान था कि "दिल्ली से एक रुपया चलता है तो गाँव तक पहुँचते-पहुँचते वह सिर्फ़ पन्द्रह पैसा बचता है।"

दूसरी ख़बर थी कि "बरगद स्कूल के शिक्षकों ने कर्मनिष्ठा का इतिहास रचा।" ख़बर की डिटेल थी कि "इस साल बरगद स्कूल से अठारह विद्यार्थियों ने

बोर्ड की परीक्षा दी थी जिसमें एक लड़की को छोड़कर शेष सभी शूद्र दलित थे। दलित विद्यार्थियों की उम्र सैंतीस से चौवालीस साल के बीच है और एक शूद्र विद्यार्थी बाल्मीकि जिसने पूरा बोर्ड टॉप किया है—उसकी उम्र पैंतालीस वर्ष है। इतने उम्रदराज़ प्रौढ़ व्यक्तियों को पढ़ा-लिखाकर इस लायक़ बनाने में पाठशाला के शिक्षक पंडीजी और बाबू साहब ने अपना सर्वस्व लगा दिया था। अध्यापकों की इस महान सेवा के लिए जिलाधिकारी ने राष्ट्रपति पुरस्कार के लिए उनके नाम की अनुशंसा की है।''

इस ख़बर के बाद पूरे बड़कनपुरा में मातम छा गया था। उनके बच्चे पास तो हो गये थे, पर पास होते-होते काग़ज़ पर इतने बूढ़े हो गये थे कि आगे की पढ़ाई और नौकरी की दौड़ में बिना शामिल हुए ही थका दिए गये। कुछ दिन तक बड़कनपुरा में उदासी छायी रही। इससे आगे का रास्ता किसी के पास नहीं था। आषाढ़ लग गया था। धान की रोपाई शुरू हो रही थी, भूमिहीनों के गाँव बड़कनपुरा के समक्ष बड़का साहेब और बाबू साहब के खेत में धान रोपने के अलावा कोई विकल्प नहीं था।

उस दिन बाल्मीकि फॉर्म लाने गया तो आज तक लौटा नहीं है। कुछ लोग कहते हैं कि बाग़ी हो गया, या नक्सली बन गया। कुछ का यह भी मानना है कि राष्ट्रपति पुरस्कार में कोई व्यवधान न आ जाय इसलिए बाल्मीकि को रास्ते से हटा दिया गया। कुछ लोग तो यह भी कहते हैं कि वह पोखरे में डूबकर मर गया था। आज भी रात में बाल्मीकि और सुखिया पोखरे से निकलकर कक्षा-चार की किताब 'भाषा भारती' की पृष्ठ संख्या-पैंतालीस पर छपी सोहनलाल द्विवेदी की कविता 'उठो लाल अब आँखें खोलो' का पाठ करते हैं।

पंडीजी और बाबू साहब का प्रमोशन हो गया था। अब वे दो अलग-अलग स्कूलों के हेडमास्टर बन गये थे। वहाँ पूरे मनोवेग से अपने जाति-वर्ण का वही पारम्परिक कार्य कर रहे थे।

देश की राजधानी में मानवाधिकार आयोग के रिसेप्शन हॉल की बड़ी-सी टीवी में 'मिले सुर मेरा तुम्हारा' का सरकारी विज्ञापन देखते हुए अधिकारी कर्मचारी सो रहे थे।

बरगद स्कूल पर सरकार मेहरबान हो गयी थी। वहाँ पर ईंट का पक्का स्कूल बन गया था। स्कूल बनानेवाला ठेकेदार बरगद को काटकर उसे नये स्कूल के चौखट, दरवाज़े और खिड़कियों में लगा चुका था। आज भी उस स्कूल की खिड़कियाँ और दरवाज़े पूरे बन्द नहीं होते। जैसे बरगद की आत्मा सत्याग्रह कर रही हो शायद।

उधर बड़कनपुरा में पिता रोज़ किसी अजनबी को ज़बरदस्ती पकड़कर

चिल्लाने लगते हैं, ''देखब-देखब, हम्मर बाल्मीकि आ गइलें।'' सब देखते हैं पर कोई कुछ कहता नहीं है। और अम्मा हैं कि उसी दिन से सड़क के किनारे बैठी हैं और बसों से उतरने वाली सवारियों को बाल्मीकि समझकर बलैया ले रही हैं।

और आख़िर में एक अपील

बाल्मीकि का अभी तक कुछ पता नहीं चल पाया है। सच से भी साफ़ मन लिये, कोई कहीं दिख जाय, तो लपककर गले मिल लीजिएगा। वह बाल्मीकि ही होगा। और हमको भी बताइएगा। ज़रूरी है जी...। छोटे-छोटे भाई-बहिन थे सब उसी को खोजने निकले थे। पता नहीं कहाँ बिला गये और अम्मा, बाबूजी का हालत तो आप देख ही रहे हैं...।

मरें तो उम्र भर के लिए

कहानी सुनाते-सुनाते आप स्वयं कब कहानी का हिस्सा हो जाते हैं, इसका कोई पूर्व निर्धारित तर्क नहीं होता है। दोस्त की दो प्यारी बेटियों ने मुझे पकड़ लिया। उनके मन में मेरा परिचय सिर्फ इतना ही था कि मैं कहानी लिखता हूँ, सो उन दोनों ने ज़िद कर लिया कि वे मुझसे कहानी सुनकर ही दम लेंगी। मैं भारी मुश्किल में था। कहानी लिखना और सुनाना दो अलग चीजें हैं। पर मेरे पास बालहठ के सामने घुटने टेकने के अलावा कोई विकल्प नहीं था। मैंने उन्हें बुन्देलखंड की एक मशहूर कहानी सुनाना शुरू किया। पर वह कहानी सुनाते हुए ही एक दूसरी कहानी मुझे मिल गयी। मिल क्या गयी? बिना किसी पूर्व निर्धारित तर्क के मैं उसका हिस्सा हो गया। ये ऐसे ही था जैसे आपने अपने पुराने गर्म कोट को तहाकर रख दिया हो और बहुत दिन बाद जब उसे पहनने के लिए निकालें तो उसकी जेब से कोई अनजाना ख़त मिल जाय।

किस्सा सी झूठी
और न बातन सी मीठी
घरी-घरी को विराम
कौ जाने सीताराम

(बहुत पुरानी बात है। एक समय एक बादशाह हुआ करता था। बहुत ही नामवर, बहुत ही प्रतापी। भारतवर्ष के दूर-दूर के छोटे-बड़े तमाम राजा उसकी हर बात मानते थे। उसका बाप भी बहुत मेहनती था। लेकिन उसका दादा सच्चे अर्थों में दूरदर्शी और शक्तिशाली था। उसने अपनी कर्मठता और जुझारू प्रवृत्ति के बल पर भारत में उस महान राज्यसत्ता की स्थापना की थी। दादा के द्वारा रखी गयी उसी नींव पर बादशाह ने अपना साम्राज्य खड़ा किया था। बादशाह का आगरा में बहुत बड़ा घर था। जिसे सब लोग किला कहते थे। बादशाह अपने पिता की मृत्यु के बाद ग्यारह वर्ष की उम्र में राजा बना था। उसके जीवन में कई उतार-चढ़ाव आये। बहुत अधिक संघर्ष किया, अन्ततः वह एक महान शासक के रूप में जलालुद्दीन मोहम्मद

अकबर के नाम से प्रसिद्ध हुआ।)

दुनिया के लिए वो चूड़ियाँ खास थीं, क्योंकि वो सोने की बनी थीं। जबकि गगन के लिए खास इसलिए थीं कि वो नीलू के हाथों में थीं। और नीलू के लिए इसलिए खास थीं कि उन्हें गगन ने खरीदा था। गगन को साल भर की एक मुश्त 'स्कॉलरशिप' मिली थी। गगन ने उसमें से एक अच्छी-ख़ासी रक़म खर्च कर उन चूड़ियों को खरीदा था। उस दिन दोनों बावले से कनाट प्लेस, जनपथ और पालिका बाजार घूम रहे थे। नीलू को पालिका बाजार के ऊपर वाले पार्क में पापकार्न के बड़े पैकेट के साथ बिठाकर गगन थोड़ी देर के लिए कहीं चला गया, पर कहाँ यह उसने नीलू को नहीं बताया। नीलू इयरफोन लगाये गाना सुनती रही और गगन पर झल्लाती रही। थोड़ी देर बाद जब गगन लौटा तो नीलू उससे इस गुमशुदगी के बारे में पूछती रही और वो मुस्कुराता रहा। गगन जब ऐसे मुस्कुराता है तो नीलू को उस पर बहुत गुस्सा आता है। खैर; उस दिन दोनों देर तक खरीदारी करते रहे।

उन दिनों उनके कैंपस का लोकप्रिय ड्रेस कुरता और जींस हुआ करता था। गगन और नीलू भी इन्हीं कपड़ों में रहते थे। वैसे उन दोनों की कई चीजें कॉमन थीं, जैसे अक्सर प्रेमी-युगल की होती हैं। किन्तु गगन और नीलू के बीच का कॉमन 'फिजिकल' भी था। यह अलग बात है कि नीलू का विषय फिजिक्स था और गगन का विषय हिन्दी। दोनों का कद लगभग समान था। गगन एक इंच लम्बा ही होगा जिसे नीलू चाँदनी चौक की सस्ती चप्पलों की मदद से पाट देती थी। दूसरे यह कि दोनों के कमर का साइज एक था। अब नीलू की कमर गगन जितनी थी कि गगन की कमर नीलू जितनी, इतने डिटेल में जाने की जरूरत नहीं है। पर इतना तो तय है कि वे बड़े प्यारे लगते थे, वे मतलब 'वे दोनों' और उन 'दोनों की कमर'।

इसका सबसे बड़ा फायदा यह था कि दोनों एक दूसरे का जींस पहन लेते थे। जब नाप-जोख वाली चीज का यह हाल था तो कुरते जैसे समाजवादी पहनावे का पूछना ही क्या है? आइए नारा लगाइए, पैंट-शर्ट वाले जार्ज बुश के खिलाफ बयान दीजिए और कुरता पहनकर समाजवादी बन जाइए। किसी का कुर्ता कोई पहन सकता है। इसमें पैंट-शर्ट जैसी नाप-जोख वाली नैतिकता की बहुत जरूरत नहीं होती है। एक नाप के कमर का सबसे अधिक लाभ नीलू उठाती थी। जब कभी भी नीलू को डिपार्टमेंट से ही बाजार जाना होता तो वह अपने कमरे पर न जाकर सीधे गगन के हॉस्टल आ जाती और अपना जींस उतारकर, गगन का कोई धुला-धुलाया जींस पहनकर चली जाती। गगन बाद में नीलू के जींस को एक जरूरी और मनपसन्द काम की तरह धोता-सुखाता था। और जब कभी गगन नीलू की जींस पहन लेता तो वह चलता नहीं, बस उड़ता रहता। सारा दिन।

उस दिन नीलू ने दोनों के लिए एक ही रंग और साइज के दो जींस खरीदे।

दोनों एक साथ ड्रेसिंग रूप में घुस गये। नीलू के कहने पर गगन ने अपनी आँखें बन्द कर लीं। नीलू ने जींस पहन कर आगे-पीछे देखते हुए कहा, ''ठीक तो लग रही है, क्यों तुम्हे कैसी लग रही है?''

''आँखे खोलने को कहो तब तो देखूँ।''

नीलू चौंक गयी, ''अरे ! क्या तुमने सचमुच की आँखे बन्द कर ली हैं।'' गगन ने बिना कुछ कहे 'हाँ' में सिर हिलाया।

''पर क्यों?''

''क्योंकि तुमने ही तो कहा था।''

''हाँ, तो तुमने बन्द कर लिया?''

''तो फिर क्या करता?''

नीलू के भीतर एक प्यार भरी झल्लाहट उभरी, 'उफ़्फ़, तुम्हें क्यों नहीं पता है कि तुम क्या करते।''

गगन खीझभरे स्वर में बोला, ''अभी तो मुझे यह भी नहीं पता है कि मुझे अपनी आँखें कब खोलनी हैं।''

नीलू को हँसी आ गयी। गगन अभी भी अपनी आँखे बन्द किए हुआ था। और ये सारी बातें दो बन्द, खामोश आँखें और दो खुली, बेचैन आँखों के दरमियाँ हो रही थीं।

नीलू ने बहुत ही प्यार से गगन की आँखों को सहलाते हुए, ''खुल जा सिमसिम'' कहा और खिलखिलाकर हँसने लगी।

गगन ने आँखें खोलकर नीलू की जींस देखी।

'कैसी लगी ?' नीलू उस छोटी-सी जगह में इठलायी। ''जींस तो कुछ नहीं, पर तुमने पहनी है तो खास हो गयी है।'' ...फिर दोनों हँसते रहे। वो हँसी अभी कुछ देर और चल सकती थी, पर किसी दूसरे कस्टमर ने ड्रेसिंग रूम का दरवाजा खटखटाया, वे दोनों बाहर आ गए। दरवाजा खटखटाने वाली आंटी ने उसमें से लड़का-लड़की को एक साथ निकलते देखा तो चौंक गयीं ''तुम...तुम उसमें क्या कर रहे थे।''

गगन ने बड़े भोलेपन से कहा, ''ओ क्या है न आंटी, इनके हाथ में प्रॉब्लम है, इसलिए जींस की बटन बन्द करने गया था।''

आंटी मुँह बनाते-बड़बड़ाते हुए अन्दर दाख़िल हुईं। वे दोनों हँसते हुए दुकान से बाहर निकले और कैम्पस जाने वाली छह सौ ग्यारह नम्बर की बस की आखिरी सीट पर बैठ गये। वे दोनों चुप थे, इसलिए नहीं कि उन दोनों के बीच की बातें खत्म हो गयी थीं, बल्कि इसलिए कि उन दोनों की बातों के बीच में दिन खत्म हो गया था। नीलू आँखे बन्द किए गगन के कन्धे पर लगभग लेटी थी। गगन नीलू के

हाथों से खेल रहा था। बड़े शहरों में इस बात की सुविधा होती है कि 'किसके हाथों में किसका हाथ है' यह कोई नहीं देखता। उसी सुविधा का लाभ उठाते हुए गगन ने कुरते की जेब से सोने की चूड़ियाँ निकालकर नीलू के हाथों में पहना दिया। नीलू चौंक गयी। अपने चूड़ीवाले हाथों को भौंचक देखने लगी। "ये चूड़ियाँ कैसी हैं?" नीलू ने लगभग हैरान होते हुए पूछा। गगन धीरे-धीरे गुनगुना रहा था, "चूड़ी नहीं ...ये मेरा दिल है...देखो...देखो टूटे ना..."

आश्चर्यमिश्रित गुस्से में नीलू ने कहा, "मतलब?"

"मतलब यह है कि चूड़ी नहीं ये मेरा दिल है।"

"पर कहाँ से लिया तुमने?"

"दुकान से लिया।"

"मगर क्यों?"

"बस, यही मैं नही जानता।"

नीलू की आँखें भर आयीं। गगन उसके सिर को थपथपाते हुए बोला, "ओय मेरी फिजिक्स...चुप कर, गर फिजिक्स इमोशनल हो जाय तो साहित्य वाले क्या स्पेक्ट्रोमीटर चलाएँगे।"

नीलू झेंपते हुए बोली "तुम चुप रहो, तुमने अपने स्कॉलरशिप से इतने सारे रुपये इन चूड़ियों पर क्यों खर्च कर दिये?"

गगन उसको रोकते हुए फिर गुनगुनाया, "इन्हें सिर्फ चूड़ी मत कहो, क्योंकि चूड़ी नहीं..."। नीलू ने टोका, "बस-बस, सही बात बताओ।"

गगन ने बहुत ही मस्ती में बताया, "बात सिर्फ इतनी है कि मैंने दिमाग़ की कमाई दिल पर खर्च किया है, बस।"

और बस तेजी के साथ चली जा रही थी। नीलू आँखें बन्द किए गगन के कन्धे पर लुढ़की रही। गगन उसके कन्धे पर कुरते के नीचे से झाँक रहे ब्रेसियर के स्ट्रेप में अँगुली फँसाकर गोल-गोल घुमा रहा था। खिचाव थोड़ा ज्यादा हुआ तो नीलू चौंक गयी। गगन की ओर देखते हुए आँखों से ही बोली, "क्या है?"

"कुछ नहीं, उठो कैम्पस आने वाला है।"

नीलू ने बाहर देखा, 'अभी जिया सराय है, थोड़ा और टाइम लगेगा।"

फिर दोनों पता नहीं क्या सोचते हुए कुछ देर ख़ामोश रहे। उस ख़ामोशी के अन्त में नीलू ने कहा, "एक बात पूछूँ?"

"हाँ पूछो?"

"ड्रेसिंग केबिन में तुमने सच्ची में आँखें बन्द कर ली थीं?"

"हाँ,...तो?"

"कुछ नहीं।"

"क्यों, क्या हुआ?"

"तुम इतने अलग क्यों हो?" यह कहते हुए नीलू का गला भर आया। गगन ने उसे अपने सीने से चिपका लिया, "फिर फिजिक्स इमोशनल हो रही है..।"

वह एक लड़का था। लाल पलास-सा। बुन्देलखंड के ओरछा के एक अनपढ़ मजदूर-किसान का इकलौता बेटा था। आदिवासी समाज का यह पहला लड़का था, जो पढ़-लिख रहा था। उसके माँ-बाप का यही सपना था कि वह किसी तरह अपने पैरों पर खड़ा हो जाय। ओरछा से लेकर झाँसी के छोटे-बड़े कई स्कूल-कॉलेजों से होते हुए देश की राजधानी के एक विश्वविद्यालय से साहित्य में एम.फिल. करने के बाद वहीं से पी-एच.डी. कर रहा था। पत्र-पत्रिकाओं में लिखने से मिलनेवाले पारिश्रमिक के अलावा सीनियर रिसर्च फेलोशिप पानेवाला वह अपने समाज का पहला व्यक्ति था।

वह एक लड़की थी। उजली हरसिंगार-सी। उत्तरप्रदेश के आगरा के एक समृद्ध और दबंग परिवार की लड़की थी। आगरा कॉलेज से बी.एस-सी. करने के बाद फिजिक्स में एम.एस-सी. कर रही थी। उसी विश्वविद्यालय से जहाँ वह पलास जैसा लड़का रिसर्च कर रहा था। हरसिंगार-सी लड़की को सपने देखने की आजादी नहीं थी। बस उसके घरवाले भेज दिये तो वह भी वहाँ पढ़ने आ गयी थी।

एक और लड़का था कैक्टस-सा, नाम था राजवीर। वह पढ़ा-लिखा तो शायद कुछ था, पर वह जिस तरह का काम करता था, उसमें पढ़ाई-लिखाई की कोई जरूरत नहीं थी। स्थानीय स्तर पर छुटभैया ठेकेदार था। राजनीति में हाथ आजमा रहा था। उसकी राजनीतिक समझ गुंडागर्दी के सॉफ्ट संस्करण 'नेतागर्दी' से आगे नहीं बढ़ पायी थी। वह भी अपने माँ-बाप का इकलौता पुत्र था। हरसिंगार-सी लड़की इसी राजवीर उर्फ कैक्टस की चचेरी बहन थी। राजवीर के चाचा-चाची की काफी पहले मौत हो चुकी थी। चाचा-चाची अपने पीछे एक प्यारी-सी बेटी छोड़ गये थे। अनाथ को अनाथों की ही तरह पाला गया। लेकिन लड़की थोड़ी बड़ी हुई तो घरवालों का रवैया थोड़ा बदला। लड़की का रंग गुलाबी और सिन्दूरी के बीच का और व्यवहार शहद जैसा था। राजवीर अपने माता-पिता सहित चचेरी बहन पर भी हुकूमत करता था। उसके माँ-बाप इतने अच्छे और आज्ञाकारी थे कि बेटे का कहा आँख मूँदकर मानते थे। कैक्टस उर्फ राजवीर जानता था कि चाचा की सम्पूर्ण जायदाद पर उसी का हक है। पर कहीं कोई रिश्तेदार उसकी चचेरी बहन को बरगला दे तो जायदाद से हाथ धोना पड़ सकता है। इसलिए वो हमेशा से अपनी चचेरी बहन को इतनी बन्दिशों में रखता कि उस तक पहुँचना आसान नहीं था। भाई के उसी पहरे में लड़की के कॉलेज के दिन बीते। कॉलेज टॉप करने के बाद भाई ने अपनी प्रगतिशीलता के चक्कर और रिश्तेदारों से दूर रखने की योजना के तहत

राजधानी के उस विश्वविद्यालय का फॉर्म भरवा दिया। लड़की दिल्ली एम.एस-सी. करने चली गयी। राजवीर उर्फ कैक्टस उसी शहर में रहकर खुलकर अपनी नेतागर्दी करने लगा।

एक और व्यक्ति था, पता नहीं किस तरह का। नाम था धर्मदेव। वह इलाके का सबसे दबंग कद्दावर शख़्स था। उम्र यही कोई पैंतीस-चालीस की थी, पर यह बात उससे कोई कहता नहीं था। रख-रखाव में पूरा टिप-टाप। नाजुक जिस्मों का शौक़ीन। काम-राजनीतिक, चरित्र-धार्मिक। कमाई का ज़रिया स्मगिंलग, लूट, हत्या, अपहरण, बूथ कैप्चरिंग, हथियार निर्माण और विक्रय। शौक़— डिजायनर चश्मे, शानदार कपड़े और महँगी गाड़ियाँ। हर हिन्दी फिल्म देखना और पता चलते ही शतचंडी महायज्ञ में सबसे अधिक चन्दा देना। लगभग सभी राष्ट्रीय एवं क्षेत्रीय राजनीतिक दलों के प्राथमिक सदस्यता से लेकर प्रदेश स्तरीय कमेटियों में विभिन्न पदों पर समयानुकूल या कहें अवसरानुकूल काम कर चुका था। किन्तु दो बार विधायक बना, वह भी निर्दलीय।

देशकाल और वातावरण की बदौलत धीरे-धीरे पलास सा लड़का बदलता गया गगन में। हरसिंगार जैसी लड़की बदल गयी नीलू में।

कैक्टस उर्फ़ राजवीर बदल गया 'बैड कैरेक्टर' में, उसकी इस कहानी में 'इन्ट्री' ठीक उसी समय होती है, जहाँ अक्सर 'बैड कैरेक्टर' कहानियों में आते हैं।

धर्मदेव की स्थिति इस कहानी में थोड़ी उलझी हुई है। वो सारे काम चाहे किसी की मदद ही क्यों न हों, सब अपने फायदे के लिए ही करता है। उसके मूवमेंट को कोई पहले से जान नहीं पाता है, इसलिए उसके बारे में ठीक-ठीक कुछ कहना सही नहीं है। वो इस कहानी में क्या करेगा यह सिर्फ वही जानता है।

ख़ैर, उसी विश्वविद्यालय में प्राकृतिक नियम के उलट पलास और हरसिंगार खिले थे, मिले थे। पलास के लाल रंग में हरसिंगार की खुशबू और हरसिंगार के खुशबू में पलास का लाल रंग समा गया था। इसका अनुपात क्या था, इसका अन्दाजा आज भी उस बैच के लोग कहीं मिलते हैं तो चर्चा करते हैं।

झरबेरी को काँटो, बारह हाथ लम्बो
आधो बकरी ने लओ चर
आधे पे बसे तीन गाँव
एक उजाड़, एक खुजाड़, एक में मानुषई नँईयाँ

(अकबर आगरा से ही अपना शासन चलाता था। भारत के दूर-दराज के तमाम राजा अकबर की अधीनता स्वीकार कर चुके थे। अधीनता स्वीकार कर चुके राजाओं को अकबर को सालाना कर देना पड़ता था। समय पर कर दे देनेवाले राज्यों की आन्तरिक व्यवस्था में अकबर सामान्यत: कोई हस्तक्षेप नहीं करता था। निर्धारित

समय पर कर नहीं देने वाले राजाओं को अकबर के क्रोध और ताकत का सामना करना पड़ता था। यदि सब कुछ ठीक रहता तो अकबर साहित्य, कला, दर्शन और धर्म के पेचीदे मसलों पर चर्चा कराता और उस चर्चा में स्वयं भाग लेता था। कुल मिलाकर जनता में उसकी स्थिति लोकप्रिय और सम्मानजनक थी।

अकबर के शासन में बुन्देलखंड का प्रमुख राज-घराना ओरछा था। झाँसी के समीप स्थित इस राज्य पर उन दिनों इन्द्रजीत सिंह राज्य कर रहे थे। इन्द्रजीत सिंह न्यायप्रिय और प्रजावत्सल शासक थे। उनके राज्य में और उनके स्वभाव में बुन्देली संस्कृति अठखेलियाँ करती थी। इन्द्रजीत सिंह के काव्य गुरू आचार्य केशवदास थे। आचार्य केशव को संस्कृत, ब्रज, बुन्देली भाषाओं का ज्ञान था। वे अपनी कविताओं के द्वारा काफी यश अर्जित कर चुके थे। काव्य रचना के साथ ही नये कवियों के लिए काव्य का शास्त्र भी रच रहे थे। इन्द्रजीत सिंह के दरबार में अपने समय की प्रख्यात नृत्यांगना, गायिका रायप्रवीण भी रहती थी। रायप्रवीण राजा की विशेष कृपा पात्र थीं। उन्होंने अपनी काव्य, नृत्य, गायन की वह प्रतिभा आचार्य केशवदास के सान्निध्य में रहकर अर्जित किया था। प्रत्येक दिन सामान्य परिस्थितियों में राजा इन्द्रजीत सिंह के समक्ष वे अपनी कला प्रस्तुत करती थीं। बाकी के समय में अपने गुरू आचार्य केशवदास के मागदर्शन में अपनी कला को और अधिक निखारने का अभ्यास किया करती थीं। आचार्य रायप्रवीण के नृत्य के एक एक पद निक्षेप से, उनके गायन के एक-एक उतार-चढ़ाव से शब्द उठाते और उन्हें कविता में बदल देते। और रायप्रवीण आचार्य के एक-एक शब्द, एक-एक अनुभूति से भाव उठातीं और उन्हें नृत्य में बदल देतीं। उन्हें देखकर यह बता पाना मुश्किल होता कि कौन किससे प्रेरणा ग्रहण कर रहा है। शब्द कौन है? अर्थ कौन है?, संगीत कौन है?, अनुभूति कौन है? राग कौन है? और लय कौन? यह कभी पता नहीं चल पाया।

गगन और नीलू दोनों मिलते तो बातें करते थे। दोनों नहीं मिलते तो मिलने की सोचा करते।

इन सबके साथ ही गगन अपने अकादमिक और सामाजिक सरोकारों के लिए भी कैम्पस में काफी लोकप्रिय और व्यस्त रहता। अब उसके पास बात करने और सोचने के दो ही मुद्दे थे— एक बुन्देलखंड और दूसरी नीलू। समूचा का समूचा गगन बुन्देलखंड और नीलू के प्यार में रंग गया था।

गगन ने नीलू से मिलकर जाना कि 'राम की शक्ति पूजा' की महत्त्वपूर्ण पंक्ति 'अराधन का दो दृढ़ अराधन से उत्तर', और कुछ नहीं 'शक्ति का सापेक्षिक सिद्धान्त' है। तब से उसे हमेशा यही लगता कि यदि वह नीलू से नहीं मिला होता तो निराला की कविता को खोलने के लिए आइन्सटीन की कुंजी भी नहीं पाता। प्यार का इतना अकादमिक उपयोग करने वाला शायद वह पहला प्रेमी था। वह

अपनी प्रेमिका के ज्ञान और विषय दोनों से प्रभावित रहता। पर वह प्रेमिका के देह के मामले में आदर्शवादी था। इसलिए उस दिन तीसरे सेमेस्टर में जब नीलू ने पूरे क्लास में पहला स्थान प्राप्त किया था तब गगन के हॉस्टल में दी गयी पार्टी के बाद गर्ल्स हॉस्टल से आई हुई कई लड़कियाँ ब्वायज हॉस्टल के कई कमरों में गुम हो गयीं, उस समय भी अपने कमरे में नीलू को पूरी शिद्दत से चूमते हुए भी गगन ने फिजिक्स वाली के 'फिजिक' का जादू अपने ऊपर चढ़ने नहीं दिया। प्रबल वेगवान क्षणों में हरसिंगार के नाभि के आसपास के गर्म हिस्से से हल्के भूरे रंग की रोओं की एक नर्म नदी जो नीचे की ओर उतर रही थी उसी के दायीं ओर... नहीं बायीं ओर... दायीं, असल में उसे कुछ याद नहीं है पर उसे पूरा यक़ीन है कि वहाँ पर एक काला स्पॉट था। उसी को काँपती अँगुली से पलास ने छुआ था। हरसिंगार ने अपनी आँखे बन्द कर ली थीं। उसका रंग पलास जैसा हो गया था। कहीं कुछ कँपकँपी-सी हुई। हरसिंगार ने धीरे से पलास से पूछा "क्या?"

पलास ने पूरे आत्मविश्वास के साथ कहा, "चलो तुम्हें हॉस्टल छोड़ आऊँ।" नीलू सचेत हुई। कपड़े ठीक किये। बाल सँवारे। बिना कुछ बोले कमरे के बाहर आ गयी। बाइक पर बैठते हुए गगन ने हेलमेट नीलू को पहना दिया।

नीलू हँसी, "कोई देख लेगा इसलिए?"

"नहीं तुम्हें ठंड लग जाएगी इसलिए।"

नीलू चुप हो गयी। गगन भी चुप था। केवल बाइक बोल रही थी। बोल नहीं, गा रही थी।

गर्ल्स हॉस्टल के बाहर गगन ने बाइक रोकी। नीलू निशब्द उतरकर बाइक पकड़े हुए गगन के हाथ पर हाथ रखकर खड़ी हो गयी। हॉस्टल की लॉन में टहल रही एक लड़की जो सम्भवत: नीलू की बैचमैट रही होगी, ने पूछा, "अरे तुम लौट आयी, बाकी की सब वहीं रात बिताएँगी क्या ?"

नीलू ने बहाना किया, "पता नहीं, मेरे सिर में दर्द था, इसलिए खाना खाने के बाद जल्दी चली आयी।" लड़की ने मज़ाक़ किया, "सिर में दर्द था कि "टोपी प्रीकाशन" नहीं था।" और ज़ोर-ज़ोर से हँसने लगी। गगन झेंप गया। नीलू भी झेंपते हुए बोली, "धत् पागल"। लड़की हँसते हुए चली गयी।

गगन भी जाने को हुआ। नीलू ने हाथ में लिया हुआ हेलमेट गगन को पहना दिया। गगन ने मुस्कुराते हुए कहा, "कोई देख लेगा इसलिए?"

नीलू दुलार करते हुए बोली, "नहीं तुम्हें सच्ची में ठंड लग जाएगी इसलिए।"

गगन ने नीलू की नाक हिलाते हुए कहा, "थैक्यू", नीलू ने आँखों को नचाते हुए कहा "वेलकम"।

"तो मैं चलूँ?" गगन ने बाइक की किक लगायी। नीलू ने उसे रोकते हुए

कहा, "एक बात पूछूँ?"

"पूछो।"

"तुम इतने अलग क्यों हो?" यह कहते हुए नीलू का गला भर आया।

गगन ने उसके बालों को उसके चेहरे पर बिखेर दिया।

"ओय मेरी फिजिक्स, फिर इमोशनल हो रही है।"

नीलू संयत हो गयी, "फिजिक्स इमोशनल हो जाय तो साहित्यवाले क्या स्पेक्ट्रोमीटर चलाएँगे।"

दोनों एक साथ एक-सी हँसी हँसने लगे।

गगन बाइक पर लौट रहा था। बाइक गा रही थी... नहीं बोल रही थी। गगन... नहीं पलास गा रहा था। और हरसिंगार...।

जोन् में मानुष नईंयाँ,
ऊ में आये तीन कुम्हार
एक लूला, एक लँगड़ा
एक के हाथइ नईंयाँ...

(वीरता और बर्दाश्त की भूमि बुन्देलखंड का संस्कार बेतवा, केन, चम्बल, सोनार जैसी नदियों ने किया था, फिर भी इसकी विषम भौगोलिक संरचना के कारण यहाँ की खेती बारिश पर ही निर्भर थी। एक बार यहाँ तीन-चार सालों तक नाम-मात्र की ही बारिश हुई। खेती-कार्य बाधित हो गया। पूरा बुन्देलखंड सूखे के चपेट में आ गया। जनता त्रस्त हो गयी। खाने के लाले पड़ गये। जब फसल ही नहीं थी तो जनता ओरछा नरेश को कर (टैक्स) कहाँ से देती। ओरछा नरेश भी प्रजा के दुःख से दुःखी थे। कई वर्षों से कर नहीं वसूले जाने के कारण ओरछा नरेश आगरा के शाही ख़ज़ाने में अपने राज्य के लिए निर्धारित सालाना राजस्व जमा नहीं कर सके। जब स्थिति बिगड़ने लगी तो अकबर ने हस्तक्षेप किया। वज़ीर-ए-खजाना टोडरमल और बीरबल से मशविरा करने के बाद अकबर ने यह निर्णय लिया कि एक विशेष दूत ओरछा भेजा जाय और राजा को चेतावनी दी जाय कि वह जल्द से जल्द कर चुकाएँ नहीं तो बादशाह सलामत की ओर से ओरछा राज्य ज़ब्त कर लिया जाएगा। अकबर का आदेश होते ही वह विशेष दूत ओरछा के लिए रवाना हो गया।)

'फिजिक्स' इमोशनल हो जाय...., हरसिंगार किसी पलास के साथ खिलने और उसके रंग में रँगने लगे, तो समाज अपने नैतिक शास्त्र के फटे-पुराने पन्ने उलटने लगता है।

उस दिन नीलू के दूर के एक फूफा जी अपनी कैंसरग्रस्त पत्नी का इलाज कराने 'एम्स' आये थे। पत्नी को अस्पताल में भर्ती कराने के बाद दो-एक दिन में थोड़ी फुर्सत हुई तो नीलू बिटिया से मिलने का मन बना लिये। अपनी पत्नी यानी

नीलू की बुआ से ही नीलू के विश्वविद्यालय और हॉस्टल के बारे में पता कर लिया था।

वह इमरान हाशमी जैसी एक शाम थी, जब फूफा जी गर्ल्स हॉस्टल पहुँचे थे। चैकीदार से अपने आने का प्रयोजन बताया। चौकीदार ने रजिस्टर देखा और बताया कि नीलू बाहर गयी है। पर कहाँ, यह उसने नहीं बताया। फूफा जी हैरान हो गये। फूफा जी तो यही जानते थे कि लड़कियों और पशुओं को जहाँ जिस खूँटे से बाँध दो, चाहे कितने युगों बाद लौटो, यदि वे बची रह गयीं तो वहीं उसी खूँटे पर मिलती हैं। पर नीलू नहीं मिली। बाहर से हॉस्टल लौटी एक लड़की ने उन्हें बताया कि 'उधर ढाबे तक देख लो, गगन के साथ गयी है, वहीं होनी चाहिए।' फूफा जी की हैरानी का सूचकांक बढ़ता ही जा रहा था। उस लड़की से पूछना चाह रहे थे कि 'यह गगन कौन है' पर अपनी हैरानी को सँभालते हुए पूछा, "ढाबा कहाँ है?" लड़की ने वहीं से हाथ उठाकर बताया, "आप अंकल इधर से राइट चले जाओ, सामने के टी-टर्न से फिर राइट ले लेना, उसी के लेफ्ट में ढाबा है।"

फूफा जी देखना तो चाह रहे थे उधर, जिधर वो लड़की दिखा रही थी लेकिन देख नहीं पाये। लड़की ने एक ढीला-ढाला छोटा-सा स्लीवलेस टी-शर्ट पहना था, उसके हाथ उठाते ही टीशर्ट की बड़ी सी बांह से लड़की का अन्त:वस्त्र दिखने लगा, टी-शर्ट थोड़ा ऊपर सरक आया था, कमर के आस-पास का पूरा हिस्सा नाभि सहित फूफा जी के आँखों के सामने नुमाया हो गया। फूफा जी घबरा गये। उन्होंने अपनी नजरे झुका लीं और बिना कुछ बोले चल दिये, उधर जहाँ ढाबा हो सकता है। फूफा जी की हैरानी अब संशय में बदलने लगी थी। उनको लग रहा था, वो किस दुनिया में और कहाँ आ गये हैं। स्त्री शरीर का जो हिस्सा वे अपने पैंतीस साल के सफल दाम्पत्य में कभी उजाले में नहीं देख पाये, वह सब एक लड़की ने रास्ता बताते हुए आसानी से दिखा दिया। वे यह भी सोचकर चिन्तित हो रहे थे कि नीलू जैसी फूल सी बच्ची को उसके ताऊ और चचेरे भाई ने किस निर्लज्ज दुनिया में भेज दिया है। बिना कहीं भटके फूफा जी ढाबे पर आ गये। वहाँ लड़के-लड़कियों की भारी भीड़ थी। सब अपने में मस्त। शार्ट स्कर्ट और स्लीवलेस टी-शर्ट में सिगरेट और काफी पीती लड़कियों को देखकर फूफा झटका खा गये। 'उनके गाँव में इतने कम कपड़े पहनकर लड़कियाँ नहाती भी नहीं हैं और ये लोग हैं कि बाजार आ गयी हैं।' यही सब देखकर नीलू से मिलने से पहले ही फूफा जी को यक़ीन हो गया कि 'गरुड़ पुराण' में बताया गया नरक यही है।

उसी भीड़ में फूफा जी ने नीलू को एक पत्थर पर बैठे देखा। जींस और कुरता पहनी हुई नीलू गगन के कन्धे पर सिर टिकाये चाकलेट खा रही थी। गगन अपनी एक अँगुली से नीलू के जींस पर कुछ लिख रहा था और नीलू रह-रहकर हँस रही

थी। थोड़ी-थोड़ी देर में गगन भी उसी चाकलेट का एक कोना काटकर खा ले रहा था। यह दृश्य देखकर फूफा जी को उबकाई आ गयी। उन्होंने स्त्री का जूठा एक ही बार खाया था। जब वे अपनी दुल्हन लेकर आये थे तो रस्मी तौर पर एक ही चम्मच से पति-पत्नी दोनों ने दही खायी थी। गगन ने नीलू के कुरते की ऊपर की जेब से टॉफी निकाला और बड़ी ही गहरी मुस्कान के साथ खा गया। यह दृश्य फूफा जी के लिए असहनीय था। गुस्से के मारे उनके पाँव काँपने लगे। उनका मन किया कि अभी जाकर उस लड़के को सबके सामने ही कूटकर रख दें। पर क्या करें। नीलू के सामने जायें तो कैसे? क्योंकि नीलू ने दुपट्टा नहीं लगाया है। आज तक उनके घर-परिवार की कोई लड़की घर के या बाहर के किसी पुरुष के सामने बिना दुपट्टा लिये नहीं आयी हैं। फिर वे बिना दुपट्टे वाली नीलू के सामने कैसे जाते। उन्हें लग रहा था कि आज उनके पूरे परिवार और इलाके की इज़्ज़त यहाँ लुट गयी है। वितृष्णा से भरे हुए फूफा जी दुपट्टाविहीन नीलू से मिले बिना वापस चले गये। यदि आज नीलू दुपट्टा ओढ़े रहती तो फूफा जी उससे जरूर मिलते। गगन की हरकतों को देखकर कैसा कोहराम मचाते, और उससे नीलू की अपने कैम्पस में क्या स्थिति होती, बस इसकी कल्पना ही की जा सकती है। पर इसमें हुआ यह कि एक बार फिर एक दुपट्टे ने एक लड़की को सार्वजनिक रूप से अपमानित होने से बचा लिया। यह अलग बात है कि अपने स्वभाव से भिन्न इस बार दुपट्टे ने लड़की से अलग होकर उसकी प्रतिष्ठा की रक्षा की थी।

ये दुपट्टे होते ही ऐसे हैं, चाहे साथ रहें या दूर, बचाते हर बार लड़की को ही।

नीलू की चाकलेट खत्म हो गयी थी। वो हॉस्टल वापस आने के लिए खड़ी हुई। गगन पेमेन्ट करने चला गया। उसी समय कैम्पस के बाहर एक बस आकर खड़ी हुई। जिसमें एक बदहवास प्रौढ़ व्यक्ति चढ़ा था। वो फूफा जी थे। बस मिलते ही उनको लगा कि वैतरणी पार करने के लिए उनको गाय की पूँछ मिल गयी हो। हॉस्टल आने पर नीलू नहीं जान पायी कि उससे मिलने उसके कोई फूफा जी आये थे। वैसे नीलू यह कभी नहीं जान पायी कि किसी शाम हॉस्टल में उससे मिलने उसके कोई फूफा जी आये थे।

बिना हाथन बारे ने
बनायी तीन हाँडी
एक ओंगू एक बोंगू
एक के ओठई नईंयाँ

(अकबर का दूत ओरछा पहुँचा। ओरछा नरेश की अनुमति से दूत को ससम्मान दरबार में प्रस्तुत किया गया। उस समय रायप्रवीण अपनी प्रस्तुति के लिए तैयार थी। दूत को उचित स्थान पर आसन ग्रहण कराया गया। साज़िन्दे पहले से ही

अपना स्थान ग्रहण कर चुके थे। राजा का संकेत पाते ही अपने गुरु आचार्य केशव को प्रणाम कर रायप्रवीण ने अपना नृत्य आरम्भ किया। राजा हमेशा की तरह मन्त्रमुग्ध थे। दरबारी रसमय प्रदेश में विचर रहे थे। पर अकबर के दरबार से आया वह विशेष दूत हतप्रभ था। उसने अपने अब तक के जीवन में ऐसा नृत्य नहीं देखा था। एक बार तो उसे यह लगने लगा कि उसने अब तक जिया ही नहीं था। जिसने अपने जीवन में रायप्रवीण को नाचते हुए नहीं देखा उसका जीना कोई जीना है। वह इसी सोच में मग्न था कि रायप्रवीण का नृत्य समाप्त हुआ। राजा ने हमेशा की तरह रायप्रवीण के कला की प्रशंसा की। रायप्रवीण ने राजा का आभार माना और गुरु को प्रणाम कर दरबार से अपने महल की ओर प्रस्थान किया। अपने महल में आने पर रायप्रवीण यह नहीं जान पायीं कि उनका नृत्य आज किसी दूत ने देखा है। वैसे रायप्रवीण यह कभी नहीं जान पायीं कि किसी शाम उनका नृत्य किसी दूत ने देखा था।

नृत्य के बाद अकबर के दूत ने ओरछा नरेश को शाही पैग़ाम सुनाया। राजा पैग़ाम सुनकर चिन्तित हुए। दूत को आराम करने भेज दिया गया। दूत के जाते ही राजा ने अपने सभासदों से विचार-विमर्श किया और एक निर्णय पर पहुँचने के बाद बैठक को कल के लिए स्थगित कर दिया गया।

दूसरे दिन दूत दरबार में पेश हुआ। ओरछा नरेश ने बहुत ही निर्भीकता से अकबर को अपना जबाव उसी दूत से भेजा कि "ओरछा राज्य में पिछले कई वर्षों से बारिश नहीं हुई है, जिसके कारण यहाँ की खेती-किसानी चौपट हो गयी है। भूख से मर रही जनता से मैं क्या कोई भी प्रजावत्सल राजा कर नहीं वसूल सकता। ओरछा की जनता से कर नहीं वसूले जाने के कारण ही शाही ख़ज़ाने में ओरछा का राजस्व जमा नहीं कराया जा सका है। बादशाह चाहें तो इस मामले की जाँच करा सकते हैं। जनता के पास उसके जरूरतों से अधिक उपज होने की स्थिति में ही उससे लगान वसूला जाएगा।

"यदि बादशाह सलामत के शाही ख़ज़ाने का इकबाल ओरछा के ज़ब्ती से बढ़ता है, तो नि:सन्देह वे ऐसा कर लें। वैसे भी कोई राज्य या राजा जनता से ही बनते हैं, यदि जनता ही नहीं रहेगी तो राजा या राज्य भी कहाँ रहेंगे। इसलिए बादशाह से अनुरोध है कि वे ओरछा की जनता के बारे में सहानुभूतिपूर्वक विचार करें।"

दूत आगरा पहुँचा। अकबर ओरछा नरेश का जबाव सुनकर अपने स्वभाव के अनुकूल बहुत प्रसन्न हुआ। उसे पहली बार लगा कि बुन्देलखंड की माटी ने ऐसा न्यायप्रिय और प्रजा-हितकारी राजा पैदा किया है। वह राजा की निर्भीकता पर भी खुश था। उसने ओरछा राजा को राजस्व के लिए उसके इच्छानुसार समय देने का ऐलान कर दिया। साथ ही अकबर बुन्देलखंड की महिमा से भी प्रभावित हुआ। उसी

महिमा बखान के क्रम में दूत ने रायप्रवीण के बारे में बादशाह को बताया। दूत नें इस बात पर विशेष ज़ोर दिया कि रायप्रवीण जैसी नृत्यांगना बादशाह सलामत के दरबार में होनी चाहिए। फिर क्या था! अकबर ने तुरन्त ही ओरछा नरेश को एक समझौता प्रस्ताव भेजा और बदले में रायप्रवीण को अपने दरबार के लिए माँग लिया। अकबर का प्रस्ताव सुनकर ओरछा नरेश मुश्किल में पड़ गये। एक तरफ जनता का जीवन था तो दूसरी तरफ अकबर के नाराज होने का भय। उन दिनों जब अकबर का यह प्रस्ताव आया था, तब आचार्य केशवदास ब्रजभूमि प्रवास पर गये थे। इसलिए यह बात सीधे रायप्रवीण तक पहुँचाई गयी। रायप्रवीण कुछ समझ नहीं पा रही थी कि वे क्या करें। आज गुरु की कमी उन्हें बेतहाशा खल रही थी। बहुत अधिक सोचने का समय नहीं था। रायप्रवीण जान गयी थीं कि उनके ना कहने का मतलब है ओरछा की जनता के जीवन को संकट में डालना। भारी मन से रायप्रवीण ओरछा राज्य की सलामती के लिए अकबर के दरबार में जाने के लिए तैयार हो गयीं।)

(फूफा जी की पत्नी शायद ठीक हो गयी थीं या नहीं, उनका इस कहानी से कोई सीधा सूत्र नहीं जुड़ता। वो बीमार थीं। इलाज कराने वो एम्स लाई गयी थीं। उन्होंने ही फूफा जी को नीलू के हॉस्टल का पता बताया था। उनका इस कहानी में कोई संवाद नहीं है। इसलिए उनकी बीमारी के प्रति दुःख व्यक्त करने और पूरी सहानुभूति के साथ उनके स्वास्थ्य के लिए प्रार्थना करने के अलावा हम उनके लिए और कुछ नहीं कर सकते। अब आगे यह कि फूफा जी ने ही गाँव जाकर राजवीर से नीलू के बारे में बताया होगा। उसके पथभ्रष्ट होने का सजीव वर्णन किया होगा। कुछ परिस्थितिजन्य साक्ष्य और एकाध बयानों से पता चला था कि फूफा जी दिल्ली से लौटने के बाद राजवीर के गाँव गये थे। ख़ैर, कुल बात यह कि किसी 'पलास' से मिलकर इन दिनों 'हरसिंगार' पर बहार आयी है, इसकी खबर राजवीर को हो गयी।)

नीलू के पथभ्रष्ट होने की सूचना से पहले राजवीर उस तरह से पारम्परिक अर्थ में 'बैड कैरेक्टर' नहीं था। थोड़ा बहुत गुंडई करना, किसी को गाहे-बगाहे धमका देना, ठेकेदारी के छोटे-मोटे कामों के दौरान गरीब-मजदूर स्त्रियों, लड़कियों को लेकर मारुती वैन में घुस जाना आदि, ये तो बड़े आदमियों के महान लक्षण हैं। राजवीर अभी इन्हीं लक्षणों के दायरे में था। उसको बुरे आदमी में दो बातों ने बदला। एक नीलू वाली खबर और दूसरे धर्मदेव का साथ।

इधर के दिनों में राजवीर ने अपनी राजनीतिक महत्त्वाकांक्षा में धर्मदेव को अपना रोल मॉडल बना लिया था। धर्मदेव को आगरा और आस-पास के इलाक़े के सभी लोग भाई साहब कहते थे। सुनने में आता है कि यदि कोई उन्हें भाई साहब न कहे तो उनका 'ईगो हर्ट' हो जाता है। तो यह कि बेवजह किसी का 'ईगो हर्ट' करने

से क्या फायदा इसलिए अपन को क्या है, अपन भी उन्हें भाई साहब ही कहते हैं।

भाई साहब ने पहले तो राजवीर को काफी दिनों तक अपने से दूर रखा, फिर धीरे-धीरे एकाध छोटे-छोटे काम सौंपने लगे। जैसे बैंकवाले साहब की लड़की को फिरौती के लिए स्कूल से उठवाना। राजवीर ने यह काम इतनी सफाई से किया कि भाई साहब ने खुश होकर उसको अपने कैबिनेट में एक अहम ओहदा दे दिया। यह अलग बात है कि धन्धे में ईमानदारी के हिमायती भाई साहब के वसूलों के विरुद्ध राजवीर बैंकवाले साहब की नौंवी में पढ़नेवाली उस लड़की का अपहरण कर ले जाते समय उसका मुँह दबाकर अपनी गोद में बिठाये रहा और पूरे रास्ते उसका स्कर्ट टटोलता रहा।

भाई साहब चाहे जितने गन्दे आदमी हों पर धन्धे को पूजा मानते हैं। जैसे किसी को फिरौती के लिए उठवाते तो उसके साथ हमेशा सम्मानजनक व्यवहार करते, उसके साथ कोई मारपीट या बदसलूकी नहीं चाहते। राह चलते यदि किसी लड़की पर दिल आ गया तो उसको अपने पास आने के लिए मजबूर कर देते। पर किसी लड़की को फिरौती के लिए उठाना हो तो उसका चेहरा सिर्फ एक बार फोटो मिलाने के लिए ही देखते। इन्हीं सब गुणों के कारण तो इलाक़े के सारे प्रशिक्षु गुंडे उनकी शराफत की कसमें खाते थे। भाई साहब के इसी शराफत के कारण एक बार बड़ा धर्मसंकट पैदा हो गया। हुआ यह कि एक दिन भाई साहब 'शराफत टैक्स' वसूलने शहर के सिटीमॉल में उतरे हुए थे। वहीं पर आइटम सांग की नायिका टाइप एक महिला पर उनका दिल आ गया। भाई साहब ने बड़े अदब से उस महिला को कॉफी ऑफर किया, उसके मना कर देने पर उतनी ही शराफत से भाई साहब ने उसके ब्लाउज में अपना 'विजिटिंग कार्ड' खोंस दिया। महिला गुस्से में तमककर तेजी के साथ बिना खरीदारी किये अपनी कार में बैठकर चली गयी। भाई साहब की हालत उतनी ही तेजी से मजनुओं जैसी हो गयी। भाई साहब के 'छर्रे' परेशान हो गये। शॉपिंग मॉल में यह सब इतनी जल्दी में हुआ कि भाई साहब के आदमी उस महिला के बारे में कुछ पता ही नहीं कर पाये।

भाई साहब का क्या है? उनको प्यार और गुस्सा 'ऑन स्पॉट' आता था। इस बार प्यार हो गया था। वह भी 'ऑन स्पॉट'। ग़म के मारे उन्होंने खाना छोड़कर सिर्फ पीना शुरू कर दिया। शहर भर के पाकेटमार, चैन स्नेचर, चोर, हत्यारे आदि सक्रिय हो गये। सब के सब उस तीख़ी चीज को भाई साहब के शान में पेश कर अपना ओहदा बढ़ाना चाहते थे।

राजवीर हर पल भाई साहब के साथ लगा हुआ था। हर थोड़ी देर में वह फोन पर उस समय चल रहे 'ऑपरेशन प्यार' का जायज़ा ले रहा था। यह सब तीन-चार घंटे में हुआ था। भाई साहब सिर्फ शराब पी रहे हैं यह जानकर शहर का सबसे बड़ा

शराब व्यवसायी तीन-चार कैरेट वोदका, आफिसर्स च्वॉइस, ब्लेंडर्स प्राइड से लेकर नूरी, लैला, करीना जैसे देशी-विदेशी ब्रांड के साथ हाज़िर हो गया। भाई साहब को किसी बात का होश नहीं था। उन्हें अपने प्यार या कहें कि ताकत पर अपार भरोसा था। वे जानते थे कि वह आएगी। हद तो तब हो गयी जब शराबी के अभिताभ बच्चन की तरह उन्होंने एक मोमबत्ती की फरमाइश कर राजवीर से कहा कि शराबी फिल्म का 'इन्तहाँ हो गयी इन्तजार की' गाना बजवाओ। राजवीर के लिए यह इम्तहान की घड़ी थी। उसने एक फोन लगाया। मुश्किल से दस मिनिट में शहर की एक बड़ी आर्केस्ट्रा पार्टी के तीन चार कलाकार कैशियो, आक्टोपैड, ड्रम लेकर आ गये। भाई साहब ने मोमबत्ती जलवायी। गाना शुरू हुआ...'इन्तहाँ हो गयी इन्तज़ार की...।' कलाकार जिस तरह से गा रहे थे उससे साफ पता चल जा रहा था कि वे किस तरह से उठाकर लाए गये हैं। भाई साहब आफिसर्स च्वाइस से नूरी और लैला जैसे देशी ब्रांड पर आ गये थे। अचानक उन्होंने नयी घोषणा की कि इस मोमबत्ती के बुझने से पहले अगर वो औरत नहीं आयी तो वे खुद को गोली मार लेंगे। इस घोषणा के बाद उन्होंने अपना पसन्दीदा 'मेड इन कोरिया' वाला 'माउजर' निकालकर सामने रख दिया। सबके चेहरे पर हवाईयाँ उड़ने लगीं। सब जानते थे कि भाई साहब खुद को नहीं, जो सामने होगा उसी को गोली मार देंगे। पर किसी के हाथ में कुछ नहीं था। राजवीर और जल्दी-जल्दी फोन मिलाने लगा। गाना चलता रहा...'इन्तहाँ हो गयी इन्तजार की'।

मोमबत्ती बुझने में अभी कुछ समय था कि शहर का कोतवाल बदहवास-सा आया और भाई साहब के पैरों पर गिर पड़ा। वह बड़बड़ा रहा था—शायद रो रहा था, ''हसमे क्या गलती हो गयी माई-बाप..., हमें माफी दे दें सरकार।''

राजवीर ने पीछे से कॉलर पकड़कर कोतवाल को उठाया। कोतवाल अपना ओहदा, पॉवर सब भूल गया था। वह राजवीर के भी पैर पकड़कर रोने लगा। पूछने पर बताया कि ''सरकार मेरी बीवी बाजार गयी थी..., उसके ब्लाउज में भाई साहब का विजिटिंग कार्ड था। सरकार इसका मतलब मैं समझता हूँ।''

यह सुनकर भाई साहब गरजे, ''तो फिर''। गाना बन्द हो गया। कोतवाल राजवीर का पैर छोड़कर भाई साहब के पैर पकड़ लिये, ''मेरी एक ही बीवी है भाई साहब...मुझ पर रहम करो..., मैं जीते जी मर जाऊँगा, भाई साहब...।''

भाई साहब तमके, ''झूठ बोल रहा है साला।''

''झूठ काहे का सरकार, यह आपका साँचा दरबार है, यहाँ कोई झूठ कैसे बोल सकता है।''

राजवीर आगे बढ़ा, ''हाँ तो ठीक है, भाई साहब का दिल उस पर आ गया है, आज रात भर के लिए उसे यहाँ छोड़ जा...।''

यह प्रसंग तो बड़ा लम्बा चला था। अपन तो बस इसके क्लाइमेक्स पर बात करते हैं। भाई साहब की जिद के आगे कोतवाल हार गया था। किन्तु उसने आस नहीं छोड़ी। भाई साहब से दो घंटे का समय माँगा। भाई साहब ने अपना इच्छित पाने के लोभ से उसे समय दे दिया। कोतवाल ने इन दो घंटों में अपनी समस्या को संवैधानिक समस्या में बदल दिया। अन्ततः एक ठेकेदार, दो व्यापारी, जिला जज, पुलिस अधीक्षक, शहर के मेयर, दो अखबारों के सम्पादकों की एक पंचायत बैठी। कोतवाल की बीवी के बदले दो लड़कियाँ और ग्यारह लाख एक सौ एक रुपये पर भाई साहब और कोतवाल के बीच समझौता हो गया। भाई साहब इस पूरे प्रकरण में खामोश बैठे रहे। उनकी ओर से राजवीर ने सुलहनामा पर दस्तख़त किया।

कोतवाल जब भाई साहब का पैर छूकर लौट रहा था तो भाई साहब ने बहुत ही गजब का डायलॉग मारा था। उसी डायलॉग से लोग यह अन्दाजा लगाते हैं कि 'शायद भाई साहब को सच्चे में प्यार हो गया था।' भाई साहब ने बहुत ही गम्भीर आवाज में कहा, ''सुनो''; यद्यपि कि उन्होंने कोतवाल को सुनाने के लिए कहा था, पर नेता, व्यापारी, एस.पी., सम्पादक, जज सभी पलटकर खड़े हो गये। भाई साहब ने कोतवाल की तरफ अंगुली उठाकर कहा ''सुनो! तुम्हारी बीबी के पैर बड़े हसीन हैं...अपना तबादला करा लो, नहीं तो जब-जब वो इस शहर की जमीन पर पाँव रखेगी...इधर...दिल में बड़ा दर्द होगा।''

कोतवाल सकते में आ गया। तभी एस.पी. साहब ने आगे बढ़कर आश्वासन दिया कि 'आप चिन्ता मत करें, हो जाएगा..., मैं कल से ही इसके तबादले की प्रक्रिया शुरू कर देता हूँ..., और जब तक इसका तबादला नहीं हो जाता, तब तक इसकी बीवी इसके घर में कैद रहेगी।'' कोतवाल भाव-विभोर होकर एस.पी. साहब को ठीक उस तरह सैल्यूट किया जैसे नौकरी ज्वॉइन करने के दिन कर्तव्यनिष्ठा की शपथ लेने के बाद किया था। भाई साहब अपना फ़रमान सुनाकर अपनी हवेली में गुम हो गये।

इस घटना के बाद शहर में भाई साहब का आना-जाना कम हो गया था। अब राजवीर ही उनके लगभग सारे काम देखने लगा था। भाई साहब अब हवेली से भी कम निकलते थे। निकलती तो कोतवाल की बीवी भी नहीं थी। उसी शहर में नहीं, जिस किसी भी शहर में कोतवाल की पोस्टिंग हुई, उसकी बीवी कभी बाजार में नहीं निकली। भाई साहब ने राजवीर को काफी छूट दे रखी थी, बावजूद इसके राजवीर एक ईमानदार कारिन्दे की तरह भाई साहब के सारे बेईमानी के काम करता रहा। धीरे-धीरे वह भाई साहब जूनियर के नाम से प्रसिद्ध हो गया था।

भाई साहब के इसी योग्य उत्तराधिकारी राजवीर के सामने फूफा जी ने परम्परा, धर्म, ख़ानदान, इज़्ज़त के पदाक्रान्त होने का इतना मार्मिक वर्णन किया कि

राजवीर ने इज्जत के रक्षार्थ व्याकुल होकर सीधे नीलू को फोन लगा दिया। भाई साहब के साथ रहते हुए। कूटनीति, कमीनापन, धूर्तता के सारे महत्त्वपूर्ण शास्त्र पढ़ चुका था। इसलिए उसे नीलू को घर बुलाने में कोई मुश्किल नहीं आयी। उसने नीलू से कहा कि नीलू के माता-पिता के नाम पर समाजसेवा के लिए वह एक लोक कल्याणकारी ट्रस्ट का पंजीकरण करवा रहा है। उसमें नीलू का भी दस्तख़त और फोटो लगेगा। इसलिए वो कुछ दिन के लिए घर आ जाय। यह सुनकर नीलू भावुक हो गयी। उसने पहली बार अपने माँ-बाप के लिए ताऊ और चचेरे भाई को कुछ करते सुना था। उसके पास माता-पिता की सिर्फ स्मृतियाँ थीं। उसने आने की हामी भरी, लेकिन फोन रखने से पहले पहली बार राजवीर से कहा, "थैंक्स भइया।"

उसी रात नीलू अपने घर निकल गयी। उन दिनों फसल कटवाने में अपने माँ-बाप के सहयोग के लिए गगन ओरछा गया हुआ था। इसलिए नीलू अपने दोस्तों को खबर कर चली गयी, कि गगन के आने पर वे उसको बता देंगे।

नीलू के जाने के तीसरे दिन गगन लौट आया। नीलू के अचानक चले जाने पर उसे आश्चर्य और दुःख हुआ। नीलू की अनुपस्थिति के वे बेदम और बोझिल दिन थे। गगन को खुद पर गुस्सा आ रहा था कि इतने दिन की नजदीकी के बावजूद उसके पास नीलू के घर का कोई फोन नम्बर नहीं था। यह सब सोचते हुए ही उसे ध्यान आया कि वह तो यह भी नहीं जानता है कि नीलू का घर आगरा में कहाँ है? ये नीलू भी ना ऐसी ही थी। वो कभी अपने घर-परिवार की बात करती ही नहीं थी। गगन हर पल नीलू के ख्यालों में डूबा रहता। नीलूविहीन कैम्पस उसे बेगाना लग रहा था। अपने कमरे की खिड़की पर बैठा सूनी आँखों से सूनी घाटी निहारता। वो मार्च के दिन थे। पलास के पेड़ अपने पत्ते गिरा उदास खड़े थे। गगन को पूरा यक़ीन था कि जब नीलू आएगी तभी पलास पर बहार आएगी।

उधर घर पहुँचते ही नीलू को लग गया था कि कोई संस्था-वंस्था नहीं बननी है। उसके साथ धोखा हो गया है। वह राजवीर उर्फ़ कैक्टस के चंगुल में फँस चुकी है।

पूरा घर पानी पी-पीकर नीलू को कोस रहा था। ताई जी अपने जीवन के अब तक के सर्वोत्तम फॉर्म में थीं। जिन्दगी भर पति और पुत्र के अधीन रहकर 'क्या बनाऊँ, क्या खाएँगे' से ज्यादा कुछ बोल नहीं पायी थीं। इसलिए नीलू जैसी कमजोर बाल पर फ्रीहैंड 'क्रास बैटिंग' कर रही थीं..."जनमते ही माँ-बाप को खा गयी..., अब हम लोगों को खाएगी..., इसके देह में आग लगी है..., कुतिया, नीच घाट-घाट का पानी पी रही है...।" राजवीर तो कसमें खा रहा था, "यदि वह गगन मिल जाय तो गोली मार देंगे साले को...।" ताऊ जिन्दा गाड़ने के संकल्प के साथ कह रहे थे कि "अरे एक बार भी अपना कुल ख़ानदान नहीं देखा, अपनी जाति का

ख़्याल नहीं आया..., हम मर जाएँगे या मार देंगे... पर अपने ख़ानदान की लड़की को नीच जाति में नहीं देंगे।''

नीलू का कुछ भी कहना-सुनना बेकार था। इन्हीं सब में हफ्ता भर गुजर गया। कोई अपनी जगह से टस से मस नहीं हुआ। न नीलू और न उसके ताऊ। थक-हार कर राजवीर ने नीलू को बुरी तरह से मारा। नीलू मार खाती रही मगर अपनी रट लगाये रही। जिस दिन राजवीर ने उसे पीटा था, उस रात जिन्दगी में पहली बार नीलू को अपने मम्मी-पापा की याद आ रही थी। बहुत। रात भर कमरे में फर्श पर बैठकर नीलू कुहक-कुहक कर रोती रही। कभी तेज तो कभी धीरे में। पता नहीं उसे क्यों लग रहा था कि अभी कहीं से उसके पापा आ जाएँगे और उसे अपने सीने में छुपा लेंगे। पर उसके पापा नहीं आये। रोते-रोते रात बिता दिया। सुबह खिड़की से बाहर देखा। बाहर सब कुछ शान्त था। पर नीलू के भीतर दर्द की एक बेचैन नदी बह रही थी। वह ठीक से चल भी नहीं पा रही थी। चलने की कोशिश में लड़खड़ा कर गिरी, उसका सिर मेज के कोने से टकराया, आँखों के सामने अँधेरा छाने लगा, बेहोश होने से पहले नीलू ने सिर्फ इतना कहा, ''पापा! तुम बहुत बुरे हो।''

तब शाम हो रही थी जब नीलू को होश आया। यानी कि वो पूरे दिन बेहोश रही। नीलू ने देखा ताऊ, ताई, राजवीर सभी उसके चारों ओर बैठे हैं और उसके सिर पर पट्टी बँधी है। उन सबका रवैया थोड़ा बदला हुआ लग रहा था। सबसे पहले ताई जी ने उसका हाल पूछा। नीलू ने बिना कुछ कहे अपना सिर दूसरी तरफ मोड़ लिया। ''हम लोग तुम्हारे दुश्मन नहीं हैं, जो भी करेंगे उसमें तुम्हारा भला ही होगा।'' ये ताऊ जी थे। नीलू ने आवाज से पहचाना। राजवीर उसे समझा रहा था, ''देखो नीलू...हम लोग ऊँची जाति के हैं, हमारा ख़ानदान इज़्ज़तदार है, मेरा राजनैतिक कैरियर है, यह सब कुछ तुम्हारे इस कदम से मिट्टी में मिल जाएगा।''

नीलू से रहा नहीं गया। वह फफक पड़ी, ''मेरे इस कदम के बिना, मैं मिट्टी में मिल जाऊँगी..., और तुम! तुमने मुझे धोखे में रखकर यहाँ बुलाया, मुझे यहाँ बाँधकर मार रहे हो...इससे..इससे तुम्हारी और तुम्हारे ख़ानदान की इज़्ज़त बचेगी?''

राजवीर गुस्से में आ गया, ''हाँ...हाँ बचेगी इज्जत, अपनी इज़्ज़त के लिए मुझे तुम्हें जान से भी मारना पड़े तो वह भी करूँगा।''

बात और बिगड़ न जाय इसलिए ताऊ जी ने हस्तक्षेप किया, ''सुनो बेटा...ये तो बावला है, ऐसे ही बोल रहा है..., तुम अभी बच्ची हो। तुम्हें दुनिया की समझ नहीं है। ये जो लड़के हैं, बहुत धोखेबाज़ होते हैं..., इन पर भरोसा नहीं किया जा सकता।''

ये सारी बातें एक ही साँस में बड़े प्यार से ताऊ जी कह गये। उनका जबाव

देते हुए नीलू ने कहा, "जितनी और जैसी दुनिया आपने देखी है, वो बिल्कुल वैसी ही नहीं है, और गगन...उस पर तो मैं खुद से भी ज्यादा भरोसा कर सकती हूँ।"

ताऊ जी भड़क गये, "हमसे ज्यादा उस लड़के पर तुम्हें भरोसा है! ऐसा क्या कर दिया है उसने? एक बात जान लो, उसे सिर्फ तुम्हारी इस देह से मतलब है।"

नीलू का स्वर भी तेज हो गया, "हाँ, उसने ऐसा किया है कि मैं उस पर इस दुनिया में सबसे ज्यादा भरोसा कर सकती हूँ..., और जहाँ तक मेरी देह का सवाल है...तो...," यह कहते-कहते नीलू चुप हो गयी। वो समझ नहीं पा रही थी कि कैसे कहें कि गगन को नीलू की देह से नहीं उसकी रूह से वास्ता है। अब वो कैसे बताये कि उस दिन तीन बाई पाँच के ड्रेसिंग रूम में वो गगन के सामने पूर्णतः निर्वस्त्र थी और उसके एक बार कहने भर से गगन अपनी आँखें बन्द किये रहा। गगन सबसे अलग था। नीलू चीख-चीख कर कहना चाह रही थी कि ताऊ जी 'मेरे नाभि के नीचे जो काला स्पॉट है...गगन वहाँ से भी वापस लौट चुका है।' लेकिन नीलू चुप रह गयी। गगन है ही ऐसा कारसाज। उसने अपने विश्वासी होने के ऐसे मानक रचे हैं कि उसे सिर्फ महसूस किया जा सकता है... । कुछ कसौटियाँ होती ही ऐसी हैं जो शब्दों में नहीं समातीं...उन्हें सिर्फ रूह में धारण किया जाता है।

पर गगन के बड़प्पन के सम्बन्ध में कुछ न कह पाने की मजबूरियों ने नीलू को रुला दिया। फिर तो वह फफक-फफक कर रोती रही। सभी गुस्से में वहाँ से चले गये।

उधर गगन का इन्तजार बढ़ता जा रहा था। उसे कुछ समझ में नहीं आ रहा था कि वो क्या करे इधर-उधर हाथ मारकर उसने देख लिया था। कहीं कोई बात नहीं बन पा रही थी। एक-दो बार वह आगरा तक हो आया था। फिर कोई स्पष्ट पता नहीं होने के कारण वह नीलू को ढूँढ नहीं पाया। विश्वविद्यालय के दस्तावेज़ों में नीलू के हॉस्टल का या फिर स्थायी पता की जगह इटावा जिले के किसी गाँव का नाम लिखा था। नीलू का परिवार कभी उसी गाँव से निकलकर आागरा आया होगा। वहाँ पर अब भी उन लोगों की जमीन थी। इसलिए वे लोग अपना स्थायी पता उसी गाँव का देते। ख़ैर नीलू तो उस गांव में कभी गयी भी नहीं थी। गगन नीलू के ताऊ, भाई किसी का नाम भी नहीं जानता था कि किसी से कुछ पूछ सके। नीलू जब कभी अपने चचेरे भाई का नाम लेती तो उसे कैक्टस कहकर सम्बोधित करती थी। अब कैक्टस के नाम से कैसे किसी को खोजा जा सकता है। अब तो वह लगभग हर शनिवार को आगरा जाने लगा था। पर नीलू का कहीं कुछ पता नहीं चल पाया। नीलू की अनुपस्थिति में वह खुद पहली बार जान पाया कि वो नीलू को कितना प्यार करता है, और नीलू उसकी साँसों की बेहतरी के लिए कितनी जरूरी है।

हफ्ते-महीने गुजरते गये। नीलू की पढ़ाई छूट गयी। चौथा सेमेस्टर शुरू हो

गया था। कैम्पस में नये लोग आये किन्तु गगन के जीवन में कुछ भी नया नहीं था। नीलू के क्लासमेट भी चिन्तित थे। पर पढ़ाई-लिखाई के क्विज, मिड वाले नये संस्करण में किसी को इतनी फुर्सत नहीं मिलती कि वो देर तक एक ही बात पर चिन्तित हो सकें। गगन चिन्तित था। वह बावला-सा कैम्पस में घूमता रहता, जैसे सवाल कर रहा हो 'मधुबन तुम कत रहत हरे...।' मधुबन क्योंकर जलता! पर गगन जल रहा था। गोल्ड फ्लैक सिगरेट से अपने दिल को जला रहा था, जिस दिल में तस्वीर थी दिले-यार की।

उधर नीलू की स्थिति बद से बदतर होती जा रही थी। धीरे-धीरे नीलू ने समझ लिया था कि अब शायद सिर्फ मरना बाकी है। मर जाने की आसन्न आशंकाओं के बीच उसने एक बार जीने की आखिरी कोशिश की। उसने अपना अड़ियल और असहयोगात्मक रवैया बदलकर घर वालों के प्रति थोड़ा सामान्य व्यवहार करना शुरू किया। धीरे-धीरे ताऊ, ताई और राजवीर के व्यवहार में भी नरमी आने लगी। महीनों से घर में कैद नीलू को अब बाहर लॉन और छत पर एक नौकरानी की निगरानी में जाने दिया जाता था। नीलू नहीं जानती थी कि वो जिस रास्ते पर चल रही है उससे कहाँ पहुँचेगी। वो बस एक बार फिर जिन्दगी की गर्मी को महसूस करना चाहती थी।

राजवीर ने फिर से भाई साहब के यहाँ जाकर काम सँभाल लिया था। एक दिन राजवीर और भाई साहब को किसी मन्त्री से मिलने जाना था। राजवीर बहुत देर से ड्राइंगरूम में भाई साहब का इन्तजार कर रहा था। भाई साहब आये। उनको देखकर एक चापलूस मुस्कुराहट के साथ राजवीर ने कहा, "तैयार होने में बहुत देर लग गयी भाई साहब।" भाई साहब हँसे, "अरे भाई! क्या करें..., बीवी तो है नहीं कि जल्दी से तैयार कर दे..., नौकर-चाकर कितना भी करें, पर वे बीवी की तरह नहीं कर सकते।" राजवीर हँसा, "तो लाई जाय, एक बीवी।" भाई साहब हँसते हुए गाड़ी में बैठ गये। ड्राइविंग सीट पर राजवीर बैठा। जरूरी मुलाकातों में भाई साहब के साथ सिर्फ राजवीर जाता था, ड्राइवर भी साथ नहीं रहता। गाड़ी मुख्य सड़क पर आ गयी थी। थोड़ी देर की चुप्पी के बाद राजवीर ने पूछा, "क्या सोचने लगे भाई साहब?" भाई साहब इमोशनल हो गये, "कुछ ख़ास नहीं,...बस यही सोच रहा था कि हम भाई साहबों की जिन्दगी भी बड़ी अजीब होती है, सब है भी और नहीं भी।" राजवीर ने गाड़ी की स्पीड थोड़ी कम कर ली "आज इस तरह से क्यों बात कर रहे हैं, मेरी बात का बुरा मान गये क्या?" भाई साहब ने उसको समझाते हुए कहा, "तुम्हारी बात का बुरा क्या मानना..., उस साले कोतवाल की बीबी वाले मामले के बाद मैं थोड़ा डिस्टर्ब हो गया हूँ।" यह सुनते ही राजवीर ने झटके से ब्रेक लगाया, "क्या कह रहे हैं भाई साहब...अगर ये बात है तो उठाकर

लाता हूँ न...उस औरत को।"

भाई साहब हँसे और राजवीर को गाड़ी चलाने का इशारा किया। गाड़ी और बातें फिर चलने लगीं। भाई साहब आज सचमुच गम्भीर क़िस्म की बातें कर रहे थे "वो क्या है न राजवीर...तमाम रातों में तमाम औरतों के साथ मैंने सोकर देख लिया है, अब मैं किसी सुबह किसी एक औरत के साथ जागना चाहता हूँ।"

राजवीर पहली बार भाई साहब का यह रूप देख रहा था। भाई साहब बोले जा रहे थे, "ये जो चिकनी-चिकनी लड़कियाँ रोज तुम लोग मेरे लिए लाते हो न...ये सब तो यूँ ही हैं यार। इनसे चाहे कुछ भी न कहो...ये बॉडी का कोई भी पार्ट चूमने लगती हैं, पर चाहिए ऐसी कि...माथे पर चूमने को कहो तो कम से कम दो बार तो मुकर जाए।...मैं उस पर धौंस दिखाऊँ तो वह मुझे आँख दिखाये। जानते हो राजवीर...मैं ऊब गया हूँ...लड़कियों को खरीदते-खरीदते..., अब मैं किसी एक पर खर्च करना चाहता हूँ।" यह सब सुनते हुए राजवीर की आँखें फैलती जा रही थीं, उसका दिमाग़ कहीं सक्रिय हो गया था। भाई साहब सीट पर सिर टिकाकर आँखें बन्द किये हुए थे। राजवीर धीरे से बोला, "भाई साहब?" भाई साहब ने आँखें खोली और राजवीर के कुछ कहने से पहले फिर शुरू हो गये, "हाँ राजवीर, मुझे बड़ा रस्क होता है, उस साले कोतवाल की क़िस्मत से रस्क होता है। उस दिन वो साला जिस तरह अपनी बीवी के लिए रो रहा था न, मैं... उस तरह से किसी एक के लिए रोना चाहता हूँ...। लेकिन साला ये रुतबा...ये पैसा, इसने मुझे कभी किसी बात के लिए रोने ही नहीं दिया।...मुझे अब यह अक्सर लगता है कि जिन्दगी में कोई एक ऐसा हो जिसके साथ हँसा जा सके..., जिसके लिए रोया जा सके..., जिस...जिसके लिए किसी को भी गोली मारी जा सके। ...जिसके साथ खुश रहा जा सके उम्र भर के लिए,...जिसके लिए मरा जा सके उम्र भर के लिए।"

राजवीर ने हँसते हुए कहा, "आज तो बहुत सेन्टी हो गये भाई साहब।" "हाँ सेन्टी ही समझो यार, इस पूरे इलाके में ऐसा कोई नहीं है जो मेरे चाहने पर एक रात के लिए मुझे अपनी लौंडिया देने से मना कर दे..., पर दिन के उजाले में मुझे उम्र भर के लिए कोई अपनी लड़की नहीं देना चाहेगा।"...अफ़सोस भरी मुस्कुराहट के साथ भाई साहब ने कहा, "साला मेरा धन्धा ही ऐसा है कि...डूबना-उतराना तो हजारों के साथ लगा रहेगा...पर चाहकर भी किसी एक के साथ पार नहीं उतर सकता...।"

राजवीर ने कुछ कहना चाहा पर कहते-कहते रुक गया। भाई साहब ने पूछा भी पर राजवीर सिर्फ इतना कह कर कि "कल बताऊँगा," चुप हो गया। उस दिन कोई और विशेष बात उन दोनों के बीच नहीं हुई...।

उस रात घर आने के बाद राजवीर बहुत देर तक अपने माता-पिता से बन्द कमरे में बात करता रहा। दूसरे दिन नीलू ने महसूस किया कि घरवालों का व्यवहार

उसके प्रति कुछ ज्यादा ही सौहार्दपूर्ण हो गया है। वह कुछ समझ नहीं पा रही थी। चाय पीकर वह बरामदे में कोई पुरानी मैगजीन लेकर यूँ ही बैठी थी। उस समय उसे किसी आवेग की तरह गगन की याद आ रही थी। कैम्पस की याद आ रही थी..., उसे ऐसा लग रहा था कि वो सारी यादें किसी दूसरे जन्म की हैं, जहाँ वो फिर लौट नहीं सकती।

उसी समय ताऊ जी सफेद झक कुरता-धोती पहने बरामदे में आये। राजवीर बाहर तैयार होकर खड़ा था और कनखी से बरामदे की तरफ देख रहा था। नीलू को लगा कि ये लोग कहीं बाहर जा रहे हैं। ताऊ जी अप्रत्याशित रूप से नीलू को देखकर मुस्कराये। तभी पासवाले कमरे से ताई जी एक छोटी-सी प्लेट में अच्छत, दूब, हल्दी की एक गाँठ और एक चाँदी का सिक्का लेकर निकलीं। नीलू का हाथ पकड़कर बहुत ही प्यार से प्लेट में रखे अच्छत का स्पर्श करा दिया। नीलू कुछ समझ पाती इससे पहले ताई जी ने वह अच्छत आदि ताऊ जी के रूमाल में बाँध दिया। ताऊ जी राजवीर के साथ गाड़ी में बैठे। पलभर में गाड़ी गेट से बाहर हो गयी। दोपहर बाद नौकरानी ने बताया कि 'आज नीलू दीदी के रिश्ते का शगुन गया है।' यह जानकर नीलू सकते में आ गयी। वो ताई जी से बात करना चाहती थी। किन्तु ताई जी उससे बचती रहीं। दिन भर पास-पड़ोस की महिलाओं को बिठाकर शगुन का गीत गवाती रहीं। नीलू को लग रहा था कि आज वो सचमुच की मर गयी है।

राजवीर की गाड़ी भाई साहब की हवेली पर रुकी। भाई साहब यह जानकर कि राजवीर के पिता अपनी भतीजी का रिश्ता लेकर आये हैं, ज़िन्दगी में पहली बार शरमा रहे थे। उनसे कुछ कहते नहीं बन रहा था। राजवीर के पिता को कभी 'बाबूजी', कभी 'सर' तो कभी 'चाचाजी' कहकर सम्बोधित कर रहे थे। मारे घबराहट में आठ-दस गिलास पानी पी गये। उनकी स्थिति देखकर ताऊ जी उठे और साथ लाए हुए अच्छत को भाई साहब के हाथ से स्पर्श कराकर, राजवीर से बोले कि 'इसे मन्दिर में रख आ', राजवीर चुपचाप चला गया।

राजवीर के जाने के बाद ताऊ जी ने बातचीत शुरू की, "भाई साहब आप बड़े आदमी हैं..., हम आपके सामने कुछ नहीं हैं। मेरी भतीजी एम.एस-सी. कर रही है। दिल्ली में पढ़ती है, आजकल घर आयी हुई है। सारा खर्चा उसकी पढ़ाई-लिखाई में किया है। हमारे पास और कुछ तो नहीं है, बस लड़की सोना है, फिर भी आपकी कुछ फ़रमाइश हो तो बताया जाय...।"

भाई साहब हड़बड़ा गये, "अरे! नहीं सर आप ऐसा मत सोचें, हमारी कुछ फरमाइश नहीं है, आपकी कुछ इच्छा हो तो कहें?"

ताऊजी उम्र भर की धूर्तता को मुस्कराहट में बदलकर बोले, "हमारी क्या इच्छा हो सकती है, मेरी तो अब उम्र हो गयी, बस कुछ जिम्मेवारियाँ हैं वही निपट

जाएँ..., हाँ राजवीर के लिए थोड़ा चिन्तित हूँ।''

भाई साहब ने पूरे रौ में कहा, ''हाँ तो राजवीर की कोई इच्छा हो तो बताइए।''

ताऊ जी ने पिता धर्म का निर्वाह करते हुए कहा, ''कुछ ज्यादा नहीं भाई साहब, बस अपने पेट्रोल पम्पों में से एक हाइवे वाला पेट्रोल पम्प दे दीजिए...और हो सके तो...इस बार सदर से राजवीर को एम.एल.ए. का टिकट दिलवा दीजिए...।''

भाई साहब पर तो शरीफ बनने का जुनून सवार था, ''दिया...उसकी दोनों इच्छा पूरी की, और बताइए?'' ताऊ जी मारे कृतज्ञता के सोफे से नीचे उतरकर फर्श पर लोट गये, ''आप कृपानिधान हैं भाई साहब, बस! अब आप आशीर्वाद दीजिए।'' यह कहकर ताऊ जी भाई साहब के पैरो पर गिर पड़े। पहली बार उन्हें यह ख़याल आया कि जिस नील को उन्होंने बोझ मानकर पाला था, वो एक दिन उनके भाग्य का सितारा बदल देगी, यह उन्होंने कभी सोचा ही नहीं था।

नीलू ने इस व्यापारिक समझौते के विरुद्ध बहुत हंगामा किया। पर वो कुछ कर नहीं पायी। ताऊ जी ने साफ-साफ कह दिया कि ''हम तो नहीं चाहते, पर भाई साहब की यही इच्छा है। उनके इच्छा के विरुद्ध आज तक कोई नहीं गया है। ऐसे में हमारे में इतनी शक्ति नहीं है कि उनको मना कर सकें।'' ताई जी भी मोर्चे पर थीं, ''बुरा क्या है? इतना बड़ा घर, इतना रुपया, गाड़ी-घोड़ा, इतना तो नाम है भाई साहब का।''

नीलू सोच रही थी कि या तो ताई जी धूर्त हैं या भोली, कि नाम और बदनाम में अन्तर नहीं समझ पा रही हैं...। वैसे इसके अलावा कभी उनका भोलापन दिखा नहीं....इसलिए धूर्त ही होंगी। राजवीर नीलू को समझा रहा था, ''देखो नीलू, तुम्हारे पास दो ही रास्ता हैं, एक इस शादी के लिए 'हाँ' बोलना या फिर हम सबकी मौत पर दस्तख़त करना।''

नीलू बिफर पड़ी, ''इस शादी के लिए हाँ बोलकर वैसे भी कौन मुझे जीना है..., मैं अकेले मरूँ या सब मरें क्या फ़र्क़ पड़ता है।''

''सब में जानती हो कौन-कौन है?...वो गगन...और उसका सारा परिवार भी,'' राजवीर ने आवाज को गम्भीर बनाकर कहा था। फिर लहजा थोड़ा बदला और उसे समझाते हुए कहा, ''नीलू एक बार शान्त मन से विचार करके देखो, इसमें कुछ भी बुरा नहीं है, एक बार तुम 'हाँ' कर दो फिर सब कुछ ठीक हो जाएगा।''

''आप लोगों का तो ठीक हो जाएगा...पर मेरा क्या होगा...?'' यह कहते हुए नीलू को रुलाई आ गयी। तभी नौकर ने आकर बताया कि भाई साहब के यहाँ से सन्देश लेकर आदमी आया है। सभी एक झटके के साथ बाहर निकल आये। नीलू आँगन में अकेली रह गयी...इतनी शून्य कि जैसे हो ही नहीं। उसने सोचना

छोड़ दिया और चुप हो गयी। बाहर से राजवीर ने आकर बताया कि, "भाई साहब ने परसों 'इंगेजमेन्ट' का कार्यक्रम रखा है।" पर नीलू ने नहीं सुना।

नीलू की उस दिन की खामोशी फैलकर आज पर पसर गयी थी। और आज भाई साहब की हवेली और नीलू दोनों दुल्हन की तरह सजी थीं। दोनों दुल्हनें खामोश थीं। भाई साहब के यहाँ रिश्ता बनते ही राजवीर का ओहदा बढ़ गया था। इलाके के लोग उसको बधाई दे रहे थे। ताऊ जी अपनी उम्र के लोगों के बीच बैठकर अपनी भतीजी के पालन-पोषण और उसके प्रति अपने प्यार की मनगढ़न्त कहानियाँ सुना रहे थे। एक तरफ गाना-बजाना चल रहा था...पर नीलू ने कुछ भी नहीं सुना।

उस कार्यक्रम के बाद नीलू दो दिन अपने कमरे में ही रही। किसी से बात भी नहीं कर रही थी। तीसरे दिन उसे तैयार होने के लिए कहा गया। वो चुपचाप तैयार हो गयी। भाई साहब का ड्राइवर आया और उसे ले गया।

भाई साहब ने नीलू को अपने फॉर्म हाउस पर बुलाया था। नीलू डरते-डरते इतनी मजबूत हो गयी थी कि अब उसे किसी से भी डर नहीं लगता...भाई साहब से भी नहीं। भाई साहब ने खुद गाड़ी का दरवाजा खोला। नीलू यन्त्रवत उतरी। बाहर कैनोपी में कुर्सियाँ लगाई गयी थी। नौकर नाश्ता-पानी लगा रहे थे। कुछ देर बाद नीलू और भाई साहब वहाँ अकेले रह गये। नीलू अब भी चुप थी। थोड़ी-सी हिचकिचाहट के साथ भाई साहब बोले, "लीजिए न,...कु...कुछ लीजिए नीलू जी" पर नीलू ने नहीं सुना। भाई साहब ने फिर से कोशिश की, "नी...नीलू...नीलू जी।" नीलू चौंक गयी..., "जी...जी कुछ कहा आपने?" इधर तीन दिन के बाद यह नीलू की पहली आवाज थी। पर इतनी अपरिचित कि खुद नीलू ही उसे पहचान नहीं पा रही थी।

"आप कुछ सोच रही हैं शायद?" भाई साहब ने अपनी आवाज में पर्याप्त नरमी लाते हुए कहा।

नीलू कुछ बोल नहीं पा रही थी। बस हाँ...हूँ कर पा रही थी। भाई साहब ने बोलने का मोर्चा ख़ुद ही सँभाला, " देखिए नीलू जी यह अच्छा है कि आप मेरे बारे में जानती हैं और अगर नहीं जानती हैं तो यह और भी अच्छा है। मैंने अब तक के सारे काम अपनी मर्जी से किये हैं, पर ज़िन्दगी में पहली बार अपनी ज़िन्दगी का सबसे खास काम आपकी मर्ज़ी से करना चाहता हूँ।...आप क़िस्मतवाली हैं कि भाई साहब आज आपसे आपकी मर्ज़ी पूछ रहा है।"

नीलू सकुंचाती हुई बोली, "मेरी मर्ज़ी क्या है?" भाई साहब ने उसकी बात काटते हुए कहा, "हाँ है, आपकी ही मर्ज़ी पर है, मैं अपने मर्ज़ी से सारे काम करके अब बोर हो गया हूँ, इसलिए अब कुछ किसी और की मर्ज़ी से करना चाहता हूँ।"

नीलू ने थोड़ा तल्ख स्वर में कहा, "तो ये कहिए कि यही आपकी मर्ज़ी है।" भाई साहब आशा के विपरीत उस तल्ख़ी पर खुश हो गये, वरना इतने तल्ख़ स्वर पर तो वे पिस्टल निकाल लेते। हँसते हुए बोले, "यही तो नीलू जी, आपकी मेरी खूब पटेगी, आप अभी से मुझे समझने लगी हैं।" नीलू के पास कोई चारा नहीं था। वह रुआँसी होकर बोली, "पूछिए, क्या पूछना चाहते हैं।"

भाई साहब ने कुछ समय लिया, गर्दन उठाकर कुछ याद करने की कोशिश की और बोले, "मुझसे शादी करोगी?"

नीलू को भाई साहब की वह हरकत और यह प्रश्न समझ में नहीं आया। उसने धीरे से पूछा, "मतलब?"

"मतलब कि 'यमला पगला दीवाना' में सलमान खान ने करीना कपूर से ऐसे ही तो पूछा था।"

एक अरसे वाद नीलू को हँसी आयी। भाई साहब चौंक गये, "अरे! हँसती क्यों हैं?।"

"सलमान खान ने करीना कपूर से नहीं प्रियंका चोपड़ा से पूछा था, और उस फिल्म का नाम 'यमला पगला दीवाना' नहीं 'मुझसे शादी करोगी' था।"

भाई साहब झेंप गये, "ओई तो नीलू जी, अब हम का करें, इ साला बम्बई वाला इतना तो फिल्म बनाता है, हम सब देखते हैं, पर सबका स्टोरी एक में मिल जाता है, इसलिए गड़बड़ हो गया। लेकिन आप इ सब छोड़िए...हम जो पूछे हैं उसका जबाब दीजिए।"

नीलू समझ गयी कि ये आदमी कुछ अलग तरह का है। नीलू शादी वाला टॉपिक बदलना चाहती थी। कुछ देर चुपचाप रही फिर न जाने क्या सोचकर मुस्कुराने लगी। भाई साहब चहककर बोले, "मुझे मिल गया, आपका जबाब मिल गया।" नीलू ने आँखों से ही आश्चर्य व्यक्त किया, "क्या?"

"यही कि लड़की हँसी तो फँसी।"

नीलू का लहजा सख़्त हो गया, "उफ़्फ़, इतना चीप बात करते हैं आप?"

भाई साहब एकदम से चुप हो गये। फिर बात सँभालते हुए बोले, "ऐसा नहीं है नीलू जी, हम चीप क़िस्म की बात नहीं करते हैं, हमारा धन्धा ही साला ऐसा है कि....।" नीलू ने बात काटी, "छिः, बिना गाली के तो आप कोई बात ही नहीं करते।"

"सॉरी-सॉरी... अब गाली दी तो आप मेरी माँ-बहन करना।"

नीलू ने आँखें चढ़ायीं, "फिर... !" भाई साहब अपना सिर पकड़कर चिल्लाये, "हे भगवान! मुझे बचाओ।" उनके ऐसा चिल्लाते ही कैनोपी के तीन ओर से भाई साहब के अंग रक्षक प्रकट हो गये, और नीलू के ऊपर पिस्तौल तान दिया। नीलू

चीख पड़ी। भाई साहब ने देखा, उनको माजरा समझ में आ गया। उन्होंने अपने आदमियों को घुड़का, ''अबे हट...तेरी माँ...'' बोलते-बोलते भाई साहब रुक गये। नीलू एकटक उन्हें ही देख रही थी। भाई साहब अपना लहजा बदलकर बोले, ''कुछ नहीं हुआ...आप लोग जाइए...हम कुछ जरूरी बात कर रहे हैं।'' अंगरक्षक चले गये।

नीलू मुस्कुराते हुए बोली, ''आप गाली देते-देते रुक क्यों गये?'' भाई साहब सकुचाते हुए बोले, ''आप भी न खूब हैं, पहले खुदे मना किया कि गाली मत देना...अब खुदे पूछ रही हैं कि रुक क्यों गये, अरे हम तो नीलू जी उसी दिन से रुके पड़े हैं, जिस दिन से आपसे शादी की बात चली थी। अब जब तक आप हाँ नहीं बोल देतीं, हम आगे नहीं बढ़ेंगे।''

भाई साहब फिर शादी की बात पर आ गये थे। नीलू यही नहीं चाहती थी। उसने तुरन्त ही बात बदलते हुए कहा कि ''फिर भी गाली देना खराब बात है कि नहीं?''

''हाँ, है तो, ऐसा करते हैं कि टॉपिक चेंज कर देते हैं, आज तो ससुरी जुबान गालीवाली ट्रैक पकड़ ली है। चलिए कोई और बात करते हैं।'' नीलू तो कब का टॉपिक चेंज कर चुकी थी। फिर भी उसने भाई साहब की बात मानते हुए पूछा, ''आपको फिल्में बहुत पसन्द हैं न?''

भाई साहब खुश, ''इसलिए तो कहता हूँ कि नीलू जी, आप से मेरी खूब पटेगी। पहली ही मुलाकात में आप मेरे बारे में खूब जानने लगी हैं।'' नीलू ने हँसते हुए पूछा, ''हाँ जानने तो लगी हूँ।... अच्छा ये बताइए कि आप को किस तरह की फिल्में पसन्द हैं?'' भाई साहब तपाक से बोले, '' संजय दत्त और सन्नी देओल की, ये सब पिस्टल पहले लगाते हैं, बात बाद में करते हैं।''

भाई साहब की भाव भंगिमा देखकर नीलू हँसते-हँसते दोहरी हो गयी। भाई साहब पूरे फार्म में आ गये, ''हाँ नीलू जी हमको मर्दानगी वाली बात अच्छी लगती है; जैसे शाहरुख़ खान का काम, कैसे तो जूही गाती थी न कि 'टूट गयी, टूट कर मैं चूर हो गयी, तेरे ज़िद के आगे मजबूर हो गयी।' शाहरुख़ खान मर्द आदमी है, जिसके आगे हिरोइन मजबूर हो जाती है। अब गोविन्दा जैसा नहीं कि वो खुद कहता है कि 'मैं लैला-लैला चिल्लाऊँगा कुरता फाड़कर।' हमको इ सब मेहरपन पसन्द नहीं है, ऊ गोविन्दा सब तो; लड़की लोगों का मन बढ़ा देता है।''

नीलू भाई साहब को सुनती रही, हँसती रही। उसी सुनने और हँसने के बीच शाम हो गयी। भाई साहब का ड्राइवर नीलू को उसके घर छोड़ आया।

जी में ओठइ नइयाँ
ऊ में उबाले तीन चावल

एक अच्चा, एक कच्चा
एक उबलोइ नइयाँ

(अकबर के दरबार में आकर रायप्रवीण उदास थीं। अकबर ने भी उन्हें सहज होने के लिए कुछ समय दे दिया था। आखिरकार वह दिन आया जब रायप्रवीण अपनी नृत्य की प्रस्तुति के लिए दरबार-ए-आम में आयीं। पूरा दरबार खचाखच भरा था। बादशाह अकबर गद्दी पर बैठा और नृत्य शुरू करने की अनुमति प्रदान की।

रायप्रवीण ने नृत्य शुरू किया। थोड़ी ही देर में समूचा दरबार उनके नृत्य में बँध गया। किन्तु आज रायप्रवीण सिर्फ नृत्य ही नहीं कर रही थीं, अपनी मुक्ति के लिए प्रार्थना भी कर रही थीं। आज प्रार्थना नृत्य बन गया था और नृत्य प्रार्थना। रायप्रवीण अपने आश्रयदाता ओरछा नरेश और अपने गुरु केशवदास के प्रति अपनी आस्था को जैसे दुहरा रही हों। अपनी कला को उन्होंने ओरछाधीश राजाराम को समर्पित कर दिया। वह उनके जीवन की सर्वोत्तम प्रस्तुति बन गया। यह अलग बात है कि अपनी बुन्देली माटी से दूर आगरा के किले में नृत्य करने का दंश रायप्रवीण के नृत्य में पार्श्व संगीत की तरह बज रहा था, जिसे सिर्फ रायप्रवीण सुन रही थीं। जबकि प्रखर बौद्धिक बीरबल को वह एक उच्च विचार जैसा लगा। अद्वितीय संगीतज्ञ तानसेन ने उसे प्राणों का संगीत माना तो अबुल फ़ज़ल ने उसे एक तवारीखी लम्हे के रूप में दर्ज किया। महान कवि रहीम ने उसे एक भाव-प्रवण काव्य कहा। वजीर-ए-ख़ज़ाना टोडरमल को कुबेर का ख़ज़ाना पाने सी अनुभूति हुई तो वही मान सिंह के भीतर समूची धरती को जीत लेने का संकल्प जगा। और बादशाह...देर तक ख़ामोश रहे। जैसे समाधिस्थ हो गये हों।

अन्तत: वीरबल ने बादशाह का ध्यान भंग करते हुए कहा, "हुजूर... रक्कासा का रक्स जिल्ले इलाही की नज़र-ए-इनायत का तलबगार है...।"

बादशाह अकबर चौंका...जैसे उसे उसके ख़्वाबगाह से बेदखल कर दिया गया हो, "हाँ, क्या फ़रमाया आपने?"

"बादशाह सलामत...! इनाम-इकराम का ऐलान कर फ़नकारा को अपने करम से नवाज़ें।"

रायप्रवीण नजरें झुकाये बीच दरबार में बैठी थी। अकबर ने उनकी तरफ देखा तथा गम्भीर और आदरयुक्त शब्दों में कहा, "बेशक...! आप सरज़मीने हिन्द की बेशकीमती फ़नकारा हैं,... अल्लाह ने आपके फ़न को बेपनाह बुलन्दी बख़्शी है,...आज शहंशाह-ए-हिन्दोस्तान के ख़ज़ाने में ऐसा कुछ नहीं है, जो आपके फ़न के मुक़ाबिल ठहर सके...। एक फ़नकार ने आज अकबर-ए-आज़म को अपना मुरीद बना लिया है... हमारे लिए यह ख़याल वायस-ए-फ़ख़्र है कि आप हमारे

दरबार की ज़ीनत बनकर रहेंगी।... आज तक इस मुल्क की रिआया, सामन्तों और राजाओं ने बादशाह-ए-हिन्द को तमाम बेशकीमती नजराने, सौगातें पेश की हैं, मगर आप जैसी बेनज़ीर सौगात हमें अब तक किसी ने नहीं दी है, ओरछा नरेश से हमने कर माँगा था और उन्होंने हमें कर्जदार बना दिया। अकबर-ए-आज़म उस 'बुन्देली माटी' के आगे सर झुकाता है, जिसने रायप्रवीण के फन की परवरिश की और उसे परवान चढ़ाया।...राजा मानसिंह! हमारी तरफ से ओरछा नरेश और रायप्रवीण के गुरु कवि केशवदास को खास तोहफे भिजवाने का बन्दोबस्त करें।''

अपनी इस घोषणा के बाद थोड़ी देर तक अकबर खामोश होकर अपने दरबारियों को देखता रहा। चारों तरफ अखंड सन्नाटे का राज था। रायप्रवीण अकबर के प्रति अपना अभिवादन निवेदित करते हुए खड़ी हुयीं। उस एकान्त में उनके कपड़े की सरसराहट और घुँघरुओं का सलीकेदार छम-छम साफ सुनाई दे रहा था। अकबर ने रायप्रवीण की ओर एक बार फिर मुख़ातिब होते हुए कहा, ''मुकम्मल तौर पर हमारे दरबार की जीनत बनने से पहले अगर आपकी कोई ख़्वाहिश हो तो आप बेशक बयान कर सकती हैं।''

रायप्रवीण ने अकबर के प्रति सम्मान प्रकट करते हुए कहा, ''बादशाह का इकबाल बुलन्द रहे... मैं जब यहाँ के लिए चली थी उस समय मेरे प्रेरणास्रोत मेरे गुरू आचार्य केशवदास उपस्थित नहीं थे। गुरू के आशीर्वाद के बिना मैं यहाँ आ गयी। इसलिए बादशाह की इजाजत हो तो एक बार ओरछा जाकर मैं अपने गुरु से आशीर्वाद प्राप्त करना चाहती हूँ।''

अकबर ने पूरी उदारता के साथ कहा, ''आज के इस तारीखी किले में पत्थर और गारे की बन्दिशों में कैद बेहिस ज़िन्दगी को आपके फ़न ने जो हरारत बख़्शी है... हम ताउम्र उसके तलबगार रहेंगे। आपके बगैर हमारा यहाँ रहना काफी मुश्किल होगा, इसलिए अगर आप राजी हों तो आपके आचार्य को बाइज़्ज़त यहाँ बुलाया जा सकता है।''

रायप्रवीण ने पूरे सम्मान और निर्भीकता के साथ कहा, ''शहंशाह की इस हौसला आफ़ज़ाई और नज़र-ए-इनायत के लिए यह कनीज़ ताउम्र शुक्रगुजार रहेगी, लेकिन गुरु का यहाँ आना शिष्या के लिए शोभा नहीं देगा। आखिरी आशीर्वाद के लिए शिष्या को ही गुरु के समक्ष उपस्थित होना चाहिए।''

अकबर कुछ देर सोचता रहा और फिर गम्भीर आवाज में बोला, ''बेशक जाइए, लेकिन इतना याद रहे कि शहंशाह-ए-हिन्दोस्तान को आपका इन्तजार रहेगा।''

इस घोषणा के बाद अकबर ने दरबार छोड़ दिया। सारे दरबारी धीरे-धीरे वहाँ से निकलने लगे।

रायप्रवीण ओरछा के लिए शाही रथ में सवार हो चुकी थीं। रायप्रवीण का वहाँ से निकलना, एक बुरे सपने से निकलने जैसा था। आगरा की सीमा पार करते ही रायप्रवीण को आचार्य केशवदास की बहुत याद आने लगी। और जब एक बार याद आयी तो पूरे रास्ते रायप्रवीण जी भरकर रोती रहीं।

इन दिनों समय तेजी से बीत रहा था। कैम्पस में गगन नीलू की याद में अनमना-सा बना रहता। दोस्तों से मिलना-जुलना कम कर दिया था। लाइब्रेरी में बैठकर काम करता रहता। काम से थकता तो नीलू को याद करता और जब नीलू की यादों से..., नीलू की याद करते हुए वह थकता ही नहीं था। इस बीच वह ओरछा भी हो आया था। वहाँ बेमतलब-सा खेत, गाँव, कस्बे घूमता रहा। उसके अनपढ़ माता-पिता उसकी बेकली को कुछ-कुछ समझ गये थे। पर वे क्या करते? उनके आदिवासी समाज में पहली बार किसी ने कोई सपना देखा था। गगन को भी कई बार यह लगता है कि वह बेकार में प्रेम-वेम के चक्कर में पड़ गया। जंगल, पहाड़ों को पार कर कितने अरमान से वह बाहर निकला था, सोचा था कि कुछ बन कर एक मिसाल कायम करेगा। दिल्ली के राजनैतिक और सांस्कृतिक मंचों पर बुन्देलखंड की आवाज बननेवाला गगन आज कितना चुप हो गया था। ऐसी ही मन:स्थिति में एक दिन माँ के सामने फूट-फूटकर रोने लगा। माँ सब समझ गयी। वह देर तक उसे समझाती और उसका उत्साह बढ़ाती रही। माँ ने बहुत ही साफ शब्दों में गगन को उसका रास्ता बता दिया था, ''तुम चुप्प रये आओ, भूल गय का, कै तुम ओई बुन्देली माटी के पूत आओ, जोन माटी में आला-उदल उपजै हैं। इतनी गाँठ बाँध लियो कै बुन्देली माटी बंजर नइ हो सकत। तुमे साँची प्रीत होय, तो जाओ, उए लोआ कैं आइयो ऊसई जैसें आला सोना खों लोआ के लियाय ते।''

गगन को माँ की बातों से हिम्मत तो बहुत बढ़ी। पर वो जानता था कि यह बुन्देली ममता की आवाज है, बुन्देली सपने की आवाज है, उस बुन्देलखंड की आवाज है, जिसे राजधानियों ने कभी नहीं सुना है। फिर भी वह कुछ हौसला कर कैम्पस लौट आया। पर यहाँ न नीलू आयी और न नीलू की कोई खबर। नीलू बगैर गगन का कोई मतलब भी नहीं बचा था।

उधर नीलू जान गयी थी कि उसकी मुक्ति की चाभी भाई साहब के ही पास है। इसलिए नीलू एक योजना के तहत भाई साहब के साथ लगभग रोज ही घुमने-फिरने लगी थी। नीलू के ताऊ और चचेरा भाई राजवीर अब कुछ आश्वस्त होने लगे थे।

भाई साहब उन दिनों अपने सारे काम राजवीर के हाथ में छोड़कर नीलू के प्यार में मशगूल थे। अपने हाथों से उसे आइसक्रीम खिलाते। फिल्मे दिखाने ले जाते थे। पूरे शहर में भाई साहब के प्यार के चर्चे आम हो गये थे। भाई साहब अब सबसे

विनम्रता से पेश आते थे। वे बात-बात में नीलू से कहते कि "आपने तो मेरी ज़िन्दगी बदल दी नीलू जी।" नीलू भी खुलकर भाई साहब का साथ दे रही थी। ऐसे में एक दिन पॉपकॉर्न खाते हुए भाईसाहब ने नीलू से पूछा, "नीलू जी आप इतनी समझदार कैसे हो गयीं?"

नीलू घबरा गयी कि कहीं उसकी चोरी तो नहीं पकड़ी गयी। उसने लगभग हकलाते हुए कहा, "मतलब?"

"मतलब कुछ नहीं...जैसे हर समय आप एकदम सटीक काम करती हैं।"

"मैं समझी नहीं, जैसे क्या?"

"जैसे उस दिन आइसक्रीम खाते समय, जब मैं उस आदमी से टकरा गया था, तो मैं कुछ करूँ इससे पहले आप उसको 'सॉरी' बोल दीं, वह चला गया, बात खत्म हो गयी..., नहीं तो...।"

"नहीं तो क्या?"

"नहीं तो बेकार में एकाध कारतूस खराब हो जाता...।"

इस बात पर नीलू को हँसी आ गयी। वह देर तक हँसती रही। भाई साहब भी अपने कहे पर शरमा गये। बात बदलते हुए भाई साहब ने पूछा, "अच्छा बताइए आप कितने तक पढ़ी हैं?"

नीलू को पढ़ाई की बात पर अपना कैम्पस, दोस्त और सबसे अधिक तो गगन की याद आ गयी। वह चुप हो गयी। भाई साहब ने उसे कुरेदते हुए पूछा "हाँ...बताइए न नीलू जी, कितने तक पढ़ी हैं।"

नीलू ने बताया, "फिजिक्स में एम.एस-सी. कर रही थी।" भाई साहब ने अपनी लाचारी प्रकट की, "एम.एससी. नहीं, गिनती में बताइए—जैसे दस, ग्यारह, बारह...।" नीलू ने जोड़कर बताया "बारहवीं के बाद तीन साल बी.एस-सी., बारह-तीन पन्द्रह और दो साल एम.एस-सी. यानी सत्रह। सत्रह में पढ़ रही थी। भाई साहब भी जोड़ने लगे, "बाऊजी तीन तक, अम्मा दो तक, और मैं सात तक कुल हुआ तीन दो पाँच और सात बराबर बारह। यानी हमारा पूरा घर कुल मिलाकर बारह क्लास पढ़ा है और आप अकेले सत्रह तक। कमाल हो गया नीलू जी, इसीलिए आप इतनी समझदार हैं!" नीलू मामला बनते देख धीरे से बोली, "सत्रहवाँ पूरा कहाँ हो पाया?" भाई साहब चौंक गये, "अरे काहें पूरा नहीं हो पाया?" नीलू ने आवाज को गीला करते हुए कहा, "आप ही से शादी करने के लिए राजवीर भइया हमको यहाँ बुला लाये। सब कुछ अधूरा ही छूट गया।" यह कहते हुए नीलू का गला सचमुच का भर आया।

भाई साहब तन गये, "ऐसा मत कहें नीलू जी...भाई साहब की होने वाली बीवी का कुछ भी अधूरा नहीं रहेगा...आप सत्रहवाँ क्लास जरूर पूरा कीजिए।"

बात इतनी जल्दी ट्रंक पर आ जाएगी, नीलू को इसकी उम्मीद नहीं थी। वह तो बस अँधेरे में तीर चला रही थी। अपनी खुशी को दबाते हुए कहा, ''पर ये सब कैसे सम्भव है?''

''सम्भव है... आप वहाँ के हेडमास्टर का नाम बताइए। अभी उठवाकर मँगवाता हूँ। साला..., मेरी नीलू जी का सत्रहवाँ क्लास अब पूरा होकर रहेगा।''

''वह स्कूल नहीं है कि हेडमास्टर होंगे, वहाँ वाइसचांसलर होते हैं और उनको उठवाने से कुछ नहीं होगा।''

''तब कैसे होगा? आप बताइए, मैं वही काम करता हूँ।''

''मुझे ही वहाँ जाना होगा, आप तो बस मुझे वहाँ जाने दीजिए।'' भाई साहब झटके में बोल गये ''तो जाइए।'' लेकिन उसी क्षण रुक भी गये। और कुछ सोचते हुए धीरे से कहा, ''आपको ही जाना होगा..., अरे तो आपके बगैर यहाँ दिल में बड़ा दर्द होगा..., और नीलू जी, मैं मर ही जाऊँगा...इस दर्द से ।''

नीलू अपनी आवाज में पूरी नाटकीयता भरते हुए बोली, ''कुछ दिन दिल को समझा लीजिए। सत्रहवाँ क्लास पूरा करना है कि नहीं?''

''पूरा तो करना ही है।''

''तो फिर!''

''जाइए! जाइये नीलू जी। मैं पहली बार दिल को समझाऊँगा। वरना आज तक मैंने वही किया जो दिल ने कहा।''

नीलू ने मारे खुशी के भाई साहब को चूम लिया। पर उसी क्षण उसे लग गया कि यह कुछ ज्यादा ही हो गया। भाई साहब ने नीलू का हाथ पकड़ लिया। मनुहार के स्वर में बोले, ''जाइए, लेकिन अपनी निशानी तो दे जाइए।''

नीलू को अन्दाजा हो गया कि उसे चूमना नहीं चाहिए था। वह अनजान बनते हुए बोली, ''मतलब?''

भाई साहब ने कुछ शब्दों से और कुछ आँखों से नीलू के शरीर को पाने की इच्छा व्यक्त कर दी।

नीलू घबरा गयी। उसे लग गया था कि उसने जिन्दगी बचाते-बचाते दामन उलझा लिया है। उसने अपनी बाँह छुड़ाने की असफल कोशिश करते हुए कहा ''ये गलत है..., मैं यह नहीं कर सकती।''

भाई साहब के तर्क साफ थे ''गलत क्या है...आप मेरी मंगेतर हैं। दीवाली बाद आप से मेरी शादी होने वाली है।''

नीलू की आवाज फँसने लगी थी, '' यह समय ठीक नहीं है, मैं इसके लिए तैयार नहीं हूँ...।''

भाई साहब मूड में आ गये थे, '' समय तो आप ठीक करेंगी और आप तैयार

क्यों नहीं हैं?...आपको समस्या क्या है?''

नीलू को कुछ समझ में नहीं आ रहा था कि वह क्या करे। मारे घबराहट में वह एकदम से बोल गयी, ''मुझे पीरियड आ रहा है।''

भाई साहब के सवाल जारी थे, ''तो बुरा क्या है?''

नीलू ने थककर आख़िरी पत्ता फेंका जो हुकुम का एक्का निकला, '' इस समय ऐसा कुछ करने से पुरूष की मर्दानगी खत्म हो जाती है।''

भाई साहब ने झटके के साथ नीलू का हाथ छोड़ दिया, ''ठीक कहा आपने नीलू जी, भाई साहब अपनी जान दे सकता है, पर अपनी मर्दानगी नहीं।''

नीलू की जान में जान आयी। भाई साहब ने नीलू के दिल्ली जाने की व्यवस्था करायी। राजवीर और ताऊ यह कभी नहीं चाहते थे कि नीलू दिल्ली जाए। पर भाई साहब की इच्छा के विरुद्ध कुछ कहने की हिम्मत उनमें नहीं थी। नीलू दिल्ली के लिए निकल गयी। ट्रेन में बैठे-बैठे नीलू को यहाँ से निकलना एक बुरे सपने से निकलने जैसा लग रहा था। भाई साहब के साथ अपनी आख़िरी मुलाक़ात को याद कर वह रह-रह कर काँप जा रही थी। आगरा की सीमा पार करते ही नीलू को गगन की बहुत याद आने लगी। एक झटके के साथ उसके भीतर इतने दिनों की फँसी हुई रुलाई फूट पड़ी। फिर तो पूरे रास्ते नीलू जी भरकर रोती रही।

जो उबलो नईंयाँ
ऊए खाबे आय तीन बामन
एक डफरा, एक अफरा
एक को भूखइ नईंयाँ

(रायप्रवीण के आगरा जाने के बाद आचार्य केशव ने सार्वजनिक कार्यक्रमों में भाग लेना छोड़ दिया था। वे अपने भवन में चुपचाप टहलते रहते। भवन के बीचो बीच का वह स्थान जहाँ कभी रायप्रवीण उनके सान्निध्य में नृत्य, गायन और काव्य का अभ्यास किया करती थीं...वह एकदम से सूना हो गया था। रायप्रवीण थीं तो आचार्य का सृजन भी था। रायप्रवीण के बिना आचार्य विह्वल थे। उनके मन का रस सूखता जा रहा था। अब वे दिन भर ओरछा के राजाराम के दरबार में बैठे रहते। 'कविप्रिया' रायप्रवीण की अनुपस्थिति ने उन्हें विरक्त-सा कर दिया था।

रायप्रवीण के बिना सारा कवित्त, सारे राग जैसे मूक हो गये थे। वह भवन अपनी समस्त नक़्क़ाशी और भव्यता के बावजूद एकदम से श्रीहीन लग रहा था। आचार्य केशव ने थकी हुई नजरों से रायप्रवीण की उस अभ्यास भूमि की ओर देखा। सारे वाद्ययन्त्र थे, सारे शास्त्र पड़े हुए थे, बस एक रायप्रवीण के बिना किसी चीज का कोई मतलब नहीं था। आचार्य के भीतर दुःख की एक लहर उमड़ी और कई दिनों के बाद उनके होठों से एक दोहा फूटा-

"यद्यपि सुजाति सुलच्छनी सुबरन सरस सवृत्त,
भूषन बिनु बिराजई कविता बनिता मित्त"

और आचार्य देर तक आर्द्र स्वर में बेतवा नदी को देखते हुए 'मित्त...मित्त...मित्त' दुहराते रहे। ठीक उसी समय एक नारी स्वर गूँजा, जैसे आचार्य की पीड़ा को देखकर नदी ने ही नारी बन आवाज में आवाज मिलाई हो—"गुरुवर।" आचार्य ने पीछे मुड़कर देखा सामने उनकी परम शिष्या रायप्रवीण खड़ी थीं।

आचार्य केशव बावले से एकटक रायप्रवीण को देखते रहे। कुछ पूछना चाहा पर आवाज और शब्द साथ नहीं दे सके। सिर्फ 'स्नेह' ने सवाल किया, "कैसी हो?" और 'आदर' ने जबाब दिया, "ज़िन्दा हूँ।" कुछ और बात हो उससे पहले रायप्रवीण दौड़कर आचार्य के चरणों में गिर गयीं।

फिर तो चार आँखें रोती रहीं और दो मन समझाते रहे देर तक, या फिर दो मन रोते रहे और चार आँखें समझाती रहीं देर तक।

रायप्रवीण ने आचार्य से इस बीच की सारी घटनाओं और बादशाह की उदारता के बारे में विस्तार से बताया, साथ ही राजस्व के रूप में एक राजा द्वारा दूसरे राजा को दिये जाने की उस स्त्री नियति, जिसकी वे स्वयं भुक्तभोगी थीं, की परम्परा के प्रति अपनी असहमति व्यक्त की। आचार्य केशव रायप्रवीण से सहमत थे, किन्तु वे अकबर की ताकत और ओरछा नरेश की विवशता से भी परिचित थे। रायप्रवीण ने पूरे आत्मविश्वास के साथ कहा, "मैं एक जीती जागती स्त्री हूँ। दो राजाओं के बीच का सन्धि-पत्र नहीं। मुझे अपनी धरती और देश के प्रति असीम श्रद्धा है। मेरी यह देह और इस देह की यह कला इस बुन्देली माटी से पैदा हुई है, मैंने जन्म इस माटी में लिया है तो मरना भी यहीं चाहती हूँ। मैं अकबर बादशाह के द्वारा दिए गये सम्मान के लिए आभारी हूँ। पर मैं अपने मन से अपने गुरु की छाँव में गाना चाहती हूँ। जिस धरती पर चलना सीखा है, उसी धरती पर नृत्य करना चाहती हूँ।"

आचार्य रायप्रवीण की बातों को पूरी गम्भीरता से सुन और समझ रहे थे। थोड़ी देर विचार करने के बाद बोले, "मित्त! ओरछा नरेश की विवशता मैं और आप दोनों समझ रहे हैं, दूसरे यह कि ओरछा नरेश बुन्देला वीर हैं। वे एक बार जो वचन दे दिये तो फिर उससे पीछे नहीं हटेंगे।" रायप्रवीण अधीर होकर बोली, "और कोई रास्ता नहीं है आचार्य?"

आचार्य ने कुछ सोचते हुए कहा, "यदि जिसे वचन दिया गया हो वही उस वचन को लौटा दे तो कुछ बात बन सकती है।"

रायप्रवीण ने आश्चर्य से पूछा, "तो क्या बादशाह अकबर से ही कुछ उम्मीद की जा सकती है?"

"हाँ मित्त...हाँ, अकबर एक महान शासक है। वह जितना शक्तिशाली है उतना ही न्यायप्रिय भी है। इसलिए अकबर से ही इस सन्दर्भ में कुछ निवेदन किया जा सकता है।"

रायप्रवीण ने उत्साह जताया, "किन्तु कैसे, किस विधि से?"

"आप बादशाह को एक पत्र लिखें।" आचार्य ने विश्वास भरे शब्दों में यह सलाह दी थी।

नीलू कैम्पस में पहुँची। पूरे कैम्पस में उसके आने की खबर फैल गयी। बहुत सारे दोस्त उससे मिलने आये। गगन को तो जैसे किसी भी बात की सुध ही नहीं थी। वह बावला-सा एकटक नीलू को देखता रहा। धीरे-धीरे दोस्त वहाँ से हटे। गगन ने नीलू से कुछ पूछना चाहा, पर आवाज और शब्द साथ नहीं दे सके। सिर्फ आँखों ने सवाल किया, "कैसी हो?" और फिर आँसुओं ने जबाब दिया, "जिन्दा हूँ।" कुछ और बात हो, उससे पहले ही नीलू दौड़कर गगन से लिपट गयी।

फिर तो चार आँखें मिलती रहीं और दो तन रोते रहे देर तक या फिर दो तन मिलते रहे और चार आँखें रोती रहीं देर तक।

नीलू के अचानक कैम्पस से जाने और अचानक ही लौट आने के बीच की सारी घटनाओं को कुछ शब्दों ने, कुछ आँसुओं ने और कुछ हिचकियों ने सभी दोस्तों को बताया। दोस्तों ने गगन को विश्वास दिलाया कि वे सभी मिलकर नीलू को वहाँ से बाहर निकालेंगे। पर कैसे? इसके लिए काफी विचार-विमर्श और लगभग हर सम्भावना पर तर्क-वितर्क के बाद वे सब इस निष्कर्ष पर पहुँचे कि भाई साहब मोटी बुद्धि और साफ दिल का आदमी है। उससे सीधे टकराना आसान नहीं है। भाई साहब काफी ताकतवर है। दूसरे यह कि जब तक राजवीर भाई साहब के साथ है, तब तक उससे टकराना काफी खतरनाक है और मुश्किल भी। इसलिए सभी दोस्तों ने निर्णय लिया कि नीलू अपनी ओर से भाई साहब को एक पत्र लिखे और उसमें राजवीर और ताऊ के मनसूबे का पर्दाफाश करे। यह भी तय हुआ कि पत्र में कुछ भड़कानेवाली बातें भी लिखी जाए जिससे कि भाईसाहब और राजवीर को अलग किया जा सके।

इस निर्णय तक पहुँचने में इन सारे दोस्तों ने और भी कई विकल्पों और उसके परिणामों की काफी समीक्षा की। यह भी तय हुआ कि पत्र में गगन का नाम सही लिखा जाएगा, पर उसका घर ओरछा नहीं बल्कि समस्तीपुर बताया जाय, जिससे कभी मन बदलने पर भाई साहब उसे खोज नहीं पाए। एक लड़की ने यह भी सम्भावना जतायी कि भाई साहब नीलू को खोजते हुए कैम्पस भी आ सकता है और किसी से पता मालूम कर ओरछा भी जा सकता है। इस बात पर गगन एकदम आवेश में आ गया, "बा बुन्देलखंड की वीरभूमि आय, उते तो हम कोउ खों भी देख

लेहें।'' गगन की यह मुद्रा देखकर सभी दोस्त खिलखिलाकर हँस पड़े। गगन शरमा गया। धीरे से बोला, ''हम साँची के रये हैं।'' एक दूसरे दोस्त ने उसकी शर्ट पकड़कर खींचते हुए कहा, ''बैठ जा... बैठ जा, साले... कोउ खों भी देख लेहें।''

गगन धीरे से बैठ गया। सभी दोस्त एक बार फिर हँस पड़े।

उसके बाद गगन और नीलू के दोस्त रात भर लगभग आधा दर्जन बार चाय और कई डिब्बी सिगरेट फूँककर भाई साहब को लिखे जाने वाले ख़त का मज़मून तैयार करते रहे। सुबह होने से पहले आखिरकार खत का एक मज़मून सर्वसम्मति से पास हो गया। तय हुआ कि सुबह सबसे पहले नीलू अपनी लिखावट में भाई साहब को खत लिखेगी।

दोस्तों ने यह भी तय कर लिया कि चिट्ठी भाई साहब के घरवाले नम्बर पर फैक्स किया जाएगा। डाकखाने का कोई लफड़ा नहीं पालना है। चिट्ठी मिलने के बाद भाई साहब की क्या प्रतिक्रिया होगी, इस पर उनमें एक राय नहीं थी। सम्भव है कि भाई साहब मामले की तस्दीक करने खुद दिल्ली कैम्पस में आ जाय। इसलिए रणनीति यह बनायी गयी कि पहले गगन नीलू को लेकर ओरछा निकल जाय। पर इसमें एक मुश्किल यह थी कि दिल्ली से झाँसी जाते समय आगरा होकर जाना पड़ेगा। और नीलू किसी भी सूरत में अब आगरा से नहीं गुजरना चाहती थी। अन्ततः फैसला हुआ कि गगन और नीलू दिल्ली से इलाहाबाद चले जाएँ। इलाहाबाद पहुँचकर गगन यहाँ दिल्ली में अपने दोस्तों को फोन करेगा और फिर वह चिट्ठी फैक्स की जायेगी। चिट्ठी फैक्स करने के बाद गगन और नीलू इलाहाबाद में ही रुककर भाई साहब की प्रतिक्रिया का इन्तजार करेंगे। उधर से कोई प्रतिक्रिया होते ही वे लोग इलाहाबाद से कामायनी एक्सप्रेस पकड़कर कटनी-सागर होते हुए बीना पहुँचेंगे। सागर में उनसे गगन के पुराने परिचित और असाध्य मददगार के रूप में ख्यात आलोक भाई मिलेंगे जो उन्हें सकुशल झाँसी होते हुए ओरछा पहुँचाएँगे। ओरछा का नाम आते ही एक दोस्त ने गगन को चिढ़ाते हुए कहा, ''ओरछा!! बा बुन्देलखंड की वीरभूमि...नहीं...प्रेमभूमि आय।'' सभी दोस्त एक बार फिर हँसने लगे। इस बार नीलू भी हँस पड़ी थी। दोस्तों को हँसते हुए देखकर गगन सोच रहा था कि 'जिन्दगी में जिन्हें कोई दोस्त नहीं मिला उनको जिन्दगी भी क्या ख़ाक मिली।' सुबह होते ही नीलू भाई साहब को पत्र लिखती है—

''आदरणीय धर्मदेव जी,

सादर प्रणाम''

आचार्य केशव की अनुमति पाकर रायप्रवोण अकबर को पत्र लिखती हैं—

(''जिल्लेइलाही बादशाह सलामत,

सादर प्रणाम''

"बादशाह सलामत के द्वारा उनके दरबार में इस नाचीज़ को उसकी कला के लिए जो सम्मान दिया गया, उसके लिए मैं सदा आभारी रहूँगी। भारतीय कला के प्रति आपके अनुराग और श्रद्धा के समक्ष नतमस्तक हूँ।")

"धर्मदेव जी, आप इस सम्बोधन से खुश तो होंगे। आप हमेशा मुझे भाईसाहब के जगह पर धर्मदेव कहने को कहते थे। पर मैं आज अपने मन से आपको धर्मदेव जी कहकर सम्बोधित कर रही हूँ। आप से दूर आकर आपके एहसास को और अधिक महसूस कर पा रही हूँ। पर कुछ ऐसी बात है, जो मैं आपसे वहाँ पर नहीं कर सकती थी, इसलिए यह चिट्ठी लिख रही हूँ। आपके साथ रहकर मैंने आपको इतने पास से इतना साफ देखा कि आपके प्रति मेरा मन असीम श्रद्धा से भर गया है। इसलिए और कोई करे तो करे, पर मैं आप से धोखा नहीं कर सकती।

धर्मदेवजी, मेरा आपका रिश्ता वैवाहिक सम्बन्ध न होकर एक साजिश और व्यापारिक समझौता है। मेरा यहाँ दिल्ली में समस्तीपुर के एक लड़के गगन से प्रेम सम्बन्ध है और हमने कोर्ट में शादी भी कर ली है। इन सारी बातों को मेरा चचेरा भाई और ताऊ जानते हैं। ताऊ मेरी सम्पत्ति लेना चाहते हैं और राजवीर आपकी जगह पाना चाहता है। वे दोनों न मुझे पसन्द करते हैं और न आपको। वे लोग मुझ पर दवाब बनाकर आपसे शादी कराना चाहते हैं। आपकी अच्छाई का फायदा उठाते हुए पेट्रोल पम्प और एम.एल.ए. के टिकट की कीमत पर मुझे बेचा गया है। उनकी योजना है कि आपसे मेरी शादी के बाद जब आप ताऊ को पेट्रोल पम्प और राजवीर को विधायकी दिला देंगे तब वे लोग मेरे पति गगन को मीडिया के सामने कर आपकी प्रतिष्ठा और राजनैतिक कैरियर नेस्तनाबूद कर देंगे। उसके बाद राजवीर बहुत ही आसानी से आपकी जगह पा लेगा।"

("हुज़ूर-ए-आला, एक छोटे पौधे को एक जगह से उखाड़कर दूसरी जगह पर लगाया जा सकता है, पर एक बड़ा पेड़ अपनी माटी छोड़कर कहीं और पनपता नहीं, सूख जाता है। आगरा जाकर यही स्थिति मेरी होगी। वैसे भी आप समूचे हिन्दोस्तान के सिरमौर हैं, बादशाहों के बादशाह हैं। रायप्रवीण एक राजा के दरबार की पोषित नृत्यांगना हैं, ऐसे में मेरा आपकी सेवा में प्रस्तुत होना धर्मानुकूल नहीं लग रहा है। उपयोग की गयी चीजों को किसी अन्य को देना भारतीय परम्परा के अनुकूल नहीं है। इस सन्दर्भ में आप चाहें तो महारानी जोधाबाई की सम्मति ले सकते हैं। वे निश्चय ही मेरी ही बातों का समर्थन करेंगी। आपकी उदारता महान है, आप मुझे स्वीकार कर सकते हैं, किन्तु मैं इस खंडित मनोदशा के साथ आप जैसे महान शासक के समक्ष खुद को सम्पूर्णता में प्रस्तुत नहीं कर सकूँगी।")

"धर्मदेव जी, आप देवता हैं। मैं सात जन्मों तक आपकी होना चाहती हूँ। पर इस जन्म में एक सामान्य मनुष्य की हो चुकी हूँ। मनुष्य को चढ़ाए जा चुके अपने

मन कुसुम को आप जैसे देवता पर चढ़ाने की धृष्टता करने का साहस मुझमें नहीं है। इसलिए उस दिन जब आप मेरे पास आना चाहते थे, तो मैंने बहाना बनाकर आपको मना कर दिया। क्योंकि, आपके साथ राजवीर धोखा कर सकता है; किन्तु मैं नहीं। स्त्री-पुरुष का सात जन्मों का नाता होता है। इस जन्म में तो नहीं, किन्तु, अगले छह जन्मों में मैं सिर्फ और सिर्फ आपकी होना चाहती हूँ। अभी से मैं उन जन्मों का इन्तजार कर रही हूँ। इस जन्म में मुझे क्षमा कर दें और राजवीर से सावधान रहें।''

नीलू पत्र के आखिरी हिस्से में पहुँच चुकी थी। तभी गगन कहीं से एक दोहा खोज कर लाया। नीलू से पत्र समाप्त करने से पहले वह दोहा लिखने को कहा। नीलू के साथ और भी कई दोस्तों ने इस पर आपत्ति की। विधिशास्त्र का धुरन्धर विद्यार्थी अभिषेक तो गुस्से में आ गया, ''तुम साले हिन्दी वालों की यही तो समस्या है, हर वक्त तुम लोगों को दोहा, कविता, शायरी सूझती रहती है। दोहा-वोहा लिखने से कहीं भाई साहब इस पत्र को मजाक समझ लें, तब क्या होगा।'' किन्तु गगन ने बहुत मज़बूती से तर्क दिया कि वह दोहा इस प्रसंग के लिए बिल्कुल फिट बैठता है। फिर जब उसने अपने सभी दोस्तों को उस दोहे का अर्थ और प्रसंग बताया तो सभी बहुत प्रसन्न हुए। लॉ वाले दोस्त ने दाँतों के बीच से अपनी जीभ निकालकर और नीलू ने सबके सामने गगन को चूमकर अपनी सहमति दी।

रायप्रवीण ने कुछ देर सोचने के बाद लिखा कि—

(''मेरे बादशाह, मेरा भाग्य ऐसा नहीं है कि आपके दरबार में अपनी कला पेश कर सकूँ। मेरे घुँघरू अब इतने निर्दोष और पवित्र नहीं रह गये हैं कि आपके सामने खुलकर नाच सकें। इसलिए अन्त में अपनी बात मैं अपने इस दोहे में निवेदित करते हुए आपको प्रणाम करती हूँ। सहानुभूतिपूर्वक किन्तु एक बादशाह की तरह विचार की अभिलाषा में...रायप्रवीण।)

गगन ने वह दोहा बताया और नीलू ने लिखा—

''बिनती रायप्रवीण की सुन लो साह सुजान
जूठी पतरी भखत है वारि वायस स्वान'
आपकी अगले छह जन्मों की प्राण प्रिया

नीलू

शक्कर को घोड़ा
शक्करपारे की लगाम
छोड़ दओ नदिया के बीच
चलो गओ छमा-छम, छमा-छम

(चिट्ठी आगरा पहुँची। राय प्रवीण की चिट्ठी को बीरबल ने अकबर के समक्ष पढा। चिट्ठी दरबार-ए-ख़ास में पढ़ी गयी थी, इसलिए वहाँ सिर्फ अकबर के

नवरत्न ही मौजूद थे। चिट्ठी सुनकर सभी अवाक् रह गए। चिट्ठी में लिखे गए दोहे का अर्थ अब्दुल रहीम खानखाना ने स्पष्ट किया, साथ ही रायप्रवीण की काव्य प्रतिभा को विलक्षण बताते हुए उनके गुरु आचार्य केशवदास के प्रति सम्मान व्यक्त किया। अबुल फ़ज़ल ने रायप्रवीण के मत का समर्थन किया। राजा मानसिंह ने रायप्रवीण को मर्यादाशील स्त्री और उनकी बातों को बादशाह के मान-सम्मान के अनुकूल कहा। सभी नवरत्नों की यही राय थी कि रायप्रवीण को आगरा आने के लिए मजबूर नहीं करना चाहिए। इस तरह सभी अपनी-अपनी बात कहकर बादशाह की प्रतिक्रिया का इन्तजार करने लगे।....पर अकबर कुछ नहीं बोल रहा था। वह कुछ सुन भी नहीं रहा था। उसका मन कहीं अटका रह गया था। थोड़ी देर बाद बादशाह एकदम से दरबार से उठा। सभी दरबारी भी खड़े हो गये। अकबर बहुत ही सूनी निगाह से अपने उस महल को देख रहा था, सारे खम्भे, सारे मेहराब, सारे फ़ानूश आज उसे उदास लग रहे थे। कुछ देर यूँ ही देखते रहने के बाद अकबर ने बहुत ही शान्त एवं स्थिर आवाज में कहा, ''आज की तारीख से अगले ऐलान तक दरबार-ए-आम और दरबार-ए-ख़ास मुल्तवी रहेंगे। सल्तनत के तमाम फ़रायज वज़ीरों की निगहबानी में अंज़ाम दिये जाएँगे। मैं आज की तारीख से और बेशक अभी से..., फ़तेहपुर सीकरी में सलीम चिश्ती की दरगाह पर रहना चाहता हूँ...... यह ख़याल रहे कि वहाँ से वापसी का फैसला मैं खुद करूँगा, इसलिए इस दौरान कोई हमारी तनहाई और इबादत में ख़लल डालने की गुस्ताख़ी न करे।'' और यह कहकर वह चला गया, दरबार उठ चुका था।)

अपने जिगरी दोस्त, 'सपने बिगुल और छोटा ताजमहल' जैसी श्रेष्ठ कहानी के लेखक राकेश दुबे के पुष्प विहार वाले घर में मैं उनकी दो छोटी बेटियों को अकबर और रायप्रवीण की यह कहानी सुना रहा था। इस कहानी में मैं इस कदर खो गया था कि मुझे थोड़ी देर बाद पता चला कि मेरा मोबाइल बज रहा है। मैंने मोबाइल देखा। अज्ञात नम्बर से फोन था। रात के ग्यारह बज रहे थे। जिन बच्चियों को मैं कहानी सुना रहा था वो कब की सो चुकी थीं। मुझे राहत-सी मिली। कहानी सुनाने से छुट्टी मिल गयी थी। इसलिए मैंने उस अज्ञात नम्बर को जो मेरे मोबाइल के स्क्रीन पर चमक रहा था रिसीव कर लिया, तब मुझे कहाँ पता था कि एक कहानी से निकलकर मैं दूसरी कहानी में खींच लिया जाऊँगा। मैंने अपनी ओर से सिर्फ 'हेलो' कहा, बाकी का सब कुछ उधर से ही कहा गया। मसलन ''क्या रे कवि! तू फोन क्यों नहीं उठा रहा था.... अबे बात सुन, अभी का अभी जहाँ है, वहाँ से उठ और आगरा पहुँच! मैं भाई साहब के यहाँ से बोल रहा हूँ। आगरा पहुँचकर इसी नम्बर पर फोन करना, तुझे वहाँ से कोई गाड़ी उठा लेगी।... अब फोन रख, और वहाँ से निकल। कल सुबह तू इधर, भाई साहब की हवेली पर दिखना चाहिए।''

इस धारा प्रवाह आदेश के बाद उधर से फोन काट दिया गया। मैं चकरा गया। मैं इतनी जल्दी में था कि यह भी नहीं सोच पा रहा था कि भाई साहब के यहाँ से इतना अर्जेन्ट फोन क्यों आया है। मुझे सिर्फ आगरा दिख रहा था। दिए गये निर्देश पर आगरा नहीं पहुँचने का मतलब मैं जानता था। मैं आनन-फानन में तैयार हुआ। दोस्त को जगाया और उससे सिर्फ इतना कह पाया, ''एक जरूरी काम से आगरा जा रहा हूँ। लौटकर ही कुछ बता पाऊँगा।'' दुबे जी पता नहीं क्या कह रहे थे, मेरे पास वह भी सुनने का समय नहीं था। थोड़ी ही देर में मैं हज़रत निज़ामुद्दीन बस अड्डे से आगरा के लिए यू.पी. रोडवेज की बस में बैठ चुका था। बस चली तो कुछ पुरानी यादें भी चली आयीं...।

पिछले साल आगरा में भाईसाहब का जन्मोत्सव सप्ताह मनाया जा रहा था। उन दिनों भाई साहब किसी हत्या के सिलसिले में जेल में बन्द थे। इसलिए कार्यक्रम रोज रात को जेल में ही हो रहे थे। उसी में एक दिन अखिल भारतीय कवि सम्मेलन का आयोजन किया गया था। उन दिनों मैं दिल्ली में झख मार रहा था (वैसे इन दिनों भी कोई तीर नहीं मार रहा हूँ)। सो मेरे एक कवि मित्र जो उस कवि सम्मेलन में जा रहे थे, उन्होंने मुझे भी साथ ले लिया। मैं कवि तो क्या, कुछ भी नहीं हूँ। पर मित्र की मंशा मेरी कुछ मदद करने की ही थी। मैं भी पूरे उत्साह से उनके साथ हो लिया। यही सोचकर की जो भी हजार दो हजार मिलेंगे, तो कुछ न कुछ राजधानी का तनाव कम होगा। देश के तमाम मंच महारथी, रथी, योद्धा वहाँ पहुँच चुके थे। उन सबको देखकर मैंने अन्दाजा लगाया कि इन योद्धाओं के लिहाज से मेरी औकात पैदल सिपाही की भी नहीं है।

वहाँ पर हम कवियों के लिए शानदार इन्तजाम था। वहीं जाकर पता चला कि कवि सम्मेलन के बाद बनारस और कोलकाता से बुलाई गयीं चुनिन्दा बाई जी लोगों का मुजरा होना है।

हमारे कवियों ने उछल-उछल कर भाई साहब के सम्मान में कवित्त, दोहा, गीत, चुटकला, सोहर सुनाया। मैं अपने जीवन के प्रथम कविता पाठ के लिए मंच पर बैठा था। पर अचानक भाई साहब का मन बदल गया और उन्होंने घोषणा कर दी कि ''कविता पाठ बन्द कराकर तुरन्त ही मुजरा शुरू कराया जाय।'' फिर तो मंच पर ही दस, पाँच, दो, एक हजार के हिसाब से कवियों को पेमेन्ट कर, मंच बाई जी लोगों को सौंप दिया गया। हमारे एक कवि ने थोड़ी नाराजगी भी जतायी कि ''यह नाइंसाफी है, हम भी तो वही कर रहे थे, जो बाई जी लोग कर रही हैं, पर हमें मौका ही नहीं दिया गया।''

मुझे एक हजार मिले थे, पर मुझे दुःख इस बात का था कि जीवन में पहली बार कविता पढ़ने आया था और मेरा नम्बर ही नहीं लगा। थोड़ी देर तक मैं खुद को

सँभाले रहा पर आवेग रुक नहीं रहा था। मैं पंडाल से बाहर आ गया। बाहर आकर मारे हताशा के मुझे रुलायी आ गयी। उधर ही एक किनारे बैठकर मैं रो रहा था। जब रोने बैठा तो और भी बहुत सारी बातें, बहाने जो रुला सकते थे, उनको याद कर अपनी रुलाई को घनीभूत बनाते हुए आँखों से धार बहा रहा था। उसी समय एक आदमी पंडाल से भागा हुआ आया और पेड़ की आड़ में खड़ा होकर वह भी धार बहाने लगा। मुझे रोते हुए देखकर उसकी भृकुटि तन गयी, ''रे साला! इतने खुशी के मौके पर तू रो काहे रहा है?'' मैंने डरते हुए सब कुछ सच-सच बता दिया। पता नहीं उसे क्या लगा कि उसने कहा, ''सुन, तू रो मत साले, नहीं तो इतना मार मारूँगा कि...।''

मैं सच में डर गया। मैंने झटपट अपने आँसू पोंछ लिये। उसको शायद मुझ पर दया आ गयी, ''ऐसा कर तू अपना मोबाइल नम्बर मुझे दे दे। फिर किसी प्रोग्राम में तुझे बुलाते हैं, तब तुम अपना कविता, गाना जो भी है सुना देना।'' वहीं मुझसे गलती हो गयी। मैंने सच में उसे अपना नम्बर दे दिया। उसने नम्बर सेव करते हुए मेरा नाम पूछा और जाते-जाते कहा, ''मेरा नाम फलाँ है, कभी कोई काम हो तो बताना।''

वह चला गया। उससे मेरा क्या काम पड़ता। मैं धीरे-धीरे भूल गया। पर वह मुझे नहीं भूला था। उसी का परिणाम है कि मैं इतने आनन-फानन में दिल्ली से आगरा जा रहा हूँ।

सुबह की शुरुआत के साथ ही मैं हवेली में भाई साहब के सामने बैठा था। मेज पर एक चिट्ठी रखी थी। भाई साहब ने उस चिट्ठी को पढ़ने के लिए संकेत किया। मैं एक साँस में वह चिट्ठी पढ़ गया। नीलू, गनन, राजवीर, ताऊ इन सबसे मेरा परिचय उसी चिट्ठी से हुआ।

भाई साहब ने मुझे घूरते हुए कहा, ''तू तो कवि है न?'' मैं तो मरा जा रहा था। मैनें हकलाते हुए कहा, ''मेरे लिए क्या हुक्म है?'' भाई साहब ने गम्भीर होकर कहा ''इस चिट्ठी के लास्ट में एक कविता लिखी हुई है। उसी कविता का अर्थ बताने के लिए तुझे यहाँ बुलाया गया है।'' भाई साहब का चेहरा ज्वालामुखी की तरह सुलग रहा था। जिसकी आँच मैं महसूस कर रहा था। फिर क्या था! जिन्दगी में पहली बार मुझे अपनी विद्या पर गर्व हो रहा था। पहली बार किसी काम का होने के अभिमान से तर-बतर मैंने उस दोहे का अर्थ बताया। बुन्देलखंड की महान नर्तकी रायप्रवीण के द्वारा अकबर के लिए लिखे गये इस दोहे का अर्थ सुनते ही भाई साहब की मुख-मुद्रा बदल गयी। वे थोड़े असहज से लगने लगे, ''तो क्या अकबर उन्हें भूल गया होगा?''

''ऐसी बातें कहाँ भूलती हैं, भाई साहब''

भाई साहब की आवाज भर्रा गयी, ''मैं भी कहाँ भूल पाऊँगा?''

मैंने अपना प्रभाव जमाने की कोशिश की, ''रायप्रवीण बहुत ही मर्यादाशील और विदुषी स्त्री थीं, भाई साहब।''

भाई साहब भावुक हो गये ''नीलू जी भी तो बहुत ज्ञानी हैं..., मालूम है सत्रह तक पढ़ी हैं।''

मेरी रुचि बढ़ती जा रही थी, ''आप नीलू जी को बहुत मानते थे न, भाई साहब?''

''वो भी तो मुझे कितना तो मानती है, देखो ना, मुझे अकबर बादशाह जैसा कहा है।''

''मुझे लगता है कि रायप्रवीण ने उतना कठोर निर्णय अकबर की प्रतिष्ठा की रक्षा के लिए ही लिया था।''

भाई साहब भाव विह्वल थे, ''नीलू जी भी तो यही कर रही हैं, पर तू ये बता कि तब अकबर ने रायप्रवीण के साथ क्या किया था?''

मैंने अपना ज्ञान बघारा, ''अकबर ने रायप्रवीण की इच्छा का सम्मान करते हुए फिर कभी उन्हें आगरा नहीं बुलाया। उसने सबको माफ़ कर दिया था।''

इसके बाद मैंने भाई साहब को और भी तमाम बातें इस तरह से बतायीं कि वह नीलू को छोड़ देने के लिए मन बना सकें। पता नहीं क्यों मेरे मन में ये ख़याल जड़ जमा चुका था कि नीलू की मदद करनी चाहिए। मैंने किया भी। भाई साहब कहीं न कहीं मेरी बातों से सहमत लग रहे थे। उनकी आँखें भरी हुई थीं। भर्राई-सी आवाज में उन्होंने कहा, ''मैं भी अब उन्हें आगरा कहाँ बुलाऊँगा।'' लेकिन इसके बाद भाई साहब के चेहरे पर वही ज्वालामुखी उग आया था। उनकी आवाज बदल गयी थी ''लेकिन सबको माफ नहीं करूँगा...क्योंकि मैं अकबर नहीं हूँ...।''

यह कहते हुए भाई साहब उठे और अपनी हवेली में चले गये। मुझे उनके आदमियों ने वापस दिल्ली की बस में बैठा दिया था। मैं इतिहास के इस इत्तिफाक के बारे में सोच रहा था कि एक समय वह था कि आगरे का अकबर बुन्देलखंड की रायप्रवीण को आगरा नहीं ले जा पाया था...लेकिन क्या आज बुन्देलखंड का गगन आगरे की नीलू को बुन्देलखंड ले जा पाएगा? मैंने तो अपनी ओर से नीलू की मदद की पूरी कोशिश की है। अगर मेरे करने से कुछ अच्छा हो जाय तो भी, और न हो तो भी नीलू जहाँ कहीं भी होगी, वह कभी नहीं जान पाएगी कि किसी ने उसके लिए कुछ अच्छा करना चाहा था।,

जैसे हर कहानी खत्म होती है, वैसे ही इस कहानी को भी खत्म होना ही था। आप सिर्फ कहानी शुरू कर सकते हैं, पर कहानियाँ अपने हिसाब से खत्म होती हैं। यह कहानी भी खत्म हुई मगर अपने हिसाब से...

गगन इलाहाबाद में अपने एक सीनियर **प्रशान्त भइया के तेलियरगंज वाले कमरे पर, तो नीलू** शिवकुटी में सिविल की तैयार **कर रही है, ममता** दी के साथ ठहरी हुई थी। दोनों बेसब्री से उस चिट्ठी की प्रतिक्रिया की प्रतीक्षा कर रहे थे। उनके लिए एक-एक पल भारी था। अन्ततः उन दोनों ने फैसला किया कि चाहे जो हो, वे कल ही ओरछा के लिए निकल लेंगे।

इलाहाबाद में प्रशान्त भइया, ममता दी, बृजेश भाई आदि दोस्तों ने गगन और नीलू के लिए एक छोटी-सी पार्टी रखी, और सभी ने एक साथ अवतार टॉकीज में दस साल पुरानी हो चुकी 'मुहब्बतें' फिल्म का नौ से बारह वाला शो देखा।

जिस समय सिनेमा हॉल में 'मोहब्बतें' क्लाइमेक्स पर रही होगी, लगभग उसी समय आगरा-मथुरा रोड पर बने एक फॉर्म हाऊस में नफ़रतें परवान चढ़ रही थीं।

दूसरे दिन के अखबारों में आगरा के बाहुबली भाई साहब के खास आदमी राजवीर की अज्ञात हमलावरों के द्वारा हत्या की खबर छपी थी। भाई साहब का बयान था कि 'चैबीस घंटे के अन्दर राजवीर के हत्यारों को गिरफ़्तार करे पुलिस।' साथ ही शोक सन्तप्त भाई साहब के फोटो के साथ बॉक्स में उनका साक्षात्कार छपा था। जिसमें उन्होंने राजवीर की मृत्यु पर दुःख जताया था और एक निजी चर्चा की थी कि "मैं शादी करूँगा, लेकिन अगले छह जन्मों में, वह भी एक ही लड़की से। पर इस जन्म में मैं कुँवारा रहूँगा।"

(काफी दिनों बाद अकबर ख़्वाजा सलीम चिश्ती की दरगाह से लौटकर आया। दरबार में रौनक़ भी लौट आयी। कई दिनों से सूने गलियारे, मेहराब, फ़ानूस जगमगा उठे , "बामुलाहजा, बाअदब होशियार...शहंशाह-ए-हिन्द जलालुद्दीन मोहम्मद अकबर दरबार-ए-आम में जलवा अफ़रोज़ हो रहे हैं...।"

बादशाह अकबर गद्दीनसीन हुआ। उसके चेहरे पर एक चमक, एक नैसर्गिक आभा थी। एक सन्तोष, एक निर्णय था। दरबारियों ने यह महसूस किया कि जो अकबर यहाँ से गया था, वह अकबर नहीं लौटा है।

अकबर ने एक गहरी निगाह से अपने दरबार की हर इक शय को देखा और बड़े ही शान्त स्वर में घोषणा किया..."सारे आम-ओ-ख़ास सुनें..., ये दर-ओ-दीवार सुने, हर ज़र्रा सुने, ये ज़मी, ये आस्माँ सुनें...। आज से जलालुद्दीन मोहम्मद अकबर गंगा-जमुनी तहज़ीब की नींव पर छह वसूलों वाले मज़हब 'दीन-ए-इलाही' का ऐलान करता है।)

जो कोउ इन बातन खों झूठों समझे
राजा खों जुर्माना भरे,
समाज खों रोटी दे,

कहता तो कहतई रेत हैं
सुनवो वारो भी सावधान चाहिए।

सलीम चिश्ती की दरगाह से नूर लेकर लौटे अकबर की इस घोषणा के लगभग पाँच सौ साल बाद गंगा–जमुना के संगम स्थल इलाहाबाद रेलवे स्टेशन के प्लेटफॉर्म नम्बर छह से छूटनेवाली कामायनी एक्सप्रेस के 'आशा सर्ग' (बोगी नम्बर एस–2) में दो जन सवार हो चुके थे।